長編刑事小説

屍《しかばね》蘭《らん》

新宿鮫3

新装版

大沢在《あり》昌《まさ》

光 文 社

この作品はフィクションであり、特定の個人、団体等とはいっさい関係がありません。

著者

屍《しかばね》蘭《らん》

新宿鮫3

解説　千《せん》街《がい》晶《あき》之《ゆき》

1

西新宿《にししんじゅく》二丁目にある高層ホテルの、一階コーヒーラウンジに現われた男は、青紙《あおがみ》専門の故買屋《こばいや》だった。

奥に向かって細長い造りのラウンジは、入口の部分に巨大なシャンデリアが吊《つ》りさげられているほかは、各テーブルにおかれた小さなランプが照明になっている。

シャンデリアの下で一瞬立ち止まった男を、鮫島《さめじま》は背中を向けたまま観察した。鮫島の位置からだと、エレベーターホールの壁にとりつけられた大きな鏡で、ラウンジの入口を見てとれる。

男は、淡いグレイのストライプの入ったシャツに紺のネクタイを結び、上品なツイードのスーツを着こんでいた。左腕に畳んだコートを抱《かか》え、右手でセカンドバッグをもっている。中には携帯電話が入っている筈《はず》だ。

男の名前は、三森《みもり》といった。

法律用語では贓品《ぞうひん》と呼ばれる盗難品の手配書を品触《しなぶれ》という。品触は、贓品をすみやかに発見するための、被害品の通知書で、古物商《こぶつしょう》や質屋に流し、手配する。

この品触には「特別重要品触」「重要品触」「普通品触」の三種類があり、それぞれ用紙が、赤、青、白に、分けられている。

「重要品触」の対象となる被害品は次のようなものだ。

殺人、強盗等、凶悪事件の被害品、重要文化財、被害額百万円以上、あるいは五十万円以上の常習と認められるもの、社会的影響の大きい事件の被害品。

故買屋には、扱う品を限定している、専門とそうでない者がいる。専門は、たいてい宝石や時計などの貴金属で、三森は、専門をもたない故買屋だった。そのかわり、扱う品の金額や量が大きい。

三森は、まっすぐにラウンジの奥に向かって進んだ。観葉植物でさえぎられ、鮫島の位置からでは見えない男の向かいに腰をおろした。

「奴がそうだ」

鮫島は向かいにすわる滝沢《たきざわ》にいった。滝沢は少し驚いた顔になった。

「若いな」

「若いとも。けいずかいのニューウェーブだ。年齢は、俺やあんたとかわらん」

「俺はもっとセコい親爺《おやじ》かと思ったよ。こそこそして、因業《いんごう》な面《つら》つきをしたような」

「奴は派手に商売をしているわりには、なかなか尻尾《しっぽ》をつかませない。決まった事務所をもたないで、都内のホテルをぐるぐると回りながら、こうして商談をやってる」

「モノはどこにあるんだ？」

「トラックの荷台、コンテナ、倉庫、フェリー、一カ所に集めないで、常に動かしつづけている。ガサ入れをかけても、なかなかおさえられない」

滝沢は馬鹿にしたように、顎《あご》をひいた。その仕草を見つめ、鮫島はこの男が大学時代から、少しもかわっていないのを感じた。

滝沢は学生の頃から、妙に老け、オヤジ臭い奴だと思われていた。いっけん横柄《おうへい》に見える、その仕草のせいだったかもしれない。人に意見をいうときは押しつけがちで、相手のいうことにはあまり耳を傾けない、というところもあった。

滝沢は、鮫島とともに上級公務員試験を受けた同級生だった。が、試験に落ち、翌年も落ちると、国税庁に就職した。

それを聞いたとき、鮫島は意外な気がしたものだった。

国税は、警察以上に、キャリアとノンキャリアの待遇に差がある職場だったからだ。

国税庁のキャリアには、省キャリアと庁キャリアの二種類がある。省キャリアとは、大蔵省に入省し、国税庁に配属された者、庁キャリアとは国税庁に直接入庁した者のことだ。

当然、省キャリアのほうが優位で、たとえば東京国税局では、局長、部長、課長は、省キャリアが占める。次長クラスにいたって、ようやく庁キャリアのポストとなる。また、国税局は、全国に十一あるが、そのうちノンキャリアが局長をつとめるのは一カ所しかない。庁キャリアですら、二、三局である。それ以外は局長につくのは、すべて省キャリアである。

ノンキャリアにひとつだけ局長ポストを用意するのは、やる気を失わせないための措置《そち》で、いかにも内務官僚的な発想といってよいだろう。

警察組織の場合、ノンキャリアでも、警視正、警視長クラスにまで昇っていくケースは、まれにないではない。が、国税組織では、省キャリアの下に庁キャリアという〝壁〟がある以上、ノンキャリアの出世は、そこでストップしてしまう。したがって、全国でただひとりのノンキャリア局長というのは、象徴にしかすぎないのである。

ところが滝沢は、国税庁に入庁すると、査察を希望した。国税庁における査察部門はエリートコースではない。なぜなら査察は、査察のみの人事で終わるケースが多く、しかも査察出身者は、退職して税理士を開業したとしても、実務に不慣れだというハンディを背負うことになる。

数日前に滝沢から呼びだされ、鮫島が渡された名刺には、

「東京国税局、査察部、査察第五部門、査察官、滝沢賢一《けんいち》」とあった。

『第五？』

訊《たず》ねた鮫島に、滝沢はめんどうくさそうに説明した。

『査察は、第三十四まで部門がある。このうち、一から十五までが、情報担当で、二十一から三十四までが実施なんだ。俺たちはせっせと拾い、そいつらがガサをかける』

『で、何の用だ』

滝沢は訊ねられ、体をのばした。鮫島の自宅に近い、中野《なかの》駅前の喫茶店だった。

『知ってのとおり、俺たちは警察をいっさい信用しない。おたくらに内偵の話をすると、必ず対象に情報が流れるからな』

事実だった。国税庁査察部、通称マル査の内偵は、警察にその内容が流れることはない。内偵をすすめ、立件できそうだという感触を得ると、マル査は地方検察庁の特捜部に話をもっていく。そこで家宅捜索の令状が発行され、いわゆるガサ入れにはいるとき、抵抗が予想される場合、初めて警察に身辺警護等の依頼をおこなって、警察はその件を知ることになる。

地検は当然、警察とも接点がある。が、検察官たちもまた、マル査の内偵対象についての情報を警察官に話すことはしない。

『俺たちがマル査にきていちばん最初に教えられることが、警察は信用するな、だ』

滝沢の言葉に鮫島は無言だった。

マル査が動く、不動産、金融などにからんだ大がかりな脱税には、必ずといってよいほど暴力団がかかわっている。

刑事は、脱税の容疑者に興味はない。それは地検の獲物《えもの》だと思っているからだ。刑事の興味の対象は、恐喝、傷害、監禁、殺人などの容疑者である。

マル査の獲物が、個人をも含めた組織、という形をとっているのに対し、警察の獲物は、あくまでも個人である。したがって、個人の情報を得るために、刑事は情報提供者に〝恩を売る〟必要がある。マル査の内偵情報は、そうした取引材料にぴったりなのだ。

――いいことを教えてやるよ。お前んとこの舎弟《しやてい》の××不動産な、マル査が動いているらしいぜ、首洗っておいたほうがいいって、社長にいっとけや。ところで、このあいだのヤマ踏んだのは、〇〇だろ、今どこにいる？

『どんなにせっせと内偵すすめてもな、ガサかけたときには、証拠をきれいさっぱり消されちまったあとなんだ。おたくらに教えると』

『それでもほじくりだして、とるものはとる。それがマル査じゃないのか』

鮫島はいった。

『まあ、そうだ。ところで、三森って故買屋が、おたくの管内にいるだろう』

椅子の背に片腕をかけていた滝沢は身をのりだした。

ふつうの刑事ならば、ここはとぼける。が、鮫島はちがう。

『いる』

短く答えた。
『居場所、教えてくれ』
『奴に事務所はない。都内のホテルの喫茶店をぐるぐる回っている』
『どこにいきゃ、会える』
『ホテルの名前を教えよう。毎日、そこで待っていれば、いつかは必ずくる』
『顔がわからん』
『じゃあ俺に、ついてきて、あいつがそうだと教えろ、というのか』
『写真があるだろう、写真が』
『あいにくだったな、それなら本庁だ。本庁のほうにかけあってくれ』
鮫島はいって、席を立とうとした。その腕を滝沢がおさえた。
『本庁にもっていきゃ、話が洩《も》れる。おたくに頼みたいんだ』
『俺は本庁に出入りできる立場じゃない』
『知ってるよ、お偉いさんとやりあってトバされたのだろ』
『よけいなお世話だ』
『まあいいよ、とにかく、おたくなら口が固いと踏んで、協力を頼んでいるんだ』
鮫島は苦笑した。
『三森を知りたいのか』

『あいつがそうだって、教えてくれりゃいい』

『理由を訊《き》こう。三森を追ってるわけじゃあるまい』

滝沢は仏頂面《ぶっちょうづら》になった。

『いわなきゃ駄目か』

『お互い遊びじゃないからな』

鮫島はため息をつき、いった。それまでのやりとりで、滝沢が感じこそは悪いものの、マル査としてはかなり経験を積んだ、鼻のきくベテランだということはわかっていた。

『わかった。狙ってるのは、秋葉原《あきはばら》にあるOA機器の卸《おろ》し屋だ。一般の客は相手にせずに、会社や事務所、個人病院なんかにコンピュータを納めている。それが中古とはいえ、よそに比べると新しい機械が格安なんで、かなり繁盛してるらしいんだな。で、モノをどこから買い入れてるのかとなると、これがよくわからん。内偵しているうちに、パシフィック通商《つうしょう》という会社があがってきて、たぐっていくと三森の名前がでた。で、三森ってのが何者かを調べたら、故買屋としちゃ名の売れた奴だっていうじゃないか』

じゅうぶんにありうることだった。三森は、貴金属ではない、高額の贓品を扱っている。大がかりなビル荒らしなどからOA機器を買いとり、秋葉原の中古屋に物を流しているのかもしれない。

『だが三森が、盗品を秋葉原に流しているとしても、今、警察に動いてもらっちゃ困るんだ。秋葉原の脱税を固めて、ガサ入れをかけるまでは動かないでもらいたい』

滝沢の口調は真剣だった。鮫島は考えた。贓品の捜査は、防犯の仕事である。したがって、鮫島は三森を知っているし、三森も鮫島を知っている。鮫島のそばには近づきたくないと考えているだろう。

『わかった』

鮫島はいった。

『三森の足どりについて調べるから、少し時間をくれ。奴が、どこかに現われるのが見えたら、連絡する。そのかわり、秋葉原にガサをかけるときには、必ず知らせてくれ』


「奴は誰と話しているんだ」

いらいらしたように滝沢がいった。

「わからん。俺の位置からでは見えない」

鮫島はいって、腕時計を見た。時刻は、午後二時四十分だった。

「どうやって秋葉原に目をつけたんだ」

滝沢は鮫島に横顔を向けた。

「管内の各署からの情報だ。そこからモノを仕入れて、新品の備品として経費を計上しているところが何社かあった。だが新品にしてはちょっと妙なところがある。そういうOA

機器の卸しもとをたどっていって、いきあたった」

「動いているのはあんたひとりか」

「もうひとり、主査の相棒がいて、そいつは今、横目で動いてる」

「横目？」

鮫島がいうと、滝沢は視線を戻した。

滝沢がこうして三森を張っているあいだも、ほかの客の身なりや宝飾品などに目を配っていることに鮫島は気づいた。それは、ある点では刑事とそっくりの習性だった。

「銀行にな、この件でちょっといくといってデータをださせて、それ以外の不審な預金なんかも全部コピーをとってくる方法だ。どこにあたりをつけてるか、銀行にも知られたくないからな、今は」

「それで横目か」

滝沢の言葉づかいは、国税庁が関係機関に対してもつ権力の大きさを示していた。国税庁の上部は大蔵省であり、大蔵省は銀行など金融機関にとっては、監督官庁にあたる。情報を提出せざるをえない圧力をもっているというわけだ。

「俺はこいつはやれると踏んでる。それもものがものだけに、かなりとれるだろう」

「金額のたかが問題なのか」

鮫島の言葉に、滝沢は何を馬鹿なことをいっているという表情を見せた。

「問題どころじゃない。それだけさ。増差がどれだけでるかなんだ。俺たちの腕はそいつにかかってる」

そのとき、三森が立ちあがるのが見えた。相手の男もいっしょに立った。長身で、スリーピースを着《つ》けた、目つきの鋭い男だった。年齢は四十一、二歳と、鮫島は見当をつけ、その顔を頭に刻んだ。

「あとを追うのか」

ふたりがラウンジをでていくのを見届け、滝沢は立ちあがった。

「ああ。手間とらせたな」

滝沢はいって、ホテルの出入口に向かう三森のあとを急ぎ足で追った。三森は出入口で連れと別れ、ガラス扉をくぐろうとしている。連れの男はロビー内にとどまっていた。滝沢がラウンジのコーヒーの勘定を払わずにでていったことに気づき、鮫島は苦笑した。三森の周囲を嗅《か》ぎまわるのは、決して安全とはいえないが、滝沢も本職のマル査である。不必要な危険はおかさないだろう。

鮫島は立ちあがり、レジへと足を運んだ。三森も滝沢も、その姿はホテルのロビーから見えなくなっていた。

レジでコーヒー代を支払いながら、鮫島は、エレベーターホールの方角に目を向けた。三森といた男がエレベーターを待っていた。緑色のランプが点《とも》り、一台のエレベーターの扉が開いて、中から人が吐《は》きだされた。その人間たちと入れちがいに乗りこもうとする。

男の足が止まった。降りてきた乗客のひとりに知りあいがいたようだ。ふた言、み言、話しかけている。笑顔はない。

顎が細く、先がとがっていて、どことなく剣呑《けんのん》な印象を与える男だ、と鮫島は思った。筋者《すじもの》には見えないが、目配りには修羅場《しゅらば》をくぐってきた人間独特の鋭さがある。

男は話していた相手に軽く頷《うなず》いて、エレベーターに乗りこんだ。

話していたほうの人物がロビー中央に向かってすすんでくる。上等なキャメルのチェスターコートを着け、白いシャツの襟もとにピンホールでネクタイを留めていた。ウェーブをかけた髪は軽いオールバックになでつけ、ふちなしの眼鏡の奥で人のよさそうな大きな目を瞬《まばた》きしている。

鮫島はラウンジの出口を離れ、その男のほうに歩いていった。

男は背は高く、冬だというのによく陽《ひ》に焼けていた。手首には太いゴールドのチェーンを巻き、左手の甲が右手の甲に比べ白いのは、かなりゴルフをやりつけていることをあらわしている。

男も歩みよってくる鮫島に気づいた。眼鏡の奥の大きな目がますます大きくなる。

「鮫の旦那」

「やあ、浜倉《はまくら》さん」

「やめてくださいよ、さんづけは」

浜倉は焦《あせ》ったようにいって、あたりを見回した。

「珍しいな、まっ昼間から。そんなに景気がいいのか」

「勘弁《かんべん》してくださいよ、逆ですよ。ひとりが病気になっちゃって」

浜倉は首をふった。

「まあ、すわってちょっと話そうよ」

鮫島はロビーの隅におかれたソファを指さした。浜倉もロビー中央での立ち話よりはましと観念したのか、そちらに歩みだした。

浜倉は、このあたりの高層ホテルを稼ぎ場にする高級コールガールのヒモ兼元締めだった。暴力団とのつながりはなく、覚醒剤やマリファナ、コカインなどにも手をださない。

抱えている女は常に三〜四人で、しかも商品ということで金をかけて磨き、大事にする。定期的に病院に通わせて検査を受けさせ、アガリの中から女たちの名義で定期預金を作ってやっている。

いわば物わかりのいい元締めで、女たちの評判もよかった。売春といっても、ホテルのロビーや路上で客をひくわけでなく、自動車電話を受付にして、このあたりをぐるぐるまわっているのだ。

「暮れからこっち、さっぱりですよ。商売替えを考えないとね」

浜倉はどこまで本音かわからない言葉を口にし、ため息を吐《つ》いた。外見も雰囲気も気弱だが、やくざにつかまった身内の女を、体ひとつで助けにいったことがある、という話を鮫島は聞いたことがあった。

浜倉は相手の事務所に乗りこみ、床に正座して、自分の体はどうしてもかまわないから、女の身には指一本触れないでくれと土下座したというのだ。

その話を聞いてから、いっけん軽そうに見えるこの男に、鮫島は立場を別にした好感をいだいていた。

「病気っていうのは悪い病気か」

鮫島は訊ねた。

「そんなんじゃないすよ。あがる予定の子だったんですよ。子供ができましてね。客の子じゃなくて、恋人の子供です。産むつもりで婦人科いってたんですが、ついこのあいだ本人その気がないのにおろされちゃいましてね。もう泣くし、かわいそうだし、何とかしてやんなきゃなんなくて」

「おろすつもりじゃなくて？」

「別の患者とまちがえたのじゃないですかね。この辺、多いですから。かかりつけの病院があったんすが、急に腹いたおこしたんでそのときだけ、別の医者にいったんですよ。そうしたらそんなことになっちゃって。電話で俺がちょっと話したら、どのみち子供は病気だったから助からねえなんて、ひでえこといいやがって頭にきちゃいましてね。それにおろした子供、供養《くよう》してやりたいからよこせっつっても返さねえんですよ。さすがに温厚な俺も頭にきましたよ」

「あんまり怒りすぎて、恐喝にならないようにしろよ」

「とにかく、ちゃんと詫《わ》び入れさせて、それなりのものとってやろうと思ってます」

「じゃあ、これから会うのか」

「そうですよ。そうだ、鮫島さん、ついてきてくださいよ。旦那がいれば、向こうも無茶なこといえないでしょうから」

「そいつは無理だ。俺がでていけば、示談じゃすまなくなるぞ」

「そうか。それもそうですね」

浜倉は唇をとがらせた。鮫島は話題をかえた。頭のいい浜倉のことだから、恐喝にならない範囲で、たっぷり病院からしぼりとるだろう。

「ところで、さっきあんたがエレベーターのところで話してた男、見覚えがあるんだよな、誰だっけ」

浜倉は顔をひいて鮫島を見つめ、

「そりゃそうですよ」

と頷いた。

「光塚《みつづか》さんでしょ。鮫島さん、新宿《しんじゅく》きてどれくらいでしたっけ」

「四年、かな。じき五年だ」

「あ、じゃあ知らないか。あの人、元これです」

浜倉は右手の人さし指と親指を丸め、額《ひたい》にもっていった。

「どこの？」

「新宿ですよ。四谷《よつや》だったかな。とにかく刑事だったんです」

「今は羽ぶりがよさそうだな」

「まあね。美容サロンの女社長とくっついたんですよ。これがけっこういい女でね、しこたま金もってるのじゃないかな」

「美容サロン？」

「ええ。このホテルにもある、超高級会員制のとこです。うちの子たちも通わせようと思ったけど、入会金が三百万と聞いて、やめました。テレビなんかでもよく宣伝やってますよ。須藤《すどう》あかねビューティクリニックって」

「知らないな」

「でしょうね。男には関係ない話ですから」

浜倉はあっさり認めた。

「まあ、でも逆玉の輿《こし》ですよ。結婚してるわけじゃないみたいだけど、秘書みたいな仕事して、ばりばりやってますからね」

「そうか」

鮫島は頷いて、浜倉の膝を叩《たた》いた。

「すまなかったね、忙しいところを」

「いや、いいです。じゃ、これで……」

浜倉は立ちあがると、ホテルをでていった。

2

署に戻った鮫島に、防犯課長の桃井《ももい》が声をかけた。

「例の件、すんだのか」

「はい」

桃井は五十代初めの警部で、署内では「マンジュウ（死人）」とあだ名されていた。あだ名された理由は十五年ほど前の交通事故でひとり息子を失い、それ以来、生きていく情熱というものをすべて捨ててしまったかのように見えるからだった。油けのないゴマ塩の髪をなでつけ、くたびれた茶のスーツにいつも身を包んでいる。

署にいるほとんどの時間を、老眼鏡をかけ、課長席ですごしていた。

上級公務員試験に合格し、警視庁に入庁した鮫島の、現在の階級は警部だった。本来ならば、警視、早い者は警視正になっていておかしくない年齢である。

が、二十七のときに主任警部で配属された県警の公安三課で、右翼的性向の強い部下と衝突し、争いになって鮫島は模造刀で首を殴られるという事件が起きた。部下は免職になり、その後、警視庁に戻った鮫島は、警視庁公安部内の暗闘に巻きこまれた。

そのとき、同期の宮本《みやもと》という警視が自殺し、死の直前、鮫島あてに手紙を書いておくっていたことが、日記から明らかになった。

警視庁公安部には、日本全国の警察本部から公安関連の情報が送られてくる。その情報収集能力と分析能力は、かつての特別高等警察をはるかに越える優秀さがある。しかしそのために、情報の綱ひきは困難を極め、自分のつかんでいる綱がはたしてどこにつながっているかすらわからない、という事態が発生する。

宮本は、いわばまちがった綱をひかされたのだった。

だがそれが、宮本の過《あやま》ちでも偶然によるものでもなかったことを、手紙から鮫島は知った。

対立する公安の二大派閥が暗闘をくりひろげていた。宮本はその駒にされたのだった。

それぞれが、鮫島に手紙を渡すよう、求めてきた。懇願、買収、脅迫がためされ、すべてを鮫島はしりぞけた。

結果、鮫島の意図を不明と感じた上層部は、どちらの派も、鮫島を危険視し、これを排除しようという作戦にでた。

当時、退官間近だった外事二課長が、唯一の中立者で、鮫島の生命を危《あや》ぶんだ。

警察をやめることは、むしろ鮫島にとって危険を高める結果になると見た外事二課長は、所轄《しょかつ》署への転任を勧めたのだった。

本庁公安部に所属するキャリアの警部が、所轄署への転任というのは、まったく例のない人事である。

鮫島の階級が警部で止まっているというのも、異常であるといえた。

新宿署への転任は、降格であり、左遷《させん》だった。が、鮫島はそれをすすんで受けいれた。

鮫島が上級公務員試験に合格し、警視庁を選んだとき、その頭の中には、警察官という職業に対する、それほど強い思いいれはなかった。

ただ漠然と、自分には警官が向いているのではないかと考えていただけだ。それが、八年のあいだに大きく変化していた。

鮫島は、すぐれた警察官でありたい、と願うようになった。この場合のすぐれた警察官とは、国や警察機構にとってのすぐれた警察官ではなく、自分自身が信じる、法や正義に対して忠実な警察官である。

警察もまた、ひとつの組織である以上、こうした考え方のもち主、つまり組織のルールより自分のルールを優先させる人間は、スポイルされる運命にある。

その上に鮫島は、ピラミッド構造のはるか上層部で、にらまれ、蹴り落とされた人間なのだ。

雲の上から、新宿署という地上に落ちてきた鮫島と仲よくしようなどと考える人間はひとりもいなくて当然だった。

新宿署のあらゆる部署の責任者が、鮫島のひきとりを拒否した。ただひとり、拒まなかったのが、桃井だった。桃井は、誰が配属されようと、興味がない、という態度だったのだ。

鮫島は、自分が受けいれられないことに対して、不平も不満もこぼさなかった。ただ黙々と戦いつづけた。支援《バックアップ》はなかった。ひとりで重要犯罪犯を逮捕にいく危険は日常茶《にちじょうさ》飯事《はんじ》だった。

鮫島の重要犯罪犯検挙率は、署内トップをつづけている。

このことがまた、ノンキャリアの叩きあげ刑事たちの反感を買った。

鮫島は孤独だった。だが、その戦いを、実は桃井が理解していてくれたことを、鮫島はつい最近、知ったばかりだった。桃井は、鮫島の生命を救うために、自分自身の生命と職を賭け、ひとりの凶悪犯を射殺したのだ。

その事件でふたりの仲が急速に接近したということはなかった。桃井はあいかわらず、すべてに無気力で無関心であるかのように見え、それでいて、心の奥底では市民の安全を願う情熱を失ってなかった。

鮫島はそれに気づいたときから、上司の桃井を尊敬し、自分の捜査に関して、桃井にだけはすべてを話すように心がけてきた。

新宿署で、鮫島がそうした信頼の念をいだくのは、桃井のほかには、鑑識係の藪《やぶ》しかいない。

滝沢から頼まれた三森の件を、桃井には話してあった。もちろん、桃井から内偵の情報が他の人間に流れることはありえない。

鮫島は自分の席にすわり、やりかけていた書類仕事に戻ったが、ふと思いついて、桃井に訊ねた。

「光塚という人物を知っていますか。元、新宿署か、四谷署の刑事で」

とたん防犯課の席にいた、ベテランの刑事たちの動きが止まった。課長補佐の警部補、新城《しんじよう》が咳ばらいをして、席をたった。部屋をでていく。

あとを、部屋に残っていたふたりの刑事たちが追った。

それを見送り、鮫島は課長席に目を戻した。桃井はそ知らぬ顔で、ずり落ちそうになっている老眼鏡ごしに書類を読んでいる。

やがて目を上げた。

「光塚正《ただし》かね」

「下を何というか知りません。四十一、二で、顎のとがった、背の高い男です」

桃井はかすかに頷いた。

「刑事課の巡査部長だった男だ。頭もきれて、腕っぷしも強かった。君がくる前に、やめた。やめるまではちょうど……君のように、管内のマルBにこわがられていた」

「なぜ、やめたのです？」

桃井は息を吐き、老眼鏡を外した。椅子の背に体を預け、鮫島を見た。

「会ったのかね、光塚に」

「見かけました。三森といっしょでした」

部屋の中は、桃井と鮫島のふたりきりだった。

「三森と」

桃井はつぶやいた。

「そういえば、うちの署で最初に三森をひっぱったのは、光塚くんだったな」

「できたのですね」

「できた。できすぎたほどだ。それが原因だった」

鮫島は無言で桃井を見つめた。桃井は話そうか話すまいか迷っているようだった。もし桃井が話すまいと決めれば、光塚に関する情報は誰からも入らなくなる可能性があった。

やがて桃井は口を開いた。

「当時、管内のマルBで、小磯会《こいそ》というのがあった。今は解散し、よそに吸収された。小磯会の若頭《わかがしら》が、シノギにしゃぶを扱っているという情報《たれこみ》があり、光塚くんはウラをとるために、クラブホステスをしていた、若頭の情婦に接近した。そのホステスと接触を重ねるうちに、男女の関係になった。光塚くんはたぶん、情報を得るための手段と考えたろう。光塚くんは、そういう思いきったところがあった。が、ホステスのほうは、本気になった、そして光塚くんに、男を売った」

「では、しゃぶを？」

「おさえた。令状をとって、若頭をかみにいった捜査員の目の前で、男はそのホステスを人質にたてこもった。そして光塚くんを呼べといったのだ」

「女が売ったことを――」

桃井は頷いた。

「知っていた。光塚くんがでていくと、女の喉《のど》に包丁をつきつけて、どういうつもりだったかを訊ねた。光塚くんはその前の年、離婚して独身だった。そして光塚くんは、情報を得るのが目的だったとはっきりいってのけた……」

「どうなりました？」

「男は女を刺すかと思ったが、結局、自分を刺した。病院に運んだが、出血多量でまにあわなかった。女のほうは、三日後、山手線《やまのてせん》にとびこんだ。こちらは、即死だ」

鮫島は息を吐いた。

「それが理由で、小磯会は結局、ツブれたが、本庁の監察が動いた。光塚くんの捜査方法に問題がなかったか、調べはじめた。光塚くんは、署の中でやはり孤立していた。刑事として優秀だったが、プライドも高かった。たぶん、そのせいだろう。

光塚くんをかばった刑事課の人間はひとりもおらず、その結果、依願退職という形で、本署を去った」

鮫島は煙草をくわえた。光塚を見たときに妙に剣呑《けんのん》な印象を感じた理由が少しわかったような気がした。

光塚は、ある種の警察官の典型的なタイプであったのかもしれない。人間と人間がぎりぎりのところでぶつかりあい、その結果生じる犯罪というものを常時相手にしていれば、倫理観がどこか一般社会とはかけ離れた形になっていくのはさけえないところではある。

マル暴の刑事が、ふつうのサラリーマンよりもむしろ暴力団員に親近感をいだくのは、そういう理由による。

常人ならば、考えもよらない世界で生きていれば、会話をしようにも、どこかズレてくるものだ。

ある意味では、医師と患者の関係に似ていなくもない。長期入院している患者と担当医師の会話に、健康体の人間は違和感を感じる。その関係においては、病院の中が世界のすべてであり、外の問題は何ら意味をなさなくなる。

医師と患者は、病気という、絶対にさけては通れない共通の問題をもつ。そのことが両者のあいだに特殊な信頼を生み、病院の外にいる人間には、うかがい知れない関係が存在してくる。

犯罪を病気といっしょにすることはできないが、常習犯罪者と刑事の関係には、これと似たものがある。それは妙なプライドにすら育つ。プロフェッショナリズムというプライドだ。

犯罪者も刑事も、互いをプロと認めあうと、そうではない一般人をアマチュアとして軽んじる傾向がでてくる。

拘置所などで、そうした傾向は如実《にょじつ》にあらわれるものだ。収監されている被疑者と係官のあいだで、

「お前らは慣れてるんだ。新米の面倒をみて、ちゃんと教えてやれ」

などというやりとりがかわされるのがその例だ。

光塚は、だが、そのかわってしまった倫理観を、不意に同じ警察官によって、糾弾《きゅうだん》される立場にたたされたことになる。

もちろん、桃井の話を信ずるならば、光塚が捜査の過程でとった方法は、許されるものではない。が、人を死にいたらしめる結果にならない段階でなら、これと似たような捜査方法で犯人を検挙にまで追いつめていった刑事は枚挙《まいきょ》に暇《いとま》がないだろう。マル査が嫌う、情報の漏洩も、根は似たところにあるのではないか。

光塚は今、自分を石もて逐《お》った警察機構をどう見ているのだろうか。
光塚が優秀な刑事であったという、桃井の言葉ゆえに、鮫島はそれが気になった。

3

ひどく風の強い夕方だった。四時に仕事を早あがりしたふみ枝《え》は、新宿駅の西口に向かって歩いていた。風に向かって体を倒し、オーバーの前で両腕を組んで、地面を見つめるようにして進む。

このあたりで風が強いのはあたり前だ。夏ならば、それがむしろ心地よいこともある。が、真冬のこの時期に吹きつけてくる突風の木枯らしは骨にまでしみこむほどの冷たさだ。

顔をあげると、新都庁舎の巨大な墓石のような建物が見えた。あれだけ大きな建物ができたというのに、このあたりにはなぜか人の気配がない。

ふみ枝は、新都庁舎のあの建物が嫌いだった。そらぞらしくて、偉そうで、どこか人を寄せつけない雰囲気がある。それに、あれができてから、このあたりのビル風がもっとひどくなったような気がする。

正面から顔を叩く木枯らしに、涙がにじんだ。あと少し、ふみ枝は自分にいい聞かせた。もう一〇〇メートルほどで、都議会議事堂の地下につながる、新宿駅からの地下道の入口がある。

階段を降り、地下道に入ると、ふみ枝はほっと息を吐きだした。短くしてパーマをかけた髪が、きっとくしゃくしゃになっている。

本当なら二週間も前に美容院で染めておかなければならない髪は、つけ根のほうがまっ白だった。

白髪《しらが》は二十代の終わり頃から増えはじめ、三十代の半ばには、ふみ枝の髪は染めなければまっ白になっていた。

病気でないことはわかっている。体質なのだ。その頃から定期的に美容院で染めるようにしたが、去年の四十九の誕生日から、染めの間隔を少しずつあけるようにした。

五十に近い、おばさんの頭が、あまりに黒々としていたら、異様な感じがすると気づいたのだ。

地下道はくねくねと曲がっていて、蟻《あり》の巣の中をすすんでいるような気分になる。殺風景で、それなのにどこからともなく音楽が流れてくるのが妙な気持ちだ。

商店街があるのは、もう少し先だ。そこまでは、地下道の中も、決して暖かくない。が、あの耳をひきちぎっていくような冷たい風が吹いていないぶんましだった。

明日からは、去年の正月に買った毛糸の帽子をもってこよう、ふみ枝はそう、心に決めた。去年は暖かかったので、あれをかぶったのは、二月の初めから三月の初めまでのひと月間だけだった。三千八百円もだしたので、もったいないことをした、と思ったが、今年はもう今から使ってもおかしくない。大事に使えば、何年も保《も》つ筈だ。

子供の頃から、ものをたいせつにする性分なのだ。それが誇りでもある。

地下商店街にさしかかると、ふみ枝は、夕食の買い物をしていくべきかどうか、少し迷った。総菜屋《そうざい》はないが、シューマイやトンカツなどをもち帰れる店が何軒かある。ご飯はたいてあるから、おかずを何か買って帰れば、夕食がすぐに食べられる。ただ、今日は、より道をしなければならない。そちらのほうで、買い物もできるだろう。

新宿駅から山手線で目黒《めぐろ》までいった。どういう道をいくかは、前の日に地図で調べてあった。目黒駅から都営バスに乗るのが便利なのだ。

電車もバスも、まだ、少し時間が早いせいか、それほど混《こ》んでいなかった。

目黒駅にもたくさん店があり、ふみ枝はまたそこで、買い物をしたいという衝動にかられた。だが、これからいく町にもきっと、買い物をする店はあるだろう。

ふみ枝は、白金《しろかね》三丁目でバスを降りた。初めてくる町だった。時間が少し早いので、歩くことにした。バスに乗っていたのは女子学生と年寄りばかりで、その中学生と覚《おぼ》しい女子学生たちのお喋《しゃべ》りを聞いているうちに、頭が痛くなってきたのだ。

図々《ずうずう》しくて生意気で、そのくせ妙に、スカートの丈や髪型ばかりを気にして色気づいている。

このあたりの学校に通うからには、きっと金持ちの子供ばかりなのだろう。母親は自分と同じか、もう少し若いくらいの年頃にちがいない。

ふみ枝は結婚したことはない。生涯でたった一度の妊娠は、もう二十五年前のことだ。

あのときの子が生きていれば、孫がいてもおかしくはないだろう。

が、神さまは、お腹《なか》の子を奪ったかわりに、あの子を与えてくれた。

あの子だって。

もう、そんな年じゃないのに。

歩きながら、ふみ枝は微笑《ほほえ》んだ。

だが、あの子は自分にとって、我が子のようなものだ。

我が子？

少しちがうかもしれない。だって、年がそんなに離れていない。それにあの子は、あたしがいなくたって、じゅうぶん立派にやっていける。でも、あたしはついていてあげなければならない。

難しい言葉だけれど、あたしとあの子のあいだには、絆《きずな》があるのだ。この絆は一生消えないし、切れることはない。

もちろん、あたしのほうが先に死ぬだろう。死んで地獄におちるだろう。でもそのとき、あの子は涙を流してくれる。あたしは、どこかからそれを見て、ほっとする。そして、さようならというのだ。

街路樹のきれいに植わった通りを、ふみ枝は右に曲がった。立派な家と、きれいなマンションが並んでいる。マンションは、そんなに大きくはないが、ひとつひとつの部屋は、きっと広いのだろう。

住んでいる人が、買ったのか借りているのかは知らないが、すごく高い値段にちがいない。

歩いていくうちに、駐車場を見つけた。やはりマンションの駐車場だけでは、狭くて車をおけない人が借りているのだ。

ベンツがたくさんある。外車の名前はベンツしか知らない。ベンツは、丸の中の三本の矢のマークですぐにわかった。

確かハンドルが左側についているのが、外車だと、誰かから聞いた。そうして見ると、止まっている車の半分以上が外車だった。

今日の男は何だっけ。ポルシェ、確か、ポルシェという車に乗っているという話だ。

だがふみ枝には、ポルシェがどんな形をした車だか、わからない。

駐車場の隣りに、聞いていたマンションがあった。青白く光るタイルを貼りつけた、六階建てのマンションだ。地下駐車場の入口はシャッターが閉まって、緑のランプが点《つ》いている。隣りに赤いランプがあるところを見ると、車が出入りするときにランプの色がかわるのかもしれない。

手首にはめた腕時計を見た。五時少し前で、そろそろ暗くなってきたところだった。

ふみ枝は歩いてきた道を戻ることにした。お金持ちばかりの町でも、コロッケや野菜サラダくらい売っている店はあるだろう。

街路樹の植わった道をもう少しいくと、スーパーマーケットのような店があるのが見えた。ガラス窓が大きく、入口に金属製のカートが積んである。なんだか外国のスーパーマーケットのような雰囲気だ。

そうだ、ミカンも買って帰ろう。コタツの上の皿に積んだミカンがあと少しになっていたのを、ふみ枝は思いだした。

スーパーマーケットの前の歩道には、何台もの車がぴったりとくっつくように駐車されていた。赤いベンツがある。白くて大きな車。大きな車が多い。

車を降りてくるのは、ふみ枝とそんなにかわらない年の女たちばかりだった。

水商売かしら。黒い毛皮のコートを着て、キィを片手に小走りで店に駆けこむ女を見て、ふみ枝は思った。

だがよく見てみると、あたりを歩いているのも、車でくるのも、みんな髪をきれいにセットして、きちんとした格好《かっこう》の女ばかりだ。

いかにもふだん着ふうだが、ひとつひとつの値段がとてつもなく高そうだ。

スーパーの入口で、ふみ枝は、四歳ぐらいの女の子の手をひいてでてきた母親を見つめた。三十一、二だろうか。化粧けのない白い顔に眼鏡をかけ、ブラウスにパンタロン、毛皮のコートを着ている。ブラウス一枚の値段で、ふみ枝が着ている、オーバー、カーディガン、スカートが、すべて買えそうだ。

母親は、道をゆずったふみ枝を、ちょっとすました顔で無視した。

感じ悪いわ、えらそうに。金持ち面《づら》している——ふみ枝は思った。と、同時に、自分が今している服装が急に気になりはじめた。

オーバーの前のボタンがすべてかかっているかを確かめる。肘《ひじ》の抜けたカーディガンを見られたくない。自分で編んだ手編みだから、どうしても型崩れするのだ。

スーパーの中はむっとするほど暖かく、明るかった。クラシック音楽が流れていて、手前のところには、外国の缶詰が山のように積まれている。

これだけはどこにでもある、黄色いプラスティックの籠《かご》をとり、ふみ枝は店の奥にすすんだ。

缶詰の隣りがフルーツコーナーだった。スイカや桃、苺《いちご》、パパイヤにキウイ、マンゴー……ふみ枝が初めて見る果物がある。値段が四千円とあって、仰天《ぎょうてん》した。メロンじゃあるまいし。メロンももちろん、無雑作《むぞうさ》に積まれている。

ミカンは――捜して、小ぶりのものを袋に詰めたのを見つけた。値段を見て、指がすくんだ。五百円とある。

ふみ枝のアパートのそばの八百屋では、これよりいくつか少ないくらいの数を皿にのせて、三百円で売っている。

やめた。こんなミカンを買うのは、まっとうじゃない仕事をして、税金もちゃんと払っていないような成金たちにちがいない。

スーパーの最奥部《さいおうぶ》に、精肉と鮮魚コーナーがあった。鮮魚コーナーには水槽がおかれ、伊勢海老《いせえび》や鮑《あわび》、真鯛などが泳いでいる。

精肉コーナーは、白く霜をつけた牛肉がきれいな切り口の断面を見せ、並べられていた。それぞれ板の立て札があり、「最上級松阪肉《まつざか》」などと書かれている。

ふみ枝はきょろきょろと見回して、ようやくその隅のほうに、プラスティックパックに入ったコロッケを見つけた。二枚で四百円とあり、ため息をつく。

ちょうどふみ枝と同じ年齢くらいの主婦が、精肉コーナーの前に立った。主婦とわかったのは左手の指輪と、右手にかけた白いビニール袋、そして丈《たけ》の長い、ふだん着ふうのスカートのせいだ。

「あ、ちょっと。グラム四千円の肉、三百ね。すき焼き用」

その女がいった。見栄《みえ》をはっているのではなく、いかにもいつもの買い物という口調だった。ふみ枝は痺《しび》れたようになって、女を見つめた。スカートのポケットから、厚みのある財布をとりだした。よくある、買い物用の札入れだ。

すっとその蓋《ふた》をはねた。何十枚と入っている一万円札が見えた。きれいな指で二枚とりだしておく。

「いつもどうもありがとうございます」

白い上っぱりを着た中年男が、スライスした肉を包んでさしだし、金を受けとった。

それを見て、ふみ枝は少しだけほっとした。この店では、精肉と鮮魚は、そのコーナーだけで精算することになっているようだ。

コロッケのみを籠に入れて、レジに並ぶのは、とても嫌だったからだ。

ふみ枝はすばやく、コロッケのパックと、そのかたわらにあったマカロニサラダのパックを、精肉コーナーのカウンターにさしだした。

中年男はそれをちらりと横目で見て、奥にいってしまった。

どうしたのだろう、ふみ枝が不安になると、今度は、十八、九の見習いのような店員がでてきて、

「いらっしゃいませ」

といった。

ふみ枝は無言で、左手にさげていた布袋から財布をとりだした。中身は、一万円札が一枚に、あとは千円札だ。すべて、四つに折りたたんである。

たたんだ千円札をカウンターにおき、釣りをもらった。釣り銭は、わずか百数十円だった。アパートの近くの商店街で同じ買い物をすれば、五百円玉が返ってくる。

あきれるのを通りこして、腹立たしくなっていた。みんな、ふつうじゃない。ふつうだったら、こんなこと考えられない。

お金をそれこそ、ドブに捨てるようなつかい方だ。

「袋、おもちになりますか」

若い店員がようやく気づいたようにいった。

「ええ、ちょうだい」

店の名前が印刷された、白いビニール袋にコロッケとサラダがおさめられた。

それを手に、早足で、混んでいるレジのかたわらをすりぬけた。レジは三台あって、そのどの皿にも、一万円札がおかれている。

毎日毎日の買い物で一万円。それもちょっとした、食事のおかずを買うだけで。

ふみ枝はようやく歩道にでると、深呼吸した。外の空気は冷たく、乾いていて、頭の芯《しん》が醒《さ》めていくのがわかる。

しっかりしなければ。まだこのあと、することがあるのだから。

自分にいい聞かせ、街路樹のある道を、さっきのマンションに向けて戻っていった。

4

晶《しょう》が電話をかけてきたとき、鮫島はベッドの上に寝そべり、テレビのニュースを見ていた。

鮫島のアパートは中野区の野方《のがた》にある。署をでて、ひとりで食事をし、アパートに戻ってきたのは午後九時過ぎだった。

晶とは十日ほど会っていなかった。十日前というのは、晶のバンド「フーズ・ハニイ」のファースト・アルバムがリリースされてから、ちょうどひと月めだった。

このあと、「フーズ・ハニイ」がライブツアーにでるという話を鮫島は聞いていた。来週から半月ほど、西日本を回るという。アルバムがでたばかりで、それほど客がくるとも思えなかったが、晶を始めとするバンドのメンバーがライブ活動に飢えていたのだ。

「フーズ・ハニイ」のライブは、東京をのぞけば、北関東のいくつかの都市でしかおこなわれていない。今回は、京都を皮きりに、関西地方数カ所でおこなわれる予定だった。晶はそれを「武者修行」と呼んでいる。

電話が鳴ったとき、鮫島は壁の時計を見た。十時十二分過ぎだった。晶が電話をかけてくることがあるとすれば、たいてい十一時から十二時のあいだである。だから、晶ではない、と思った。

「これからいっていい？」

受話器をとると、怒ったようにいう晶の声がとびこんできた。

「どこだ、今」

「原宿《はらじゅく》」

「どうぞ」

鮫島がいうと、荒っぽく受話器がおろされた。

鮫島は再び、テレビに目を戻した。晶の住居は下北沢《しもきたざわ》にある。レンタルビデオショップとアイスクリーム屋が一階に入ったマンションの1DKだ。

原宿は、晶のテリトリーではない。プライベートでは、近づくこともしないだろう。晶の街は、新宿だった。新宿で働きながら、新宿で歌い、新宿でスカウトされた。

プロデビューした今、事務所は、晶が新宿に足を踏みいれるのを嫌がっているようだ。かつての晶のつきあいから、トラブルが生じ、巻きこまれるのを恐れているらしい。

が、晶は、そんなことはまるで気にしていなかった。鮫島と会うときは、もちろん新宿だし、食事をするのも、酒を飲むのも、セックスのためにラブホテルに入るのすら、新宿を選ぶ。

晶と鮫島の年の差は十以上《とお》ある。が、鮫島は自分が本気で晶に惚《ほ》れているとわかっていた。たぶん、晶も、今はそうだろう。ふたりの仲は、じき二年になる。

晶は、鮫島との関係を隠そうとはしない。バンドのメンバーはもちろん全員、知っている。

刑事とロックシンガーがつきあうことは、ふつうではないかもしれないが、鮫島もふつうの刑事ではなく、晶もふつうのロックシンガーではない。

もっとも――。

そこまで考えて、鮫島は苦笑した。刑事やロックシンガーという職業に、「ふつうの」という形容をあてはめるのが、まちがっているのだ。

ふたりの関係がこの先、どこまでつづくのかはわからない。晶はそんなことをあれこれ考えるタイプではないし、鮫島は考えたとしても口にださない。

ただ、別れがくるならば、それはできるだけ先のことであってもらいたいし、別れによって生じる心の痛みを、自分が克服できるような人間にそのとき、なれていればいい、と願っていた。

が、心の痛みというものは、感じないふりをすることはできても、本当に感じない人間になることは不可能だ。痛みを痛みとしてうけいれ、それと共存していく方向を模索するほかないのだ。

晶との別れを思うと、自分が極端に臆病《おくびょう》になることに、鮫島は気づいていた。たぶんそれは、一年ほど前の事件で、晶を永久に失いそうになったことが原因しているにちがいない。

そのことは絶対に、晶に気づかれたくなかった。晶に対して強い立場でいたいという理由からではない。晶がそれに気づいたときに、不必要な思いやりを自分に対していだくのを鮫島は恐れていたのだ。

はねっかえりで、火の玉のようで、それでいて思いやりと、まっすぐに太く走る芯の強さをもつ晶を、鮫島は、愛すると同時に、尊敬していた。

それは決して大げさな意味ではなかった。自分が晶に教えたことよりも、晶の生き方から自分が学んだことのほうが、はるかに多い、と鮫島は感じていたのだ。

午後十一時少し前、部屋のブザーが鳴った。鮫島は立ちあがり、ドアのロックを外した。刑事である以上、在、不在の関係なく、ドアに鍵をかけておく習慣がある。

晶は、少しアルコールが入っているのか、目のまわりを赤くしていた。

「寒ーっ」

とだけいって、靴を脱ぎ、ばたばたと部屋に入ると、石油ストーブに手をかざした。

黒のコートに黒のマフラー、黒のセーター、黒いスカートと、すべてを黒でまとめている。スカートは超ミニで、タイツも黒だった。それを見て鮫島はいった。

「女学生みたいなタイツだな」

コートを脱ぎすて、ストーブに体を折って手をかざしているので、丸みのあるヒップラインが露《あら》わになっていた。

晶はくるりと鮫島をふりかえった。

「すけべ」

鮫島は鼻から大きく息を吸ってみせた。コロンなのか、シャンプーなのか、清潔感のある、乾いたよい香りがした。

晶の髪はひところに比べ、だいぶのびていた。それでも男の子のような雰囲気はかわらない。目鼻だちがはっきりしているせいもある。

だが晶を男とまちがえる人間はいない。鮫島が「ロケットおっぱい」と名づけたその胸が、向かいに立つ者を圧するように勢いよくつきでている。

「女学生だって。じじくせえいい方」

「じじいだからな」

「冗談じゃねえよ。じじいに会うためにはるばるきたのじゃないや」

晶はいって、肩を鮫島にぶつけた。

「なんだよ」

鮫島はぶつけかえした。晶がよろけ、

「おっ、あぶね」

と、唇をほころばせた。

「原宿で何食った？」

鮫島がいうと、晶は、はーっと息を吹きかけた。ミントとかすかにニンニクの匂いがした。

「焼き肉か」

「あたり。売れないロックシンガーの姐《ねえ》ちゃんを食い物でつろうって、代理店のおじさん」

「代理店？」

「広告代理店。『コップ』が売れないんで、、、コマソンにレコード会社が使わそうと考えているみたい」

「売れないのか」

「売れないっ」

あっさり晶はいった。ファースト・アルバムのタイトルは「コップ（COP）」つまり、「お巡り」だった。晶ではなく、メンバーが面白がってつけたのだ。

「すぐに売れるなんて思ってなかったけど、レコード会社のほうはちがったみたい。アテがはずれたって、顔してる」

よいしょ、と晶はベッドに腰をかけた。暖まったのかセーターを脱ぎ、Tシャツ姿になる。Tシャツに「COP」というロゴが入っていた。同じものを十枚、晶は鮫島のアパートにもってきた。

「で、コマーシャルソングか」

「そう。てっとり早く、流れるし」

「どうなんだ?」

「どっちでもいい。でもさ、悪いシャレだと思うのがさ、うちらの歌が、エステサロンだか何かのコマーシャルで流れるかもしれないってこと」

「エステサロン」

「美容クリニックみたいなの。いっぱいあるじゃん」

「どこだ」

「知らない」

いって、晶は今度はタイツを脱ぎすてた。そしてベッドの布団をはぐると、中にもぐりこみ、

「おー、あったけ」

と嬉しそうな顔になった。晶の笑顔には、「あどけなさ」と表現するのがぴったりの雰囲気が漂う。笑うまでは、むしろ傷ついた野生動物のような獰猛《どうもう》さが目にはある。

鮫島は、ベッドのかたわらにおいた、ひとりがけの椅子に馬乗りになった。

煙草をひきよせると、晶がいった。

「一本くれ、おっさん」

火をつけた煙草を渡してやった。それを唇にくわえ、晶は天井を見上げた。表情が一瞬、真剣になった。

「売れないもんは、売れない、か」

ぽつりとつぶやいた。目もとにくやしそうな表情があった。

鮫島は無言でそれを見つめた。

「ベストをつくして駄目なもんは、駄目だわな」

晶がまたいった。

「売れたいか」

鮫島は訊ねた。

「ちょこっと。ちょこっとでいい。そんなに売れると、最初から思ってなかったから」

晶ら「フーズ・ハニイ」がひとつの壁にぶつかっているらしいことは、鮫島はこの数週間、感じていた。

「フーズ・ハニイ」は、ライブハウスから叩き上げたバンドだった。ライブハウスではそれなりのファンをもち、定期的な公演のチケットは必ず完売していた。中には熱狂的なファンもいる。

鮫島自身、「フーズ・ハニイ」のサウンドを決して嫌いではない。テクニックもあるし、何より全身でシャウトして歌う、晶のヴォーカルが好きだった。ファースト・アルバム「コップ」の中には、鮫島が、晶の詞を補詞した作品が二曲入っている。そのことを鮫島は、恥ずかしく、しかしこっそり誇りに思っていた。

晶には決して知られたくないことだが、ふとした拍子に、それらの曲を鮫島は口ずさむことすらあった。もしそんな鼻歌を晶が聞けば、転げまわって笑うにちがいない。

しかし、ライブハウスでの実力が、マスという巨大なマーケットの中でどれほど通用するかは別の問題だ。「フーズ・ハニイ」が〝お山の大将〟になっていたわけでは決してない。ただ、ロックが好きでバンドを結成し、プロを志していた若者たちに、ついにアルバムをリリースする夢がかなったとき、売れることを期待するな、というほうが無理なのだ。

それが、彼らのぶつかっている壁だった。

鮫島にはどうしてやることもできない。壁を乗りこえた者のみがビッグになる、などというのは、意味のない言葉だった。わかりきっているのだ。レコード会社の人間からも、同じようなことを、耳にタコができるほど聞かされているにちがいない。

わかっていても、壁にぶつかり、苦しんでいる。たいせつなのは、実は、壁を乗りこえることではなく、壁にぶつかって苦しむことそのものなのだ、という気が、鮫島にはしていた。しかし、そんな言葉もまた、おしつけがましく、偉そうで、口にするのは鮫島の性分にあわない。

「ライブいって、思いきりはねてこい。少し欲求不満なのじゃないか」

じろっと晶が横目でにらんだ。

「欲求不満じゃねえよ」

「ちがうだろ、意味が」

鮫島は笑っていった。晶は煙草の灰をかたわらの灰皿に落とした。

「おっさん、ワイン飲みたい」

晶がいった。鮫島はわざとらしくため息をついてみせ、立ちあがった。冷蔵庫から飲みかけの白ワインの壜《びん》をだし、グラスとともに手にして戻った。

「グラスいらない」

晶はいって上半身をおこし、ワインの栓《せん》を抜くとラッパ呑《の》みした。そして体を横にずらし、ベッドのかたわらをぽんぽんと叩いた。

「おっさん、隣り」

「まるで、おっさんて名前の犬か猫だと思ってやがる」

鮫島がいうと、晶はにやりと笑った。

「犬か猫、飼ったら『サメ』って名前、つけてやる」

「この野郎」

鮫島はとびかかった。晶は大笑いして、鮫島の手を逃れた。が、鮫島につかまると、くるりと向きをかえ、鮫島のパジャマの胸に顔をおしつけた。両腕を鮫島の腰に回し、力をこめた。

「いい匂いするだろ、風呂入ったばっかりだ」

鮫島はいった。晶はクンクンと鼻を鳴らした。

「マッポ臭え」

「死んじまえ」

鮫島はいって、晶の頭を強く胸におしつけた。


しばらくして、電話が鳴った。ふたりの着けていた衣服は、すべてベッドの下にあった。

鮫島は首をあげ、時計を見た。十二時を少し過ぎていた。

「いつもなら、お前が電話してくる時間だ」

「いないっていっといて。もし、あんたあてなら」

晶は眠たげな声でいった。鮫島は受話器をとった。

「起こしてしまったか」

静かな声がいった。桃井だった。

「いえ」

桃井の声の向こうからは、何の物音もしなかった。署からではないことが、鮫島はすぐにわかった。

「さきほど、知りあいの機捜から問いあわせがあった」

「何です？」

「浜倉という男を知ってるな。女の元締めだ」

「ええ」

　きのう、ホテルで会ったばかりだ。

「自宅のマンション付近で死んでいるのが見つかった。外傷はなかったが、いちおう変死扱いで、監察医が検視にでた。そこで、小さな傷が見つかった。うなじの、髪の生《は》え際《ぎわ》付近だそうだ。他殺の線がでたので、問いあわせをしてきたんだ」

「解剖の結果はどうです？」

「まだだ。もしその傷だとすると、毒物じゃないかというのだが。浜倉に関して、そういう心あたりはあるかね」

「殺しのですか……」

産婦人科の病院のことを思いだし、鮫島は手短かに説明した。

「ただ、殺されるほど相手を怯《おび》えさせるような男じゃありません」

「そうだな。どこの病院かは、聞いたか」

「いいえ。調べれば、わかると思いますが」

「いちおう、機捜の担当には、そう伝えておく。もし向こうのほうで調べきれないようなら、捜一を通してまた連絡してくるだろう」

「わかりました」

「すまなかった、遅くに」

「いいえ」

桃井はそっと電話を切った。鮫島は晶を見た。起きているのか、眠っているのか、目を閉じ、ゆるやかに息をしている。

頭の下で腕を組み、壁を見つめた。浜倉が、産婦人科医をおどし、そのことが原因で殺されたとは、考えにくかった。

浜倉の商売のやり方をこころよく思っていないやくざは、いた筈だ。ただ解剖結果がでてみなければわからないが、やくざならば殺し方がやや奇妙ではある。

やくざの殺人は、いかにも見せしめにやったという殺し方か、死体も含めて消してしまうようなやり方の、どちらかであることが多い。

見せしめの場合は、射殺や刺殺という派手な手段をとり、犯人も、身代わりのケースは多いが、すぐに逮捕される。消す方法になると、山林やゴミ処理場に埋めたりして、死体がなかなか発見されないような手段をとる。これは大金がからんでいるケースが多い。

浜倉の場合は、そのどちらともいえない部分があった。浜倉が飼っていた女は、わずか三、四人、その上、最後に会ったときの言葉を信じるなら、決して景気はよくなかった。そんな浜倉を殺してまで商売を乗っとろうとした人間がいたとは思えない。景気の悪さに耐えられず、妙な仕事に手をだし、それが理由で殺された、というのが、唯一、考えられる可能性だ。

その場合は、ギャンブルか、薬か。

そうだとすれば、鮫島には、その死とは別に失望を感じさせる話だった。鮫島が浜倉に対してもっていた好感は、それほど大きなものではなかったが、法をはさんだ反対側に立つ者に対しては、めったにいだくことのない種類の感情だったからだ。

捜一からの照会があればいい、と鮫島は思った。浜倉の死の原因は、鮫島の胸に刺さる棘《とげ》になりそうだ。

鮫島は浜倉の顔、仕草を思った。いつかはそういうことがあると、覚悟して生きていた世界だったろう。であるとしても、やはり、浜倉の死は、鮫島の胸に痛みをもたらした。

5

プールからあがった藤崎綾香《ふじさきあやか》は、スウェットスーツのまま、館内エレベーターを使って三十四階の自分の部屋までのぼった。

プールのあるスポーツジムにもシャワールームは完備されている。が、今日はあかねに会いにいく日だった。

月に一度、あかねに会う日には、綾香は思いきり装うことにしている。

三十四階のスイートルームで、綾香はシャワーを浴び、髪を整え、化粧を始めた。

あかねと綾香は、子供の頃、まるで双子のようだといわれたものだ。あかねのほうがひとつ年上だったが、初めて会ったときは、確かにふたりともびっくりしたものだ。いちばん似ていたのが目で、綾香は、その自分の目を、やはり化粧のポイントだと思っている。

綾香の目は、ふだんは切れ長の二重瞼《ふたえまぶた》だが、意識して大きくみひらくとき、保護を求める小さな子供のような表情になる。その表情が、男女を問わず、自分を強いと信じる者たちの気持ちを惹《ひ》きつけることを綾香は知っていた。

女の顔は、髪型や衣服によってもかわるが、何といってもすべてを印象づけるのは目だ。それも形だけでなく、目のもつ〝力〟が、その女の魅力を決定づけるのだ。

バスルームの鏡で見る自分の顔は嫌いだ。蛍光灯《けいこうとう》の光のせいで、目の〝力〟が弱々しく見えるのだ。

だからいつも、新宿の街を見おろす窓辺で、太陽の光を使って、綾香は化粧をする。そのためにスカンジナビア製のドレッサーを部屋に運びこませた。

このホテルに住んで、じき四年になる。毎月、三百万以上の部屋代を支払っている。たいていのわがままをホテルは受けいれるだろう。

あかねがもし目覚めたら――そう思うと、化粧を施す綾香の手は、いつもより入念に動く。ラインをひく指は慎重になり、しかし、慎重すぎてもうまくいかない。

あかねが目覚めたとき、まっ先にその目に映るのが、自分の顔であってほしいと、綾香は願っているのだ。だからこそ、化粧は念入りにするし、着ていくものにも気をつかう。

単に美しいだけの女なら、自分よりきれいな娘たちを綾香はいくらでも探すことができる。だが自分にあるのはそれだけではない。知性と、そして同時に保護欲をそそらずにはおかない痛みを併《あわ》せもっている。綾香はそのふたつを使い分ける。知性は冷静にふるまいたいとき、痛みは相手に保護欲を起こさせる儚《はかな》さを演出したいとき。そして衣裳《いしよう》もそれにあわせる。

この五年というもの、綾香は、一度として病院に同じ服を着ていったことはない。

今日、着ていくものは、すでに決めてあった。迷うときもある。が、とにかく最新の衣裳の中で、最も高価で最も美しい服を選ばなければならない。

そのことも、あかねが目覚めたとき、大切な役割を果たすのだ。

あかねの部屋は白の世界だ。だから、綾香はなるべく明るい色を選ぶ。今日は、オレンジのスーツだ。襟もとには、きのうシャネルから届いたスカーフをゆるく巻く。靴を選び、バッグをあわせ、姿見のところに立った。

三十五歳の自分が、決して三十以上には見えないことに、自信があった。

綾香の経営するサロンでは、客に「年齢相応の美しさ」を勧めている。特に、客の大半が、よそのサロンとちがって、三十代、四十代、中には五十に達した高年齢者なので、それは大切なのだ。

「年《とし》相応の美しさ」、この言葉に、金と時間をもて余した多くの客たちが手もなく、心を奪われる。それは、客たちのほとんどが、自分の実際の年を、もはや衰えた世代と思いこんでいるからだ。

——それはちがうのです

綾香はそう告げる。

——あなたは今、四十五歳。でも、本当の四十五歳よりも、十《とお》以上、老けてしまっています。四十五歳の肌は、もっと美しいし、お化粧だってもっときれいにのる筈。あなたは年相応の美しさをとり戻さなくては

——そんなことができて？

たいていの客は、驚き、いぶかしむ。もっと美しくなりたいと願いながらも、心はほとんどその可能性をあきらめている。残っているごくわずかの部分が、「奇跡」を求めているのだ。だからこそ、彼女らは、綾香のサロンを訪ねる。

——できますとも

綾香は、目の〝力〟にものをいわせて微笑《ほほえ》んでみせる。

——だって、お客さまのお年は四十五歳。二十《はたち》の美しさを求めるのは難しいかもしれないけれど、四十五歳の美しさをとり戻すのはぜんぜん難しくないでしょう？　あなたの今が五十五歳なら、四十五歳に戻すだけ。それだけでうんときれいになれる。四十五歳って、こんなにきれいだったのかって、びっくりしますよ

それは魔術のような言葉だ。若がえることは無理でも、自分が本当の年より老けていて、それを実年齢に戻すだけなら……。

できるかもしれない。

彼女らはそう思い始める。そしてサロンでは、技術者たちに決して、彼女らを「奥さま」とは呼ばせないよう、綾香はしつけている。

名前を呼ばせるのだ。

「綾香さん」「あかねさん」と。

そうすることで、彼女らは、自分が名前で呼ばれていた若い日をなぜか思いだす。五十を越えた「奥さま」が、サロンでは不思議に、少女のように笑ったりはしゃいでいる。

初めは、名前を呼ばれ、とまどったような、不快に感じているような顔つきをしていた客たちも、いつのまにか、

「ハーイ!」

と、女子学生のような返事をするようになるのだ。

このふたつが、綾香のサロンを成功させた。

だが。

綾香は、「年相応の美しさ」など、決して信じてはいない。「年相応の美しさ」は、あくまでも商品なのである。

化粧品を扱う仕事を何年もしてきて、綾香は、女の美しさが年齢とともにまちがいなく失われていくものであることを思い知った。

肌は老いる。赤ん坊の肌こそが最も美しいのだ。

目は濁る。無垢《むく》の子供の目こそが最も輝いているのだ。

化粧は、結局のところ、失われた若さを補おうとしているだけだ。

「年相応の美しさ」がもしあるとするなら、それは、外見ではなく、内面からにじみでてくるものにすぎない。金と時間で贖《あがな》うには、あまりに高価すぎる。

もちろん、それに気づいている女はたくさんいる。が、そんな女たちが綾香のサロンを訪れることは決してない。

エステサロンは、確かに女たちを美しくする。なぜなら「自分は美しい」という自信を女たちに与えるからだ。

しかしそれは、決して美しさそのもの、すなわち外見上の変化ではない。

外見上の美しさとは、若さである。若さこそが、美しさなのだ。

綾香はそう信じている。だから、自分を若く見せることに細心の注意を払い、最高の努力をおしまないのだ。

電話が鳴った。

綾香は、これもホテルに無理をいってとりつけさせたコードレスホンの受話器に手をのばした。

「下にいる」

声がいった。時間どおりだった。決して時間に遅れない男だ。

「わかった。今から降りていきます」

綾香はいって、電話のスイッチを切った。

光塚は、地下駐車場ではなく、ロビー正面のロータリーになったホテル入口に車をつけて待っていた。

回転扉の前にぴったりと止められた純白のベントレーを人々がふりかえっていく。かつて、男たちが高級車を駆《か》って綾香を誘いにきたとき、どの車の助手席が自分をいちばん目立たせるかを考えたものだ。

しかしほんのわずかで、綾香はその馬鹿らしさに気づいた。自分が目立ったとしても、それは車と同じで、ハンドルを握る男の自尊心を満足させるためのものでしかない。

うらやまれるのは、綾香でも車でもなく、男なのだ。本当に目立つのは、車と女のもち主なのである。

だが今はちがう。

紺のダブルのスーツを着けた光塚が、回転扉をくぐる綾香に気づくとすばやく運転席を降り、後部席のドアを開ける。

赤い本革のシートに綾香は上半身を先にすべりこませ、ぴったりとそろえた両脚をあとからしまう。

光塚は敬《うやま》いをこめて、ゆっくりとドアを閉める。そうすることが綾香の気分をよくするのを、知っているからだ。

このとき目立っているのは、光塚でも車でもない。綾香自身である。

サイドブレーキを外し、ゆっくりとベントレーを発進させた光塚は、ルームミラーの中で綾香を見つめた。

「すごくきれいだ」

「きてる？」

「ああ。めちゃくちゃきてるぜ。今すぐいきたい」

「駄目。まず病院よ」

綾香は笑って釘をさした。光塚は、厳しくいわなければゴネる、というタイプではない。しかし約束は守ってやらなければならない。

「まっすぐでいいのか」

「ええ」

綾香は答え、シートに背中を預けた。あかねに会うまで、一時間半ほどのドライブだ。

ベントレーは、新宿インターから首都高速に入った。中央《ちゅうおう》自動車道に合流するとスピードをあげる。

「かけて」

料金所を通過し、通行券を受けとると、綾香はいった。光塚の右手が動き、カーコンポを操作した。ハーモニーの美しいコーラスが車内を低く満たした。クラシックの名曲を歌っている。

「三森のほうは終わった。今週中に新しい品を送るそうだ」

「そう。向こうの反応はどうなの」

「俺は知らん。直接、釜石《かまいし》に訊《き》いてくれ」

光塚の語調にかすかな嫌悪感が混じったことに、綾香は気づいた。光塚は病院が嫌いなのだ。

あかねに会いにいくときも、決して同行することはない。駐車場に止めた車から降りず、待っている。

「花は？」

「買っておいた。トランクに入っている」

「きれいなの？」

「きれいさ」

光塚の目がルームミラーの中で動いた。

「ちょうど、今日のあんたの洋服の色と同じだ」

あかねにはいつも蘭《らん》をもっていく。清楚《せいそ》な東洋蘭、華やかな西洋蘭、すると光塚は今日は西洋蘭を選んだのだ。

蘭は大切に手入れをしてやれば、意外に長く保《も》つ。あかねの部屋には、いくつもの蘭が咲いている。

中には鉢植えもあった。病気見舞いには鉢植えはよくないといわれているが、あかねには関係ない。あかねが、見舞いの花に好き嫌いをいうことはないのだ。

ベントレーは山梨県に入った。光塚の運転は巧みで、かなりスピードをだしていても危なげがない。もっともこの車ならば、ダンプやコンテナが相手でない限りは、ちょっとやそっとの事故ではかすり傷も負わないだろうと、光塚はいった。

「帰りはどこに寄るんだ？」

「まかせるわ。七時までに東京に着けばいいから」

綾香はいった。七時からは、ヨーロッパの化粧品会社の日本支社長らとの会食がある。支社長はフランス人で、綾香に気がある。抱かせる気は毛頭ないが、この服を見れば大喜びするだろう。パリからとりよせたものだ。

「柳橋《やなぎばし》だったな」

「そう。わたしを落としたら、帰っていいわ。帰りにはハイヤーを呼ぶから」

光塚の目がまた動いた。

「どこかにいくのか」

「まさか。料亭には芸者さんも呼んであるのよ。わたしは帰るだけ」

光塚は黙った。

やきもちを焼いたのだろうか。綾香は一瞬、おかしさを感じた。光塚にやきもちは合わない。まして、やきもちを焼かせるような関係になったと光塚が思っているとすれば、もっとおかしい。

やがてベントレーはインターチェンジから一般道に降りた。

はるかに中央《ちゅうおう》アルプスをのぞむ美しい丘の上に、あかねがいる病院はある。きっと中央アルプスはふもとのほうまでまっ白にちがいない。

看護婦に案内され、綾香は病室に入った。あかねは、広い個室の中央にセットされたベッドに寝ている。

個室の窓はカーテンが開かれ、まっ白に染まった南《みなみ》アルプスの山々が見えた。病院の前庭にしきつめられた芝生は色が消え、ベージュの絨緞《じゅうたん》のようだった。

「さきほど透析《とうせき》が終わったところです」

看護婦の言葉に、綾香は窓から目を戻した。あかねは規則正しく呼吸をくりかえしている。

枕もとにおかれた心電図の波形が、その心臓の動きを示していた。

「あかねちゃん、会いにきたよ」

綾香はいって、ベッドのかたわらに看護婦が用意してくれた椅子にすわった。

「今はちょっとむくみが残っているけれど、もう少ししたらひくと思います」

看護婦はいった。綾香は頷《うなず》き、抱《かか》えていた蘭の花を、あかねの胸もとにのせた。

「ほら、きれいな花でしょう」

あかねは目を閉じ、動かなかった。綾香は手をのばし、あかねの髪をかきあげてやった。透きとおるように白い肌の額《ひたい》があらわになる。看護婦の言葉どおり、目もとや頬に色の悪いむくみがあった。

看護婦が病室をでていった。あかねの口もとには酸素マスクがあてがわれている。ほかにも何本かの管があかねの体にはつながり、ベッドのかたわらの機械や壜《びん》までのびていた。

「あかね、目を開けてごらん」

綾香は呼びかけた。額をなでてやる。

あかねがこの病院に移ってきてから、じきに六年になる。それはちょうど、綾香のサロンが軌道にのりはじめた頃からの時間と一致している。

その前は、あかねは東京都の郊外にある病院にいた。十六年間、そこだった。あのことがあってからすぐ、そこの病院に移され、それから二十二年間、こうしてかわらず眠りつづけている。

綾香はあかねの腕をとった。むくみのでている表皮の内側には、細くて華奢《きゃしゃ》な骨がある。週に二度、ジムでトレーニングを欠かさない綾香がちょっと力をいれれば、ぽっきりと折れてしまいそうなほど、細い腕だ。

「ずっと、ずっと、寝ているの、あかね」

綾香はいった。微笑みを浮かべ、あかねの腕をもてあそんだ。

「綾香、待ちくたびれて、お婆ちゃんになっちゃうよ」

口を尖《とが》らせていってみた。腕の内側を軽くつねってやる。

あかねは反応しなかった。

「いいなあ、あかねちゃんはずっと年をとらないのだから」

つねった跡が、あかねの前腕には残った。慢性的な腎不全による体液異常が、こうしたむくみをあかねの体にもたらしている。が、あかねが眠りつづけているのは、腎不全が原因によるものではない。

「あかねちゃん、今日は何の話をしようか。ふみ枝さんの話は、この前きたときしたよね。じゃあ、うーんと、そうだな。また綾香の仕事の話でいい？」

綾香はつねった跡を、磨いた上でマニキュアを施した指先でこすった。

「きれいな色でしょう、この爪。あかねに会うんで、このスーツを着てこようと決めたとき、塗ったのよ。ほら、あってるでしょう」

スーツの胸もとに掌《てのひら》をあてがっていった。

「やっぱり仕事の話はやめよう。おもしろくないものね」

綾香は手をベッドに戻していった。

「そうだ、あかね、胸を見せてよ」

掌を胸にあてがったとき、自分のふくらみに触れた。ふと、あかねの胸がどうなっているか、興味がわいたのだった。

綾香は布団の中に手をすべりこませた。前開きのネグリジェに包まれたあかねの体があった。

「昔、綾香の胸が小さいって、あかね馬鹿にしたことあったでしょう。中学一年のとき」

あかねのネグリジェのボタンを外した。上からふたつめのボタンを外すと、指先をさし入れた。

「でも、もう小さくないよ。あかねは?」

思ったより高い体温を掌全体に感じ、綾香はあかねを見直した。何となくだが、体はもっと冷たいような気がしていたのだ。

あかねの胸は薄く、肋骨《ろっこつ》が尖っていた。

医師を別にすれば、まだ一度も男の指が触れたことのないその乳房に、綾香は触れた。

ゆっくりと首をふる。

「男の子みたい」

綾香の口もとに笑みが浮かんだ。そっと手を抜くと、ネグリジェのボタンを留める。布団をもとどおりかけてやった。あかねは身じろぎもしない。

「男の人が胸にさわると、どんな気持ちがするか、あかねは知らないのよね」

そして腕時計をのぞいた。声を低くしていう。

「もう少しすると、綾香の胸には、男の人がさわる。その男は、今、この病院の外で待ってるわ。きっとわたしがでてくるのを、まだかまだかと、いらいらして待ってるでしょうね。わたしがあなたに会うときは、うんときれいな格好をするから、そいつはね、いつも興奮するのよ。興奮なんていっても、わからないでしょうけれど……」

無言であかねの顔を見つめた。

今はもう、少しも綾香と似ているとは感じない、あかねの寝顔だった。

こうして眠らせておくだけで、莫大な費用をあかねはかける。それをすべて、綾香は負担しているのだ。

「目を開けない限り、あなたはちっともわたしに似ていない。いいえ、もう、開けてもきっとわたしに似ていない」

爪の先で優しくあかねの瞼《まぶた》に触れ、いった。青く細い血管があかねの瞼には浮かびあがっている。この瞼には、アイシャドウがのせられたことは一度もない。いや、口紅すら、あかねは使ったことがないだろう。

もし、あかねが目を覚ましたら、その心は十四歳のままなのだ。

目を開け、自分を見おろしている綾香の姿に気づいたら、何と思うだろう。

見知らぬ女の人がいる。見知らぬおばさんがいる。

おばさん？

そうなのだ。十四歳のあかねから見れば、わたしはおばさんなのだ。

綾香の心に曇りが広がった。その曇りは、眠りつづけている従姉《いとこ》に対する憎しみを、さらにふくらませる役割を果たした。

6

翌日の午後、機捜の刑事が、鮫島に会いにきた。

機捜と呼ばれる機動捜査隊は、警視庁刑事部に所属する、初動捜査専門の刑事隊である。刑事事件の可能性がある通報を一一〇番が受理した場合、まっ先に動くのが、この機捜だった。そのために、機捜は、本庁のみでなく、都内数カ所の分駐所に常駐し、事件発生地に最も近い分駐所の隊が急行する。これと並行して動くのが、本庁鑑識課員と所轄署員である。

鑑識による調査で、犯罪であることが明らかになれば、ただちに機捜は捜査を開始する。殺人や傷害、あるいは強盗といった重要犯は、初動捜査のスピードがものをいう。

特に殺人や傷害などの事件では、被害者の縁故関係で簡単に犯人が割れることが少なくない。そういう場合、犯人の逃亡、あるいは自殺などより早く、逮捕にもちこむ捜査を、機捜が展開するのだ。

が、そのために、機捜の捜査方法は、時間の限られたものになる。系統だてた、いわゆる「虱潰《しらみつぶ》し」の捜査とはいい難い。

いきなり犯行の核心に食いつく捜査方法は、単純な事件であればそれなりの効果もあるが、動機や犯行手段が不明の場合は、暗礁《あんしょう》に乗りあげる。

機捜の捜査は、殺人などの場合、数日間で終了し、その間に解決しなかったときは、あらためて本庁捜査一課にひきつがれる。もちろん、それ以前に殺人であるという「事件性」が確認されたときは、所轄署長名で、一課に出動要請がなされている。しかし、殺しのプロを自任する一課刑事たちは、機捜との並行捜査を嫌い、機捜が「投げる」まで、腕組みして動かない、といった状態である。

一課のベテラン刑事は、機捜のやり方を「ニワトリ捜査」と呼んで馬鹿にする傾向がある。文字どおり、あっちを突っつき、こっちをついばみ、といった捜査法だからだ。

機捜が点数を稼げば、一課の出番は少なくなる。逆に、機捜の成績がふるわなければ、それだけ一課員の稼動率は高くなる。

鮫島が会ったのは、村上《むらかみ》と野本《のもと》という刑事だった。村上が警部補、野本が巡査部長である。野本は機捜で点をあげ、捜一への異動をもくろんでいる。そのために村上の尻を叩いて、鮫島に会いにきたのだった。

話し始めてすぐ、鮫島にはそれがわかった。

村上はすでに、事件を捜一にひきつぐことを考えている。が、野本はちがった。浜倉の事件を自分の手で解決したいと意気ごんでいるのだ。

年齢のこともあるかもしれない。村上は四十四、五、野本はまだ、三十代の初めだ。

彼らノンキャリアにとって、警察機構内での出世を願うなら、まずいちばんが、昇進試験での高位合格、ついで、検挙率ということになる。

警部補、警部の昇進試験にトップクラスで合格すれば、それはただちに、本庁への抜擢《ばってき》人事をもたらす。特に、本庁警務部の人事一課あたりは、警視庁のエリート集団といってよい。もちろん、この場合のエリートとは、ノンキャリアにおけるエリートである。

全国、二十万人の警察官の中で、キャリアは、わずか五百人弱しか存在しないのだ。その意味では、エリートという言葉すらあてはまらぬほどの希種が、キャリアなのである。

村上はどうかはわからないが、野本は鮫島をキャリア出身とは知らないようだった。鮫島の階級が警部でありながら、新宿署の一防犯課員にすぎないことに、ひどく疑問を感じたらしい。

「鮫島さんは早いですね。大卒ですか？」

早い、とは階級への到達年齢のことをいっているのだった。

ノンキャリアで警部に到達するには、最短でも、高卒で三十歳、大卒で二十八歳にならなければならない。

なければ不可能である。巡査部長、警部補、警部といった各昇進試験のあいだに、それぞれ数年間の勤務経験を要求されるからだ。

キャリアである鮫島は、二十五歳で警部に任官している。そのときの鮫島には、わずか九カ月しか実習経験がなかった。

もし鮫島がノンキャリアならば、優秀なノンキャリアでなければ、警部にはなっていない。そして優秀なノンキャリアなら、当然、本庁に所属している筈《はず》だ、と野本は考えたのだ。

日本全国で約四百人にひとりしか存在しないキャリア警察官が目の前にいるとは、とうてい思えないのだろう。

「いろいろあってね」

鮫島は話をそらした。

「で、解剖の結果はでたのですか」

「ええ。いちおう、行政でやったのですが、マル害が特殊な病気でないとすると、かなり殺しの可能性が高くなると、監察医の先生はいってるんですよ。詳しいことは、化学検査の結果がでないとわからないので、もうしばらくかかると思いますが」

解剖には、司法解剖、行政解剖、病理解剖の三種類がある。このうち、病理解剖は、遺族の承諾が必要だが、行政、司法には、それがない。すなわち、死因を判定することが必要な〝変死〟である場合に適用される。

司法解剖は、全身をくまなく開いて調べる。行政解剖は、傷を中心におこなわれる。行政解剖の過程で他殺の疑いがでてくれば、監察医は、警察の検視担当官に連絡を入れ、司法解剖に切りかえる。

「特殊な病気というのは何です？」

「ええとですね――」

いって野本は手帳を広げた。

「マル害の血液を調べたところ、『血管内凝固《ぎょうこ》症候群』が見られたというのです。この『血管内凝固症候群』というのは、体中の血管のいろいろなところで血液が固まってしまうという症状で、たとえばそれが脳の血管なんかで起きたりすると、脳血栓ということになるわけです。ところがマル害の体には、いたるところにこの血栓、つまり血が固まってしまっている状態が見られたというのです。で、『血管内凝固症候群』というのが、どんな病気によって起きるかというと、癌《がん》、白血病、重症感染などなんですが、今のところ、マル害がこれらの病気にかかっていたという痕跡は見られないのです」

「つまり、浜倉の血が固まっていた」

「ええ。それも、体中のあらゆるところで、血の塊りが血管を塞《ふさ》いでいたそうです。本当ならとてもではないけれど、歩き回ったり、人と話したりできる状態ではない、と」

鮫島は深呼吸した。ホテルのロビーで会った浜倉には、まったくそんなようすは見られなかった。

「もちろん、一日でそんな病気が進行するということはありえないので、監察医の先生も首をひねっていました」

「その『血管内凝固症候群』になると、人間はどうなると？」

「まず内臓のあちこちで血栓が起きるとしますよね。そうすると血液は流れないわけだから、内臓が壊死《えし》して、急性腎不全やら肺不全などの機能障害が生じます。このマル害の直接の死因は、脳のほうで起きた脳血栓らしいのですが、いずれにしても何日も保たなかったろうと……」

浜倉が、死の直前の病いにおかされていたとは、鮫島にはとうてい思えなかった。

「だから殺しだと監察医の先生がいっているのですか」

「いや、断言しているわけではないんです。つまり、マル害には、今いった『血管内凝固症候群』をひきおこすような、癌だの白血病だのという病気の痕跡はない。たとえば脳血栓だけなら、今まで気づかなかったのが、ある日突然、ということはあるそうです。だけれども、マル害の体の血は、そこらじゅうの血管の中で固まっていた。つまり、何らかの外因によって、この『血管内凝固症候群』がひきおこされたとしか思えない。たとえば、血を固めてしまうような薬を射つとか、です。ただ、先生もそんな薬は聞いたことがないといっておられるのです」

「うなじに傷があったと聞きましたが」

「ええ」

野本は頷いた。指で盆窪《ぼんのくぼ》あたりをさし示した。

「ここら辺です。深さ三センチくらい。ちょっと太めの針のようなもので突いた跡です」

「傷口は？」

「針で突いたにしてはきたないと先生はいっていました。たぶん先は尖っているけれども、途中がぎざぎざになった棒のようなもので突いたのじゃないかと」

「出血は？」

「ほとんど見られません。内側で血管の破損がすぐに固まってしまったようです」

「その傷と死因に関係があるかどうかは、まだわからない？」

「ええ。ひょっとしたら何週間もかかるかもしれんというのです」

無理もない、と鮫島は思った。監察医は解剖のベテランである。慣れた者ならば、一死体四十分あたりで解剖をし、その死因を簡単につきとめてしまう。監察医制度があるのは、東京、横浜、名古屋、大阪、神戸の五大都市だが、そのうち監察医務院があるのは東京だけだ。他の都市は、大学の法医学教室の医師が、各県警の嘱託《しょくたく》を受けて兼任している。

監察医務院は大塚《おおつか》にあり、内部に化学検査室、病理検査室などもある。また、そこでもわからないようなら、警視庁の科学捜査研究所にもっていく場合もある。

そうなれば当然、事件は野本の手を離れる。殺人という明らかな証拠が見つかった時点で、一課にひきつがれるだろう。

村上はそれを見こしてあきらめているのだ。野本は逆に、だから焦《あせ》っている、ともいえる。殺しと確定する前に、殺しだと目をつければ、それだけ点になると思っているのだ。

「浜倉は女を飼ってたようですね。何人くらいです？」

「三〜四人です」

鮫島は、最後に会ったときのことを含め、浜倉に関して知っていることをふたりに伝えた。

「その、女たちに会うにはどうすればいいと思います？」

「わからない。浜倉が生きていれば、奴の自動車電話にかけることで連絡がついただろうが……」

浜倉の死は当然、女たちの耳に入っているにちがいない。浜倉の死体が見つかったのは、自宅近くの駐車場からマンションに向かう道だった。最初に救急車が呼ばれたが、到着時には死亡していたため、救急隊員が警察に通報した。

救急車を呼んだのは、浜倉が住むマンションの管理人である。

黙っていた村上が口を開いた。

「浜倉は、白金三丁目のマンションにひとり暮らしでした。室内には争った形跡はありませんでしたし、また浜倉の商売に関係するような品も見つかっていません。顧客リストや、飼っている女の住所録すら、浜倉は身につけていませんでした」

「暗記していたんです」

鮫島は説明した。

「浜倉はいっさい暴力団や同業者とかかわりをもたないように、商売をやっていました。自宅を新宿とは関係ない港区のマンションにかまえたのも、そのせいです。そういえば、浜倉の素性《すじよう》はどうやって?」

「四谷の防犯にいた人間が、うちの班にいまして。それでマル害の顔を知っていたんです」

村上が答えた。

「それで。浜倉が自宅に商売がらみの品をおいていなかったのも、万一の場合に備えてです。一度、西新宿の組に、つかっている女の子をさらわれ、それ以来用心深くなったんです」

野本は途方に暮れたような顔になった。浜倉の周辺から殺しの線をたぐろうにも、飼っていた女や顧客の名がわからなければ、どうしようもない。女たちは今、潜っているにちがいない、と鮫島は思った。

「浜倉の車に何か手がかりはありませんでしたか」

鮫島の問いに野本が首をふった。

「いえ。確かに電話のついたポルシェでしたが――」

「ポルシェ？」

鮫島は訊きとがめた。

「ポルシェに乗っていたのですか」

「ええ。駐車場にあったのはポルシェです。マンションの管理人が知っていました」

「浜倉は商売ではセルシオに乗っていました。白のセルシオです」

野本と村上は驚いたような顔になった。

「まちがいありませんか」

「ええ。ポルシェでは、一度にふたり以上の女の子を運べない。私が知る限り、新宿にいるときの浜倉はセルシオでした。その前は、シーマに乗っていましたが」

「すると、どこかで車を乗りかえていたんだ」

野本がいった。頭の回転のいい男だった。

「そうでしょう。このあたりのどこかに駐車場を借り、ポルシェで出勤してきて、そこにおいてあるセルシオと入れかえたのだと思います」

「じゃあ、ひょっとしたらそっちの車のほうにリスト類をのせていたのかもしれませんね」

「もしそうならば、回転式などの、車上泥《しゃじょうどろ》には狙われないような駐車場でしょう。そういう駐車場で二十四時間営業のところを捜せば、わかる筈です」

交通課にいけば、管内の駐車場はすべて押えてある、と鮫島は思った。

それを見抜いたように、野本がいった。

「協力していただけますか」

村上が驚いて、同僚を見た。

「鮫島さんにも仕事があるんだ。無理をいっちゃ駄目だ」

野本の焦りを感じているのだ。

鮫島は頷いた。

「いいですよ。協力しましょう」

7

新宿署交通課の協力で、浜倉が借りていた駐車場はすぐに割れた。北新宿《きたしんじゅく》二丁目にある、タワー式の駐車場だった。

鮫島は、野本と村上を伴って、その駐車場にでかけた。係員に身分証明書を見せ、事情を説明して、セルシオを降ろしてもらう。

吊《つ》るされた籠《かご》のような箱に車を一台一台収納して保管するタワー式の駐車場は、操作するための常駐係員が必要だが、狭い敷地で収容台数を稼げるというメリットがある。

ただし、設備投資がかかるため、月極《つきぎめ》よりも時間貸しのところが多い。その駐車場も、月極の利用者は、浜倉を含めて数台分しかなかった。

ゆらゆらと揺れながら降りてきた白のセルシオは、鮫島ら三名の目の前で停止した。ブザーが鳴り、ランプが赤から青に切りかわる。

機捜に所属する村上と野本は、ネクタイをしめ、コートを着《つ》けている。鮫島のほうは、革のジャケットにジーンズというでたちだった。

「鍵がかかっていますね」

係員がいうと、

「開けられないかな」

野本がそちらを見やっていった。

「しょうがねえな」

係員は首のうしろをかいた。二十一、二の青い上っぱりを着けた学生アルバイトのような若者だった。

詰所になっているプレハブの建物にとってかえすと、L字形の針金を手に戻ってくる。

「ひょっとすると、ピーピー、警報が鳴るかもしれません。こういう高級車って、泥棒よけのブザーがついているんです。鳴っても勘弁《かんべん》してくださいよ。刑事さんが開けろっていったんですからね」

針金を、ドアのガラスと車体のすきまにさしこんだ。

言葉どおり、独特の警報音が鳴り始めた。だが、若者はかまわず針金を操作して、ドアロックを解除してしまった。

「これ、うるさいすね。前開けて、ヒューズとっちゃいましょうか。そうしたら止《や》みますけど」

車にはかなり詳しいようだ。

「そうしてくれ」

鮫島はいった。若者はボンネットを開け、中に首をつっこむと、ヒューズのひとつを引き抜いた。警報はぴたりと止んだ。

「ほう、たいしたもんだ」

村上がいうと、若者はにやりと笑った。

「整備士の資格、もってるんすよ。ゾクあがって、手に職、つけたんすけど、親父《おやじ》が家の商売手伝えってうるさくて……」

「じゃあ、ついでにエンジンをかけてくれないか。ここで調べだすと、ほかのお客さんに迷惑になる」

「車の預かり証、おいてってくれます？　名刺でいいですから。なんかあると、親父にどやされるの、俺っすから」

「いいとも」

鮫島はいって、自分の名刺の裏に走り書きをして、若者に渡した。

「防犯課？　捜査一課じゃないんですか。殺人は、一課でしょう」

「まだその手前なんだ、こっちのおふたりは機動捜査隊だ。拳銃もってるぞ」

「本当っすか!?」

若者は目を丸くした。野本がおもしろくもなさそうに、上着の前を開けて見せた。腰に留めたブローニングのオートマティックがあった。機捜の拳銃は、ニューナンブとは限らない。

「すっげえ。今、今、エンジンかけますよ」

若者はスターターをつなぎ、セルシオのエンジンを始動させた。

「止めるときは、ここんところ、外しちゃえばいいですから」

鮫島に説明した。苦笑して頷いた鮫島は、他の席のドアロックを開き、ふたりをうながした。

「署までドライブしましょう」


新宿署の駐車場にセルシオを乗りいれた鮫島らは、中の調査を始めた。ダッシュボードには鍵がかかっておらず、中には車検証が入っているだけだ。

トランクは空《から》だった。スペアタイヤにも何も隠されていない。

調べはじめて三十分後、ようやく村上が、助手席のシートの下から手帳を発見した。赤い革表紙の、女もののような手帳で、中には顧客と覚《おぼ》しい人間のリストがびっしり書きこまれていた。好みの女のタイプや、セックスの嗜好《しこう》についての書きこみもある。

だが、女のリストはなかった。

電話番号はともかく、女たちの住所までを、浜倉が暗記していたとは、さすがに鮫島にも思えなかった。どこかに女たちの住所録がある筈だ。

が、村上と野本にとっては、そこまでで時間切れだった。捜査会議があるのだった。

「とりあえず獲物《えもの》があったんで、こいつをもって帰ります」

手袋をはめた手で手帳を示し、野本はいった。

「鮫島さんには感謝します」

「じゃあもう少し、私ひとりで調べて、見つかったら連絡をしましょうか」

「お願いできますか」

野本は喜んだが、村上は複雑な表情を浮かべた。

「あの、鮫島警部のほうはよろしいんですか。防犯の仕事は――」

「遊軍のようなものですから」

鮫島は笑った。

「そうですか……」

「それに浜倉は個人的に知っていました。私情をはさむわけではありませんが、できることがあれば、協力したいのです」

「感謝します」

ふたりの機捜刑事がひきあげると、鮫島はセルシオの運転席にかけた。新宿署の駐車場は、夕方の警らの時間帯を迎え、がらんとしている。

浜倉は、女たちの住所録をどこかにもっていた筈なのだ。管理売春をおこなう者にとって、飼っている女たちのリストは、顧客リストと同じくらい、場合によってはそれ以上に重要な財産である。まして、浜倉のように、若くてきれいな高級コールガールばかりとなれば、金の卵を産むニワトリのリストといってもよい。粗末に扱うわけがなかった。

鮫島はハンドルに手をのせ、車内を見回した。セルシオの内部は、いかにも業務用といった感じで、きれいに整頓されている。私物といえるのは、浜倉が吸っていたらしい、ラークマイルドの、封を切った箱と百円ライターくらいだ。あとはドアポケットにさしこまれた、東京都の道路地図帳だ。それにも、はさみこみや書きこみがないことは確認済みだ。

灰皿はきれいだ。吸い殻は入っていない。

鮫島は再び、道路地図に目をやった。浜倉は、女たちを自宅まで送り迎えしていたのだろうか。

それは考えられない。よほどのことがない限り、タクシーを使わせていたろう。

では何のために地図があるのか。浜倉の客は、大半が西新宿の超高層ホテルにチェックインして、女を呼ぶ。自宅や事務所に、女を呼ぶことはまずなかった筈だ。このあたりのホテルとホテルを結んで送り迎えしている限り、地図は必要ない。

業務用の車であるからには、ドライブに使ったとも思えない。

鮫島は道路地図を手にとった。

区域別に分かれ、一方通行路なども記された、詳細なものだ。

ページをめくった。鮫島の住む中野区野方のあたりを開いた。

再びページをめくる。駐車場に車が進入してくる、ガタンという音がひびいた。外はもう暗くなっているのだろう。入ってきたのはパトカーで、ヘッドライトを点《つ》けている。その光が、開け放ったセルシオの運転席にさしこんだ。

めくりかけていた手が止まった。立たせていたページの一カ所に小さな光点が浮かんだのだった。

鮫島は膝の上にのせていた地図帳をもちあげた。フロントグラスごしにそのページを駐車場の蛍光灯にすかして見た。

それは本当に、針で突いたような小さな穴だった。下のページをもちあげてすかしたが、同じ位置に穴はなかった。かわりに、そのページの左上の部分に、別の穴があるのを発見した。

最初のページの穴が東高円寺《ひがしこうえんじ》の和田《わだ》三丁目、次のページの穴が渋谷《しぶや》の幡ケ谷《はたがや》二丁目だった。その下のページには穴はない。

どういうことか。

鮫島は地図帳をおろした。もし開いた地図帳に、遊びでピンを刺したのなら、その下のページの同じ位置に穴が突き通っている筈だ。

が、このふたつのページに開いた穴は、重なっているページでありながら、まるで場所がちがう。

この穴は、ふつうにページをめくっていたら決して発見できなかったろう。たまたま帰庫してきたパトカーのライトを浴びたから、ページの中に浮かびあがったのだ。

これが女たちの住居だとしたら。

ただしページには裏表がある。和田三丁目の反対側は、中野本郷《ほんごう》小学校の校舎にあたるので除外してよいが、幡ケ谷二丁目の裏側は、杉並《すぎなみ》区の和泉《いずみ》四丁目ともとれる。つまり、二カ所の穴は、四カ所の位置を意味し、結果的にはみっつの住所の可能性を示唆しているのだ。

浜倉は、住所に関してまで暗記をしていなかったとする。しかし、一度は、女たちの住所を訪ねてはいたろう。中に入らないまでも、たとえば住んでいるマンションの形や号室などは、実際に足を運べば記憶の中に残って不思議はない。

当然、浜倉が電車を使って移動することはありえないから、車でこの穴の位置を頼りに近所までいけば、記憶がよみがえったのではないか。

それは、いくら住居の秘密を保持するためとはいえ、病的なほどの手段ではないか、という気もした。電子手帳などに記憶させ、キィワードを打ちこまなければ出てこないようにする方法もあったろう。

だがかりにそうしていたとしても、浜倉が死んだ今、内容を知るのは不可能である。浜倉の所持品にそういうものがあったとは、村上や野本はいわなかった。たぶんセルシオのキィはあったろう。しかし殺人の被害者かもしれない人間の所持品をもち歩くのは、いかにも軽率《けいそつ》である。それゆえに、野本はとりに戻る時間を嫌い、駐車場の若者に、強引な手段で開けさせたのだ。

この地図の穴について、試してみる価値はある。鮫島は、浜倉の飼っている女たちの顔を全員ではないが何人かは知っていた。中にはもう、あがってしまった女もいるかもしれない。

具体的な建物名まではわからない以上、すぐに見つけることは不可能だ。が、地図の詳細さからいえば、建物をふたつくらいに絞りこむことはできるような気がした。そのどちらもが、たとえば規模の大きなマンションだったりすれば厄介《やっかい》だが、片方がふつうの一軒家やオフィスビルであったりすることもある。

もう片方に訊きこみをしたり、重点的な監視をおこなえば、意外に簡単に割れるのではないだろうか。

もちろん、これは勘《かん》の捜査である。所轄署の応援を仰いでやるべきことだった。が、浜倉の死が殺人と断定されたわけでもないし、地図の穴が女たちの住居を示しているという具体的な裏づけがあるわけでもない。

女たちの顔を確認してからでも、野本らに知らせるのは遅くない、と鮫島は思った。女たちの顔を知っているのは、三人の中では鮫島だけなのだ。動いて、万一、それが見込みちがいとなれば、無駄足を踏むのは鮫島ひとりでじゅうぶんである。村上の、鮫島に対する気のつかいかたから想像しても、そのほうが賢明のような気がした。

鮫島は地図を手にセルシオを降りた。

鮫島は体を起こした。角度をつけたルームミラーの中に映るマンションの出入口から、毛皮のハーフコートを着けた女が現われたからだった。

マンションの名は、「幡ケ谷ソシアルハイツ」。時刻は、午後十一時二十分だった。

8

このマンションを張りこむのはふた晩めだった。その前のひと晩、地図の穴を見つけた晩には、東高円寺を張った。しかしそこは、一階にコンビニエンス・ストアをおく十一階建てマンションと、八階建てマンションが隣接して建っており、ひと晩張ったものの、出入りする人間の数の多さにあきらめたのだった。

幡ケ谷のほうは、広い敷地の一戸建てと自動車販売会社にはさまれた四階建てのマンションだった。戸数も全体で十六戸と見張りやすい。

鮫島は、昼間新宿署で通常勤務をするかたわら、夕刻から午前零時《れいじ》までと決め、自分のBMWをつかって張りこみをおこなっていたのだった。幸いに、署のほうの勤務は、書類仕事が今は中心となっている。

そのマンションは甲州《こうしゅう》街道に面して建っていた。新宿方面に向かう側である。鮫島はマンションの少し先に車を止め、シートを倒して、ルームミラーから監視していた。

女がミラーの中で手をあげた。ＢＭＷのすぐうしろでタクシーをつかまえたのだ。

タクシーのヘッドライトが女を照らしだした。二十四、五の、瓜実顔《うりざねがお》に大きな瞳をもった顔だちをしている。

見覚えがあった。浜倉がセルシオの隣りに乗せ、走っていた。

浜倉も鮫島も、新宿を仕事の場にしているのだ。その気になれば毎日でも、どこかで顔をあわせることは可能だったろう。

鮫島はタクシーのバックナンバーと会社名を頭に刻み込み、イグニションキィを回した。万一、見失っても、タクシー会社に署のほうから照会させれば降ろした地点はつきとめられる。

ウィンカーを点け、タクシーの空車が疾走する、深夜の甲州街道上り線に合流させた。

夜を中心に張りこんだのには、理由があった。浜倉を含め、コールガール業界の人間は、深夜から早朝にかけてを中心にした生活時間帯で暮らしている。それはなぜかといえば、客の〝注文〟が集中するのが、真夜中の十二時を中心とした時間だからだ。ホテルにチェックインした客たちが、すぐさま情事を求めるとは限らない。

たいていは仕事がらみでホテルに泊まり、外で会食などをすませ、多少アルコールの入った状態で女の体を求めるのである。ホテルに泊まっているからといって、客たちがすべて東京以外の土地からきたかといえば、そうではない。

東京の人間が、仕事のためにホテルの部屋をとる、というのは、決して少なくはない。また、そういう場合、客たちは、浜倉に〝予約〟を入れていた筈である。浜倉は、女たちの時間を調整し、ホテルに送りこんでいた。

浜倉は、客を、新聞の広告や電話ボックスのチラシなどでは勧誘しなかった。半ば会員制の顧客システムをもっており、そのことが性病や、警察、暴力団の介入を防ぐと考えていたのだ。

客を増やすのは、客の口コミでじゅうぶん足りる、と鮫島に話したことがある。荒稼ぎをする気もないし、そのほうが女たちが安心して仕事ができるからだ、ともいった。

女たちは当然、〝仕事〟にあわせた生活を送っている。元締めの浜倉が死に、休業状態となったとしても、ただちにはその生活習慣はかわらない。買い物にでかけるにしても、夕方から暗くなってという時間に動くだろうと、鮫島はふんだのだった。

タクシーに乗りこんだ女の名までは、鮫島は知らなかった。浜倉の車にあった地図帳には、全部で五カ所の穴が開いていた。

浜倉は五人の女を飼っていたのだ。

そのうち、鮫島が名前まで知っているのはひとりだけだった。さやという源氏名《げんじな》をつかっていた娘だ。アダルトビデオの女優だったと聞いたが、確かに背が高く、抜群のプロポーションをしていた。その娘がホテルのロビーを歩くと、ほとんどの男性客がふりかえった。浜倉は苦笑しながらいったことがある。

「気だてもいいし、もちろんあのとおりの見てくれなんですがね、ものすごい口べたなんです。人見知りも激しくて。決まったお客さんばかりなんだけど、ベッドの上以外では、ほとんど口きかないのじゃないすかね」

タクシーが右折車線に入った、参宮橋《さんぐうばし》に向かう道に合流する。

飲みにいこうというのか。鮫島は時間を見た。十二時には、まだ間《ま》がある。浜倉が飼っていた女たちが遊び場に新宿をつかわないであろうことは、わかっていた。新宿では、客にぶつかるおそれがある。渋谷や六本木《ろっぽんぎ》、あるいは池袋《いけぶくろ》といった盛り場を選ぶのではないか。

タクシーは参宮橋を代々木《よよぎ》方面に向かい、一方通行の入口で左折した。

鮫島は速度を落としながらあとを追った。タクシーの運転手が尾行に気づくと厄介《やっかい》だった。女ひとりの乗客だからと、親切心で注意を与えるかもしれない。

左折してすぐ、ハザードをつけて止まっているタクシーが目に入った。鮫島はスピードをあげた。タクシーの横を走りすぎる。

あたりは住宅地だった。一軒家やマンションが建ち並んでいる。が、ひとつだけ、街路灯のほかに光をはなっている白い看板があった。女は、その看板のかたわらの階段をのぼっていくところだった。

鮫島は一方通行をぐるぐるとまわり、再び女がタクシーを降りた道に戻った。

そこはむきだしのコンクリートを外壁につかった斬新《ざんしん》な雰囲気のビルだった。一階部分に植えこみと、十段ほどの階段がとりつけられ、中二階の位置に木でできた扉がはめこまれている。

白い光をはなつ看板には、小さく「indigo」と記されていた。スナックか喫茶店のようだ。インディゴの文字は、言葉どおり、藍《あい》色をしている。

それをBMWの窓から見つめていると、看板の明かりがふっと消えた。内部から操作して消したようだ。

鮫島はBMWのライトを消し、エンジンを切った。「インディゴ」に窓はあるが、少し離れた位置に止めてあるので、中からBMWの内部にいる鮫島の姿は見えない。

看板の明かりが消えたことを考えれば、あの女はただの客として「インディゴ」を訪れたわけではなく、プライベートな関係が店側とあるようだ。

鮫島は煙草に火をつけた。左のサイドミラーにヘッドライトが映った。黒のフェアレディZだった。「インディゴ」の前に駐車しようとでもいうように、BMWの先で左に寄った。鮫島は体を低くした。

Ｚのライトが消えた。ドアを開け、長身の女が降りたった。革のスイングトップに革のパンツをはいている。髪をたばねていたが、さやだと鮫島にはわかった。

さやは階段を駆けあがり、「インディゴ」の扉を引いた。看板の明かりが消えているのは、まったく意に介していなかったようだ。

鮫島はまたも時計を見た。十二時を数分、過ぎていた。「インディゴ」で最初の女とさやが待ちあわせたのだろうか。

しばらくようすを見よう、と鮫島は思った。ひょっとすると待ちあわせをしたのは、ふたりだけではないかもしれない。

十数分後、その想像を裏づけるように、バイクが一台、一方通行路に走りこんできた。ふたりのりで、後部には髪の長い女がまたがっている。バイクは、さやのＺのかたわらで停止した。

後ろに乗っていた女がバイクを降り、ヘルメットを脱いでライダーに渡した。二十《はたち》そこそこの、ジーンジャケットの下にアロハを着た娘だ。

「じゃあね。あとで電話する。サンキュー」

娘がいうと、ライダーは返事のかわりに排気音を轟《とどろ》かせた。オフロード用のバイクだった。

バイクが遠ざかると、娘はそれを見送り、ジーンズのヒップポケットに両手をつっこんだまま、階段をのぼった。「インディゴ」の扉を引く。中からもれてきた光で、娘が風船ガムをふくらませているのが見えた。

それからさらに二十分を鮫島は待った。「インディゴ」を訪れる者はもういないようだった。鮫島はBMWを降りた。車内にいるのに疲れていた。

住宅街の夜空を見あげ、大きく深呼吸した。

「インディゴ」に裏口があるとは思っていなかった。だからのびをして、両手をおろすまで、首すじにつきつけられたナイフに気づかずにいた。

「動くなよ、この野郎」

声がいった。

ナイフをもった人物は背後から忍びよってきて、不意に立ちあがったのだ。サイドミラーにすら、その姿は映っていなかった。

鮫島は体を硬直させた。目を動かしただけで、右耳の下からつきでたコンバットナイフの刃先が見えた。

鮫島は丸腰だった。特殊警棒すら、車内においたセカンドバッグの中だ。

「何の真似だ」

落ち着いた声をだそうと努力しながら、鮫島はいった。

「ふざけんな。てめえ、どこの回し者だ」

語調は荒々しかったが、本職のやくざとはちがうひびきだった。それに声が若い。

鮫島は答えず、「インディゴ」のほうを見やった。窓に人影があった。

「どうやらかんちがいをしているぞ」

「とぼけたことというんじゃない」

ナイフの柄《つか》が鮫島のうなじに押しつけられた。刃先のひんやりとした感触が頬にある。

「『インディゴ』に集まっているお嬢さんたちの用心棒か」

「名前をいえってんだ、この野郎。それに所属だ」

「こんなところで凄んで一一〇番されても知らんぞ。俺はかまわないがね」

「何だって――」

ナイフが頬から外された。鮫島は左肩をつかまれ、ぐるりと向き直らされた。

髪をスポーツ刈りにした、二十三、四の男がナイフを手に立っていた。白のポロシャツにジーンズをはいている。

「あんた、お巡《まわ》りか」

「新宿署。防犯」

若者は一瞬言葉を失った。ナイフをもった手をだらんとさげ、

「参ったな……」

とだけ、いった。

「手帳を見るか」

「あ、ああ」

鮫島は警察手帳を示した。

そのとき「インディゴ」の扉が開かれた。人影が戸口に立った。

「コウジ、どうしたの？」

ハスキーな女の声がいった。どこかの国の民族衣裳のような、布の端切れをつなぎあわせて作った、長いスカートをはいている。逆光で顔は見えなかったが、髪をもじゃもじゃにカールさせているのがわかった。

「姉ちゃん――」

若者がそちらを見やった。途方に暮れたような声だった。

鮫島は若者の肩を叩いた。

「いこうか」

若者は力なく頷き、歩きだした。ひどく後悔しているようで、それが鮫島にはおかしかった。

ふたりは「インディゴ」につづく階段をのぼった。

姉ちゃんと呼ばれた女は、煙草をはさんだ手を腰にあて、鮫島を見おろした。

二十八、九か。目も口も大きい、印象に残る顔だちをしている。色が黒いので、ヒスパニック系の血が流れてるような雰囲気すらあった。
「お巡りさんだぜ」

女がコウジと呼んだ若者は肩を落とし、戸口に立った女のかたわらをすり抜け、店内に入った。

鮫島は女の前で立ち止まった。

「お巡り?」

女がいった。喉を潰《つぶ》されたような声だ、と鮫島は思った。

「新宿署、防犯課、鮫島」

手帳を見せ、いった。女はちらりと鮫島を見、いった。

「中、見せてよ」

鮫島は中の身分証を提示した。女はのぞきこみ、煙草を口に運んだ。

「警部なの。で、何してたの」

横を向き、目を鮫島に向けながら煙を吐《は》いた。

「この店に入っていった女性を尾行していた」

隠す必要はなかった。

「なんで?」

「浜倉のことを聞きたくてな」

「関係ないじゃない」

「そうかな。今、おたくの中にいるのは、皆、浜倉のところで働いていた子たちだろう」

女が「インディゴ」の関係者であると見当をつけ、鮫島はいった。

女は煙草を吸った。

「浜倉がなんで死んだか、知りたいんだ」

「あんた一課じゃないんだろう」

鮫島はため息をついた。

「そのとおりさ。だが浜倉は俺の管轄の仕事をしてた」

「パクったことあるの」

「ない」

女は冷ややかな目で鮫島を見ていた。鮫島は息を吸い、いった。

「知りあいだったんだ」

「知りあい？」

女は鼻を鳴らした。

「浜倉に何か奢《おご》ってもらったのかい。それとも女の子を紹介してもらった？」

鮫島は女の目を見つめ、静かにいった。

「そういう冗談は好きじゃないな。あいつをパクるより、ほかにパクりたい奴がたくさんいた。それだけだ」

女の目の中で何かが動いた。ひるんだ、ともいえた。

女が戸口からどいた。

「聞くんだったら、聞けば」

「ありがとう」

鮫島はいった。女が驚いたように目を広げた。

鮫島は「インディゴ」の店内に入った。三角形をした木製のテーブルがおかれ、中央に花をいっぱいに生けた大きな花壜《かびん》がのせられていた。額《がく》に入ったリトグラフがあちこちにかけられている。

テーブルに不安げな面持《おもも》ちをした四人の女たちがすわっていた。ひとりは、鮫島が初めて見る顔だった。

若者は入って左手にある大理石を貼ったカウンターによりかかっていた。

女が扉を閉めた。

「刑事だって」

鮫島は四人の顔をじっと見つめた。その言葉を聞いて、特に怯《おび》えた表情になる者はいなかった。

初めて見るひとりは、髪を短く刈りあげ、黒いスウェードのワンピースにブーツをはいていた。二十ぐらいで、どこか晶に似た雰囲気をもっている。

鮫島はさやを見た。さやの目が動いた。

「やあ」

さやは無言で頷いた。

「知ってんの」

女が鮫島の背後からさやに訊ねた。さやはまた頷いた。

「君らを捜していた」

さやが上目づかいで鮫島を見た。

「なぜ」

低い声だった。

「浜倉のことを聞きたかった。なぜ死んだのか」

「知らない」

女が鮫島のかたわらをすりぬけ、さやの隣りにすわった。ほかの三人も含め、かばおうとするかのようだ。

「ここにはどうして集まったんだ?」

鮫島は訊いた。

「これからのことを相談するためよ」

女が答えた。鮫島は女に訊ねた。

「あんたは？」

「入江藍《いりえあい》」

「あいは、藍色の藍か」

「そうよ」

「浜倉との関係は？」

「昔の女房」

鮫島は驚いた。

「結婚していたのか？」

「あいつが今の商売を始めるまで。別れたのは商売とは別の理由だけど」

鮫島は首をふった。そしていった。

「すわっていいかな」

カウンターに寄せられている、鉄パイプと革で作られたストゥールをさした。

「どうぞ」

藍の目におもしろがっているような光が浮かんだ。

「あんたかわったお巡りだね」

「そうかな」

「新宿鮫」

さやが小さな声でいった。皆がさやを見た。藍は訊きかえした。

「なあに？」

「新宿鮫」

さやがくりかえした。

「あなたが新宿鮫なの？」

若い、晶に似てると思った娘がいった。

「そうだ」

娘はほっと息を吐いた。新宿鮫という言葉に、ほかのふたりも心あたりがあるようだった。空気が少しだが、やわらいだ。

「知ってるの？　ミクちゃん」

藍が訊ねた。

晶に似た娘は頷いた。

「浜倉さんが、何かあったとき、それが藍さんに頼れそうもないようなことだったら、新宿署の刑事さんで、新宿鮫って呼ばれてる人のところにいってみなさいって。もし、浜倉さんがパクられちゃったりしてて、どうにもできないようなときはって」

「自分が知ってる中で、ひとりだけ信用できる刑事だって。あとは最低の奴ばっかりだって」

鮫島が尾行した女がいった。

「ふうん。あたしは初めて聞くね」

藍はいった。鮫島は藍を見た。

「あんたはカタギだ。それにこの店は管轄がちがう」

藍は苦笑した。

「なるほど」

鮫島はおかれていた灰皿をひきよせた。本来、これ以上彼女らから話を訊くなら、野本や村上を呼ぶべきだった。だが彼らがくれば、女たちは口を閉ざしてしまうにちがいなかった。

鮫島は煙草をくわえた。コウジがジッポの火をさしだした。

「ありがとう。近よってきたのにまるで気づかなかったよ」

「やっぱパクられるんですか、俺」

コウジがしょんぼりといった。

「君は俺を誰とまちがえたんだ？」

「あたしがいけっていったの。コウジは自衛隊のレインジャーにいたのよ。本当はすごくおとなしい子なの」

藍がいった。

「弟さんか」

「そうです」

コウジは頷いた。

「パクらないよ」

鮫島はいって、藍を見た。

「何を警戒してる？　浜倉はどこかの組とトラブっていたのか」

「聞いていない。でも何かがあった。でなきゃ殺されやしない。そうでしょ」

藍は大きな目をみひらき、かぶりをふった。鮫島はその目の奥に痛みを見た。

「あんたがあの男を知ってるならわかる筈だよ。あの人はすごく臆病《おくびょう》で用心深かった。でもそれなりに筋が通っていた。恐《こわ》がりだったけど、卑怯者《ひきょうもの》じゃなかった」

「知っている」

「じゃ、誰があの人を殺したんだい？」

鮫島は煙草を吸った。

「それを俺も知りたい」

女たちの顔を見まわした。

「誰か心あたりはあるか？」

無言だった。

「最後に会ったとき、産婦人科がどうのこうのといっていた。産むつもりの子をおろされてしまった子がいる、と」

誰も何もいわない。

「君たちの誰だ？」

「その子はここにきてないわ。連絡がとれなかったらしいの」

藍が答えた。

「名前は？」

「ミカヨ。堀《ほり》ミカヨ」

さやがいった。

「どこに住んでいる？」

「東高円寺」

ミクが答えた。

「和田三丁目の？」

ミクは頷いた。

「コンビニエンス・ストアが一階に入っているマンションかい」

「その隣りのほう。ずっといない。浜倉さんが死んだ日からいない」

鮫島は息を吸いこんだ。

「恋人がいると聞いたが」

「いる。バンドやっている子。でもどこに住んでるか知らない」

「プロのバンドか」

「ちがうと思う。ほとんどその子の家に住んでたみたい、ミカヨ」

「男の名は？」

「ポプリン」

「ポプリン？」

「そういうあだ名なの。本名は知らない」

「バンドの名は？」

ミクは黙った。知らないようだ。

「『ヘルスキッチン』」

さやがいった。

「『ヘルスキッチン』？」

頷いた。

「どこに住んでいるか知ってるか」

さやも首をふった。

「ポプリンのところにいると思うか」

「たぶん。連絡してこないのは、すごく恐がっているからだと思う。浜倉さん死んだこと考えると、ほかに理由、ないから」

さやが長く喋った。ほかの者は驚いたようにさやを見た。

鮫島は藍を見た。

「浜倉とはよく会っていたのか」

藍は首をふった。

「月に一度も会っちゃいないわ。電話ではときどき話したけれど」

「病気だったか、彼は」

「病気？」

「癌《がん》とか白血病とか――」

「何いってんの？」

「教えてくれ」

「そんなの聞いたことない。ぴんぴんしてたわよ。あの恐がりがそんな病気だったら、大さわぎしたでしょうよ」

鮫島は頷いた。そしていった。

「ミカヨの人相を教えてくれ。知っていたらポプリンのも――」

9

ベントレーを降りた綾香が店内に入ってみると、ふみ枝は先に着いていた。

ガスコンロをのせたテーブルのこちら側で、座布団の上に正座し、一心不乱《いっしんふらん》に二本の編み棒を動かしている。こげ茶色のスカートの上に、毛糸玉があり、そこからのびた毛糸がふみ枝の両手の間でハンカチほどの大きさの編み物を作っていた。

ふみ枝は背中を丸め、目を近づけるようにして編み棒の先に見入っていた。座敷の上座《かみざ》にあたる、窓ぎわの席を綾香のために空けてあった。

案内をしてきた仲居《なかい》が声をかけようとするのを目で制し、綾香はその横顔をみつめた。髪のつけ根がまっ白だ。少し太ったようにも見えるが、疲れでむくんでいるのかもしれない。

座敷の靴脱ぎ場に立ち、ふみ枝に目を注いでいる自分を、ついたてで仕切られた隣席の男性客がじっと見つめている。今日の綾香は光沢のある生地《きじ》で作ったパンツスーツに、カシミヤのロング丈のコートを着ている。

大衆料金が売り物の、このふぐ料理屋には、いかにもそぐわない姿だった。綾香も本当は、個室の座敷があるような料亭を使いたかった。が、一度そうした店で会ったとき、ふみ枝が別れ際まで、「無駄づかいをしている」と、ぶつぶついったのだ。

――あなたがお金持ちなのは知ってます。でもね、あたしなんかにつかうより、もっとほかにお金をつかう場所があるでしょう。本当はあたしは、お蕎麦屋《そば》さんかどこかでじゅうぶんなのよ。おいしいものを食べさせてくれる気持ちはありがたいけれど、なにもこんなお座敷までとっておいてくれなくたっていいのよ。かえって気疲れしちゃって、どこに何が入ったのだか、わかりゃしないわ
ふみ枝は例によって、自分で編んだ毛糸のカーディガンに白のブラウスを着ていた。ブラウスもクリーニングにださず、自分で洗ってるにちがいない。うしろの襟のところに、ちょっとしたほころびをていねいに繕《つくろ》ったあとがあった。

ふみ枝がほっと息を吐《つ》き、背中をのばすと、編み物を広げて光にすかした。

ついたてで仕切られた座敷のあちこちで、湯気がたちのぼり、鍋が煮え、酔いを含んだ声高なやりとりが交わされていた。そんな中にあっても、ふみ枝はひとり、自分の世界に没頭しているように見えた。

綾香は口を開いた。

「お、ば、ちゃん」

ふみ枝はびっくりしたようにふりかえった。小さな目を大きく開いている。

「なんなの！　驚いたわよ」

綾香は口を尖らせてみせた。

「だっておばちゃんたら、編み物に夢中で、綾香がきたことに、ちっとも気がついてくれないんだもの」

ふみ枝は顔をほころばせた。目の下にむくみのような隈《くま》がある。それこそ、四十九のふみ枝の年を考えると、十以上老けて見せるような隈だった。

綾香はショートブーツを脱ぎ、座敷にあがった。ふみ枝の向かいに正座をすると、仲居が、鍋のかけられたコンロに火を入れ、

「もう、おもちしてよろしゅうございますか」

と訊《たず》ねた。

「ええ」

綾香は微笑《ほほえ》んで頷《うなず》いた。脱いだコートを丸めてかたわらにおく。

ふみ枝がいつももち歩いている手さげ袋の中に、毛糸玉と編み棒をしまった。綾香はハンドバッグから煙草をとりだし、カルチエで火をつけた。

「おばちゃん、ちょっと太った？」

首をかしげ、訊ねた。ふみ枝は煙草を吸わないので、まっさらの灰皿を手もとに寄せる。

ふみ枝が上目づかいでにらんだ。

「嫌な子ね。ええ、太ったわよ」

「でもあんまり寝てないでしょう。目の下に隈がある」

「あら、そんなことはないわ。いつもぐっすり寝てますよ」

「忙しくないの、今」

「ふつうね。この時期は――」

ちょっといい淀《よど》んだ。

「もう少しすると忙しくなるわ。春休みに入ると」

「患者さんが増えるの?」

ふみ枝は頷いた。

「先のことを考えない人が多いからね」

仲居が、ふぐ刺を広げた大皿を運んできた。半透明の大きな花びらが咲いている。

「まあ、きれい」

ふみ枝がそれを見ていった。

「食べて」

綾香は、薬味のもみじおろしと分葱《わけぎ》の入った竹筒をさしだし、いった。

「ありがとう。食べるのがもったいないみたい」

「何いってるの。うんと食べて暖ったかくして帰って。お酒は？」

「駄目よ。ぜんぜん飲めないの、知ってるでしょう。あなただけ飲みなさい」

注文しておいたビールの小壜《こびん》をふみ枝がとりあげ、いった。

綾香は煙草をひねり消し、タンブラーを手にとった。自分のグラスが満たされると、ふみ枝から小壜を奪いとり、

「じゃ、ちょこっとだけ」

無理にふみ枝のタンブラーにも注《つ》いだ。

「乾杯しましょうよ、乾杯」

「もう。しようがないわね」

ふみ枝は嬉しげにいって、半分ほど注がれたタンブラーをとりあげた。

「乾杯。ありがとう、いろいろ」

綾香はいった。

「なによ」

笑いながらいい、ふみ枝はビールに口をつけた。綾香はいっきにタンブラーの半分ほどを喉に流しこんだ。

ふぐ料理屋の店内は暑く、喉が渇いていたのだ。

「あなたのお店はどうなの？」

ふみ枝が訊ねながら、ふぐ刺をポン酢につけ口に運んだ。嚙《か》みしめるように口を動かし、

「ああ、おいしい」

とつぶやいた。

「大丈夫。もうかっておりますわよ」

「本当におもしろい世の中よね。みんな、そんなにきれいになりたいのかしら。おばさんになればいっしょなのに」

「あら、うちは、おばちゃんくらいのお客様ばっかりよ」

「こんな年の？」

「ええ」

ふみ枝の目に憤《いきどお》りに似た光が瞬《またた》くのを、綾香は認めた。

「なんなんでしょ、いったい」

「年をとるほど、美しさに執着《しゅうちゃく》するのよ」

ふみ枝は息を吐いた。

「あたしはそう考えれば幸せだわ。もとからきれいだったわけじゃないから、そんなの惜しいとも思わない」

綾香はつかのま沈黙した。ふみ枝は黙々と箸《はし》を動かしている。

「……仕事、たいへんだった？」

綾香は訊ねた。

「ちっとも」

ふみ枝はいって、ほとんど中身の減っていないタンブラーをわきにどけ、茶の入った碗をとりあげた。

「あれがつかえるようになってから、すごく楽よ。でも、いつもいつもあれを使うってわけにはいかないのよね」

「そうね。まだ、たくさん残ってるの？」

「あと三回分くらいかしら。でもなくなっても大丈夫よ。今までだって、なしでやってきたのだから」

「なるべく、おばちゃんの手をわずらわせたくないの」

「変なこといわないで。あたしはいやいややっているわけじゃないのよ」

「でも――」

「もちろん、楽しくてやってるわけでもない。あんなことが楽しかったら、まちがいなくあたしは病人だわ。だけどあなたが少しでも幸せになってくれるのなら、あたしはどんなことだって平気なのよ」

「おばちゃん……」

「このあいだね、ふっと思ったの」

ふみ枝は楽しげな表情になった。声が低くなる。まるで、内緒話《ないしょばなし》を楽しむ幼女のようだった。

「あなたとね、あたしの間には絆《きずな》があるんだ、って」

「絆」

「そう、神様は、あたしに旦那さんや子供を恵んでくださらなかったけど、あなたを与えてくれたの。あなたという存在を」

「嘘《うそ》よ。あたしのほうこそ、おばちゃんがいなかったら、どうなっていたかわからないわ」

綾香は力をこめていった。真実だった。ふみ枝がいなければ、まちがいなく今の自分はいない。それも、今のふみ枝ではない。二十二年前、二十代の後半にさしかかったばかりのふみ枝がいなければ、自分はいなかった。ここでこうして、隣席の男たちの視線をひきつけながら、彼らとしては精いっぱいのご馳走《ちそう》であるふぐ料理を、今週の夕食の中では、たぶんいちばん安あがりだと胸算用《むなざんよう》している自分はいなかった。

「二十二年前のこと、あたしは絶対に忘れない」

「忘れていいのよ」

ふみ枝はやさしい顔でいった。

「ううん、忘れない。だって、つい、このあいだも会ってきたんだもの」

「あかねちゃんに？」

綾香は頷いた。二十二年という時間は、もはやふみ枝から、同情や後悔という感情を奪いとっていた。いや、ふみ枝はこの二十二年間、あかねと、あかねに対して自分がおこなった行為を、同情も後悔もしなかったにちがいない。

二十二年間、ふみ枝が育《はぐく》んできたのは、綾香に対する愛情でしかない。ふみ枝は、初めて会ったときから、綾香を愛してくれた。

綾香が愛されることを望んでいたわけではなかった。あのときの綾香は、誰かが自分を愛してくれるなどとは、思ってもみなかった。

綾香は真実を知ったばかりだったのだ。孤独と不安の暮らしから、あかねの両親が救ってくれたと信じたのもつかのま、その幸福が、真実を知った瞬間から、恐怖と不信の日々にかわった。誰かに救いを求めることなど、思いもよらなかった。何も知らぬ人々は、綾香を幸運な少女だと信じ、その言葉に耳を傾ける者などひとりとしていなかった。

綾香は、あの頃の自分ほど絶望していた人間を知らない。絶望とは、実際に道が断たれているかどうかではなく、断たれていると信じてしまうことだ。

そしてまちがいなく十三歳の自分に、未来はないと信じていた。

ふみ枝はその絶望から自分を導きだしてくれたのだ。それも一瞬で。

不思議なことだが、ふみ枝のしたことを知ったとき、綾香もまた、ごく自然にそれを受け入れることができた。ふみ枝を恐ろしいとは、これっぽっちも思わなかった。たぶん、それが愛情というものなのだろう。いろいろな愛の形がこの世の中にはある。ふみ枝のした行為が、綾香に対する愛からでたものだと、綾香は直感することができたのだ。そしてその瞬間から、綾香にとり、ふみ枝の愛がどのような形をとるかを、綾香は知った。

綾香が生きてゆく過程で、その存在が大きな障碍《しょうがい》となる人物と出会ったとき、綾香はふみ枝に相談することができた。

——どうすればいい、おばちゃん

形はあくまでも問いかけだった。が、ふみ枝はその言葉の裏にこめられた哀願を感じとった。

——あたしに任せておきなさい

ふみ枝はにこにこと答える。そしてある日、その障碍は消えてなくなるのだった。

一時期、綾香は、そのふみ枝が暴走するのを恐れたことがあった。猛獣つかいが、猛獣にとって食われるのを、危《あや》ぶんだことがあった。

だが、ふみ枝は、どれほど仕事をこなそうと、決してストレスを残したり、苦しむ人間ではなかったのだ。

ふみ枝が人を殺しても、まるで傷つかない人間であることに気づいているのは、たぶん自分ひとりだろうと、綾香は思っていた。傷つかないのは、綾香がいるからなのだ。綾香がいなければ、綾香のためでなければ、ふみ枝は虫一匹、殺せない人間であったかもしれない。

母親が、幼い我が子の眠りを妨げる蚊を手で叩《たた》き潰《つぶ》すように、ふみ枝は、綾香にとって存在してほしくない人間を殺してきた。

初めてそれをしたのは、もう十年も前のことだ。綾香が夫との離婚を決意したときだった。

もはや、同じ空気を吸うことすら嫌になっていた夫だったが、その財産には魅力があった。夫は綾香に子供を望んだ。綾香がほしかったのは事業だった。自分がたてた計画を実行してくれる人々だった。自分には成功させる力がある、と信じていた。必要な運も。

もちろん、ふみ枝が、十三歳の綾香のためにしたのと同じことをしてくれると、そのときは思ってもいなかった。いや、よしんばしてくれるとしても、迷いやためらいがふみ枝にない筈《はず》はない、と思った。

ところが、六月の雨の晩、その頃住んでいた高円寺の、駅前の喫茶店で、ふみ枝に会い、生ぬるくなった紅茶の前で、綾香が二時間にわたって〝悩み〟を打ち明けたとき、

――くよくよしては駄目。全部、全部、あたしに任せなさい

と、ふみ枝はいったのだった。

夫はそれから三日後、駅のホームから転落し、入ってきた電車にひかれて死んだ。それはあくまでも事故としか思えない最期《さいご》だった。

人を殺すことにかけて、ふみ枝には天才的な才能があった。ひとつには、目立たないその風貌《ふうぼう》にもよるのだろう。綾香が呼ぶとおり、どこにでもいる、そのへんのおばちゃんとしか見えないのだ。

ふみ枝の殺人は、いつも、驚くほど念入りに計画され、そして大胆に実行されているにちがいなかった。具体的にそれがどうなのか、綾香は聞いたことはなかった。しかし、ふみ枝はいつもやってのけ、そして疑われるということを知らなかった。


「あかねちゃん、どうだった？」

ふみ枝が訊ねた。

「別に。いつもとかわらなかった」

綾香は答えた。眠りつづけるあかねに対し、つかのま自分が感じた嫉妬《しっと》のことを今ここで話しても理解されるとは思えなかった。

仲居が鍋の材料と唐揚げを運んできた。綾香はひれ酒を一人前、注文した。

「あれ、また注文しておこうか」

仲居が鍋の準備をするかたわらで、綾香はいった。

「あれ?」

「薬よ」

「そうね。大丈夫なの」

「うん」

「どこかお体の具合でもお悪いんですか?」

浮きあがってきたアクをすくいとりながら、仲居が訊ねた。ふみ枝と同じくらいの年だ、と綾香は思った。が、人に見られる仕事をしているせいか、化粧も濃いし、ふみ枝よりは若く見える。中指にしている指輪は、もし石が本物ならば、給料以外にも収入がある証拠だ。

綾香とふみ枝は視線をからませた。

「ちょっと、腰が悪いの、ね」

綾香は微笑《ほほえ》んでいった。

「あら、じゃあ、うんと暖まっていってください」

「ええ」

薬は、南米《なんべい》から、輸出した品の代金とともに入ってきたのだった。アメリカ合衆国の製薬会社で開発され、軍の公《おおやけ》にはできないセクションに納入されたのち、南米に麻薬の代金の一部として流出したものだという。それが実際にどんな効果をもたらすかを、綾香は聞いて知っていた。ふみ枝は当初、不信から難色《なんしょく》を示した。

——蟹《かに》の血から作ったんですって？

——そうじゃないわ。蟹の血からもとれる成分なのだけど、それを化学的に合成して、もっと強力にしたのですって

——そんな薬、あるのかしら

——これと同じ薬は売ってないわ。だって、使《つか》い途《みち》がないもの

——そうね

薬品は灰褐色《はいかっしょく》の粉末をしている。嚥下《えんか》しても、何の効果もない、と聞いていた。ただし、胃などに潰瘍《かいよう》などがあって、出血している場合は別だ。

その粉末を液体などに溶かして、血管内に注入しなければならない。とはいえ、効果は劇的で、何も静脈などに注射する必要はない、という。

要は、ほんのちょっと、出血するくらい、傷をつけてやればいいのだ。

ふみ枝が何を使ったのか、綾香は知らなかった。

ただいえることは、注射器などのような、医療関係者だと足がつくような道具を使うほど、ふみ枝は愚かではない。

きっと、ふみ枝のようなおばちゃんがもっていて、何の不思議もない道具を使ったのだ。

「お金はいつものようでいいの？」

仲居が立ち去ると、綾香は訊ねた。ふみ枝が仕事をするたびに交通遺児育英のための基金に、綾香は匿名《とくめい》で十万円を寄付する。

十万円という金額も、寄付する先も、決めたのはふみ枝だった。

「別に少し、渡しましょうか？」

「いらないわ」

きっぱりとふみ枝は首をふった。

ふみ枝が板橋《いたばし》の、１Ｋの風呂のないアパートに住んでいることを、綾香は知っている。

「月に一度、こうしておいしいものを食べさせてもらえるだけでじゅうぶんよ」

綾香は大きく息を吸い込んだ。本当は会わずに、金だけを渡すのが、自分にとっていちばんよい方法だというのはわかっている。

だが、ふみ枝は満足しないだろう。

殺人の報酬《ほうしゅう》は、ふみ枝に、このわたしの顔を見せてあげること、ひとときの時間をいっしょに過ごしてあげることなのだ――綾香は知っていた。

10

主だったレコード会社、インディーズといわれる自主制作盤、双方を含め、「ヘルスキッチン」という名のロックバンドがCDをだしたという記録はなかった。鮫島は管内のライブハウスを何軒かあたり、そこでも「ヘルスキッチン」につながる情報を手に入れられないと知ると、晶に連絡をした。

——パクんの、そいつ

鮫島の頼みを知った晶の声が、固くなった。

——ちがう。話を訊《き》くだけだ。殺しかもしれない事件の情報を握っている可能性があるんだ

——そいつの連れがやったってこと?

——いや、むしろ、ポプリンというのは被害者だろう。恋人がいて、ふたりのあいだにできた子供をむりやりおろされてしまったらしい。そのことで話をつけようと動いていた

男が死んだんだ

——おろされた……

晶は絶句した。鮫島と知りあう二年前、晶は一度だけ中絶手術を経験した、と聞いていた。そのことを話したとき、当然だが、晶はナーバスになった。以来、鮫島は、求められようと求められまいと、避妊には気をつかっている。それはふたりにとっては微妙な問題だった。その上、鮫島と晶が知りあうきっかけになったのも、晶の知っているアマチュアミュージシャンをトルエン密売の容疑で、鮫島が逮捕した事件だった。鮫島が逮捕したのは、晶の親友が恋人だった男で、卸《おろ》しグループのリーダーだった。

グループはバンドの資金稼ぎにトルエン密売に手をだし、それがもとで地回りやくざともめ、ひとりが刺されて死亡した。刺した犯人は自首したが、その組は、リーダーに焼きをいれるため、追っ手をかけた。鮫島は、リーダーがやくざに拉致《らち》される寸前、逮捕したのだった。場合によっては、リーダーは殺されていたろう。

晶はそのとき、決して協力的だったわけではなかった。晶の心にあったのは、友だちを助けたい、という気持ちだけだった。同時にやくざを恐れてもいなかった。事実、晶は、その友だちをかばうために、追っ手のやくざに袋叩きにあっていた。にもかかわらず、鮫島に対しても、やくざに対したと同様に、挑戦的にふるまった。あるいは、そのことで鮫島は晶を愛してしまったのかもしれない。

晶の、なにものも恐れないその鼻柱が、鮫島は好きだった。ときには手を焼くこともあるが、晶の主張はおおむねまっすぐで、自己利益や保身のための産物とはかけ離れていたからだ。

それだけに、ミカヨという、浜倉のもとにいた娘を捜すため、晶の手をわずらわせるのを、鮫島は避けたかった。だが、レコード店でもライブハウスでも手がかりを得られなかった今、鮫島には晶しかいなかった。

たとえ、どんなロックミュージシャンであろうと、メジャーデビュー前のアマチュア活動を展開している人間たちが、防犯の刑事に対し、晶以上に協力的であるとは思えなかった。ライブハウスやインディーズ系のレーベルに出入りするミュージシャンから訊きこみでたどって、ミカヨに達するまで、どれほどの時間がかかるか、見当もつかない。

なぜだかはわからないが、鮫島は、ミカヨに会うのを急いだほうがよいような気がしていたのだった。

——あんただけ？

晶は訊ねた。「ヘルスキッチン」を捜しているのは、鮫島だけか、という意味だった。

——そうだ

——わかった。あたってみる

晶は短くいった。

――すまない

晶が連絡してきたのは、鮫島が「インディゴ」を訪れた夜の二日後の午後だった。めったにないことだが、新宿署の鮫島のデスクまで電話をしてきたのだ。

「わかったよ」

電話をとった鮫島に、名乗ることもせず、晶はいった。

「どこだ？」

鮫島はメモをひきよせ、いった。

「西荻窪《にしおぎくぼ》」

「西荻窪の？」

「あたしもいく」

鮫島は息を吸いこんだ。討論しても始まらなかった。それに晶がいっしょのほうが、向こうもよぶんな警戒心を抱《いだ》かないかもしれない。

「わかった」

「夜になる。待っててくれる？」

「何時だ」

「十二時っくらい」

「遅いな」

「向こうはきっと起きてるよ」

「そうだな」

「じゃ、家にいくから」

晶は電話を切った。

鮫島が受話器をおいて、間もなく、再び電話が鳴った。機捜の野本からだった。

「どうもその節《せつ》は」

野本はいった。その口調がわずかだが、よそよそしいことに鮫島は気づいた。「インディゴ」を訪れた翌日、鮫島は野本に、電話をいれていた。セルシオにおかれた地図帳から、浜倉の女たちの住所をつきとめ、結果、ミカヨという女だけに連絡がつかなくなっていることも知らせてあった。

「ミカヨの居場所がわかりそうです」

鮫島はいった。いいながら、もし野本が、今夜同行を申しでたら、少し厄介《やっかい》なことになる、とも思った。だが、事件はもともと、機捜のものである。

ところが、野本から返ってきた言葉は鮫島には意外だった。

「いえ、あの件に関しては、もう、うちの手を離れました」

「離れた？」

「はい。事件性の有無について、化検の結果待ちだったのですが、とりあえず、あげておこうということになりまして」

「あげる？　一課にですか？」

「そうです。一課の判断に任せる、という隊長の指示がありました。鮫島さんにはいろいろとご厄介をおかけしましたが、今後は一課のほうでひきつぐと思いますので……」

野本の喋《しゃべ》りかたは、ひどくかたくるしかった。それを聞きながら、鮫島は機捜内部で、自分についての情報がやりとりされたことを悟った。浜倉の件に鮫島がかかわっているのを知った、鮫島の背景に詳しい人間が、野本を含めた担当班員に警告をしたのかもしれない。

野本には、野心を感じさせるものがあった。その野心が、鮫島にかかわることにブレーキをかけたのだ。

「そうですか。では、化検の結果は――」

「私のもとにもきません。直接、一課に送られるのじゃないでしょうか」

野本はつきはなすようにいった。鮫島は、そっと息を吐《は》きだした。

「わかりました」

「どうもありがとうございました。今後、また何かあれば、ご協力をお願いいたします」

その紋切り型の口調は、同じ警察官ではなく、民間人に対しているかのようだった。

電話を切った鮫島は立ちあがった。桃井と目があった。

「機捜が手をひきました」

桃井は鼻の上にずらした老眼鏡の上から鮫島を見た。

「直接、君に電話をしてきた」

「ええ」

頷いて、鮫島はかすかに笑った。その点では、まだ野本に誠意があったといえるだろう。もし、鮫島とのかかわりを一切もたないでおこうと思えば、機捜の上司から、桃井あてに、上どうしの連絡で、決着を告げ、それですませることもできたのだ。

「殺しだと思うのか」

桃井はいった。鮫島はあいまいに首をふった。

「難しいところです。思っても、あまり主張しないほうがよいかもしれない」

鮫島が騒ぐことが、かえって逆の効果を警察組織にもたらす可能性はあった。

本庁捜査一課は、ノンキャリアの職人集団である。プロの捜査官としてのプライドは高い。本庁の課長職には、キャリアもノンキャリアもいるのだが、捜査一課長には常にノンキャリアが就《つ》く。プロ集団の一課刑事を、キャリアでは、束ねきれないからだ。

鮫島が浜倉の死を、強硬に殺人であると主張すればどうなるか。

自分たちを、自ら「殺しのプロ」と任ずる一課刑事たちが反発するのは目に見えていた。

鮫島は、キャリアの「落ちた偶像」であり、彼らから見れば、「しょせん素人《しろうと》」なのだ。

「ありうるな。考えたくはないことだが」

桃井はいった。

どこの世界でも、プロがアマを軽んじる傾向はある。まして鮫島のような立場の人間が大声をだせば、わざと聞こえないふりをする、ということすらありうるのだ。

この場合は、事件性の存在を認めつつも、一課が握りつぶしてしまう可能性を意味していた。まして浜倉は、社会的に見ても、重要な存在であったとはいいがたい。

「そっと動きます」

鮫島は、桃井にしか聞こえない、低い声でいった。桃井は頷いた。その頷きかたもまた、鮫島にしか同意を悟らせないものだった。


晶はジーンズに革のボンバージャケットという格好《かっこう》で、鮫島のアパートに現われた。ジーンズの膝の上には裂け目が入っている。ジャケットの下は、長袖のTシャツだった。ふたりは、鮫島がアパートの近くに借りた駐車場まで歩いた。

「寒くないのか」

鮫島も同じような革のブルゾンだったが、下にハイネックのセーターを着こんでいた。晶が知れば笑うだろうが、ジーンズの下にスキー用のタイツもはいている。ひどく冷たい雨のふる夜で、屋外での張りこみも想定したいでたちだった。

「別に」

晶はそっけなくいって、BMWの助手席にすべりこんだ。表情に緊張があった。

鮫島はイグニションキィを回すと、エンジンが暖まるのを待った。四年落ちの中古で買い、すでに車検を一回終《お》えていた。

晶は右手をジーンズのポケットにさしこみ、くしゃくしゃの紙片をひっぱりだした。それを手に握りしめ、一度、深呼吸した。

鮫島は煙草に火をつけた。

「あんたはあたしの男だよ」

まっすぐ前を向いたまま、晶はいった。紙片はまだ手の中にある。そこに、ポプリンという男の住所が記されているのだろうと、鮫島は思った。

「そうだ」

鮫島はおだやかにいった。

「あんたがあたしの男だってことと、マッポだってことは関係ない」

晶は自分にいい聞かせているようだった。

「だろうな」

「黙ってろよ」

鮫島はちらっと晶を見た。晶はまだ、まっすぐ前を向いていた。駐車場に面した、三階建てのアパートの窓に点《とも》った明かりを見ている。暖かそうな、黄色い光だった。

「あたしが信用しているマッポはひとりしかいない。でもそれは、そいつがあたしの男だってこととは、まったく別だ」

晶は顎《あご》に力をこめ、いった。

「自分の男だから、マッポのあんたを信じてるんじゃない。わかるかよ」

「えこひいきはしていない、ってことだろ」

「うん」

晶は頷いた。

「だから、もしこれが、あんたじゃなく、あんたが連れてきた別のマッポだったら、あたしはやんない」

「わかってる」

晶は鮫島のほうをふり向いた。

「マッポでも尊敬できる奴がいるってことと、あたしがあんたに惚《ほ》れているってこととは別だからね」

「くどいぞ。信じろよ」

鮫島はいった。さっと晶の小鼻がふくらんだ。怒るか、と思ったが、晶はそこから荒々しく息を吐き、いった。

「あたしは『新宿鮫』を信じてる。あんたもあたしを信じろ」

目に強い光があった。鮫島は静かにいった。

「お前は、俺がどれだけお前を信じているか知ったら、驚くぞ」

「驚かない。あたしはあんたを信じてる、から」

晶は歯をくいしばっていった。鮫島は右手をのばした。晶の首にかけ、ひきよせた。

晶はまっすぐ鮫島の目を見つめたまま、顔をよせてきた。鮫島はそっと晶の唇に自分の唇をあわせた。

唇を離して見ると、晶はまだ鮫島を見つめていた。鮫島は低く、いった。

「目を閉じろ」

「ばか」

晶はいい、目を閉じた。そして右手の紙片を握った拳《こぶし》で、どん、と鮫島の胸を突いた。

11

院長の釜石が地下の冷凍保存室からあがってくるのを、ふみ枝はしんぼう強く待っていた。午前零時《れいじ》を過ぎていた。

前日から入院していて、アウス《中絶》をおこなった娘が、一時間ほど前に帰ったところだった。セルシンの静注が思ったよりきいて、午後の大半を寝て過ごしていたのだった。

歌舞伎町《かぶきちょう》のキャバクラにつとめているという、十七歳の娘だ。店には、十九だといっていたようだ。妊娠に気づくのが遅く、外来で訪ねてきたときには、十八週に入っていた。もともと生理不順で、二カ月以上、遅れることもたびたびあった、と娘はいった。

超音波で調べると、胎児は順調に育っていた。

前日からラミナリヤをいれ、頸管《けいかん》を広げておいたので、術としては順調にいった。

初期のアウスでは、ふつう、ラミナリヤは使わず、ヘガールを用いる。子宮の頸管を広げる方法のちがいだが、「釜石クリニック」では、常にラミナリヤを使っていた。

これは、「釜石クリニック」のアウスが、D&C（頸管拡張と子宮内容除去及び掻爬《そうは》）ではなく、分娩《ぶんべん》の方法をとることが多いせいだった。十八週は初期とはいえないが、十二週未満であっても、胎児の大きさが、使えるほどであれば、ラミナリヤを用いている。

D&Cをおこなわない理由は簡単だった。

胎児がきれいに採取できないからだ。ヘガールを使って頸管《けいかん》を広げ胎盤鉗子《かんし》で胎児をひきだすD&Cでは、胎児と胎盤がばらばらになってしまう上、へたをすると、胎児の頭がちぎれてしまうのだ。

その点、ラミナリヤを使う分娩では、時間はかかるが、メトロでひっぱってやれば、あとを追って自然に胎児が排出されてくる。

要するに、器具でひきずりだすか、薬を用いて陣痛をおこさせ、むりやり押しださせるかのちがいなのだ。

「釜石クリニック」では、本当の初期妊娠患者よりも、中期から後期にかけての患者を歓迎していた。

二十二週以降の胎児については、アウスはおこなえないことになっているが、「釜石クリニック」は臨月に達していても、アウスの患者を受けいれている。

その理由が、地下の冷凍保存室にあった。

地下へ降りる階段には扉があって、錠がふたつ、ついている。ふたつの鍵は、ひと組をふみ枝がもち、もうひと組を藤崎綾香がもっている。院長である釜石も、ふみ枝がいなければ、地下には降りられないのだった。

「釜石クリニック」の土地、建物、備品は、ふみ枝が名義上の社長をつとめる島岡《しまおか》企画という会社の所有物であり、島岡企画の株は、すべて須藤あかねビューティクリニックがもっている。

つまり、「釜石クリニック」の経営者は、綾香なのだった。綾香が使っている、須藤あかねという名は、山梨の病院で眠りつづけている従姉《いとこ》のものだった。

釜石がようやく階段をあがってきた。滅菌衣《めっきんい》と使い捨ての手袋を脱ぎすてる。

滅菌衣を脱ぐ釜石を手伝ってやりながら、ふみ枝は訊ねた。

「どうなの？」

「大丈夫だ」

釜石は帽子とマスクを外《はず》すと、答えた。地下室の存在を知るのは、「釜石クリニック」では、このふたりだけだった。ふみ枝のほかにいる、二名の看護婦は、どちらも知らない。「釜石クリニック」では、看護婦に高給を払うが、かわりに二年で解雇する。もちろん、ふみ枝は別だ。ふみ枝は六年間、この「釜石クリニック」にいる。というより、六年前、綾香の相談を受けて、ふみ枝がこの「釜石クリニック」の開業を手伝ったのだ。釜石を綾香に会わせたのも、ふみ枝だった。

ふみ枝は、十一年前に、釜石と栃木の私立病院で知りあった。そこに一年半ほどつとめていたが、釜石が医師免許の取り消しをうけた無資格医であることに気づいたのは、ふみ枝だけだった。

「連絡していいの？」

「ああ、来週あたり、とりにきてかまわんと伝えてくれ」

釜石は、今年五十八になる、中性的な男だった。痩《や》せていて、髪の毛が薄く、手と足が細長い。独身で酒も煙草も飲まず、ギャンブルもやらない。

釜石が好きなのは、十二歳以下の女児だった。その病気がもとで医師免許をはく奪されたのだ。

今は年に二回、そのために綾香が費用をだして、ドイツとタイに旅行させている。日本国内で病気がでないようにするためだった。

「わかったわ」

ふみ枝は頷いた。釜石ははあっと息を吐いて、ふみ枝を見た。

「疲れたな」

白っぽい、どろんとした瞳だった。釜石の目はいつもそうだ。焦点がどこにあっているかがわかりにくい。初めふみ枝は、その目を気持ちわるいと思った。

「帰れば。あとは、あたしがやっておくから」

ふみ枝はいった。手術室の片づけは終わっていたが、病室のほうがまだだった。

「そうするかな」

いって、釜石は落ちつかなげに、またもふみ枝を見た。

「何なの？」

ふみ枝は語気を強めていった。

「いや……別に。そろそろ、また、どこかにでかけたいと思ってな」

ふみ枝は釜石をにらみつけた。釜石は目をふせた。

「いや、すぐ、というわけじゃない」

「今度のが終わったら、社長に、あたしのほうから話してみるわ」

「そうしてもらえるか」

ほっとしたように、釜石の顔がほころんだ。

「今度、ルクセンブルクにいきたい、と思ってるんだ。チェンマイも、そろそろ……飽きてきたんだよ」

「また捜せばいいでしょう。いくらでもいるって、いってたじゃない。子供を売りにくるのは」

「それが、……私のことを覚えられたらしくて、値段をやたらに吊《つ》りあげてくるんだ。それに悪い奴が、本当は十五のくせに、十一だなんていいやがって……」

ふみ枝は腰に手をあてた。

「この上、社長にお金をせびる気なの」

「そんな気はないよ」

釜石は驚いたように目をみひらき、早口でいった。そうすると、この変態には妙に不つりあいな、長いまつ毛が目立つ。

ふみ枝は息を吐いた。

「ただ、あれだろ。三十五週と三十週のが、ふたつあるし、今度のは、だいぶ、ものがいいから……」

「ボーナスが欲しいってこと」

釜石が頷き、作り笑いを浮かべた。

「であれば、喜ばしい」

「考えておくわ」

「頼む、島岡くん」

ふみ枝は鋭く、釜石を見た。

「島岡、さん……」

釜石はいい直した。くんづけをするのは、患者やほかの看護婦の前だけのことだ。ふたりきりのときは、この男にくんづけでなど、呼ばれたくなかった。

「帰りなさいよ」

ふみ枝は叩きつけるようにいった。釜石はこきざみにいくども頷くと、上着とコートをおいた診察室へ、早足で歩いていった。

「それじゃあ、お先に」

診察室をでた釜石が声をかけても、ふみ枝は返事をしなかった。

二階の病室にあがり、窓から外を見おろす。副都心のきらびやかな方角に向かって、釜石が濡れた道を歩いていくのが見えた。少し離れた駐車場にとめた車で、釜石は通ってくるのだ。

釜石の自宅は、高円寺のマンションだった。いったことはないが、そこには釜石が自ら撮影してもち帰った、子供たちのビデオが山のように積まれているだろう。以前、釜石が札入れに、八歳くらいの少女の写真を入れているのを見たときは、虫酸《むしず》が走った。ただの写真ではない。ひざまずかせ、奉仕させている姿を撮ったものだ。

ふみ枝は、乱れているベッドからシーツをはがした。シーツはよごれていた。血や汚物が付着するため、専門のクリーニング店にだしている。

「釜石クリニック」は、新宿区と中野区の境にあった。住宅密集区の中に建つ、四十坪ほどの二階家だ。建ったのは六年前で、ふだんは誰も住んでいない。ふみ枝がときどき泊まり込むくらいだった。

二階に、ふたつの個室病室と、当直室がある。一階が、診察室、手術室、待合室だった。病室の片づけを終えると、ふみ枝は一階におりた。

「釜石クリニック」の建物には、警備会社による最新式の警報システムが施してある。火災と泥棒から守るためだ。

集中型の暖房装置のスイッチを切り、ふみ枝は息を吐いた。診察室以外の明かりは、すべて消してある。

ふみ枝は腕時計を見た。二時近かった。このまま、当直室に泊まってしまおうと決心した。昨夜も泊まったのだが、タクシー代がもったいなかった。

警報システムのスイッチをいれず、診察室の明かりを消した。廊下と階段は、非常口の位置を示す明かりがあるので、不自由はしない。「釜石クリニック」は、ちょうど袋小路のつきあたりのような場所に建っているので、夜は静かなのだった。

階段をのぼりかけたとき、表でごとり、という音がした。何か重いものをおくような音だった。

釜石が戻ってきたのだろうか。ふみ枝は、入口のほうを見やった。「釜石クリニック」の入口は、濃い色のガラス扉だった。その向こうで、動くものが、かすかに見えた。誰かが、扉の向こうにいる。

ふみ枝は緊張した。泥棒だろうか。

ガラス扉に外の人間が体を押しつけた。ふみ枝はあわてなかった。階段の途中にいるので、自分の姿は見えない筈だ。

ガラス扉が揺すられた。鍵はかかっている。それを確かめるかのような揺すりかただった。

ふみ枝は忍び足で階段をのぼった。病室の窓からなら、玄関の外に立つ者が見える。

病室に入り、窓に歩みよるとカーテンの陰から下をのぞいた。

髪の長い女だ、と思った。黒っぽいパンツにダッフルコートを着けて、腰まである髪をうなじのところで束ねている。

急患なのだろうか。

そのとき、女がこちらを見あげ、ふみ枝は身をひいた。一瞬、下の人物の顔が見えた。

男だ。しかも見覚えがあった。

どこで会ったのだろう。思いだそうとしながら、ふみ枝は再び下をのぞいた。

男はダッフルコートのポケットから、飲料水のペットボトルをひっぱりだそうとしていた。酔っているのか、体が少しふらついている。

ペットボトルは、すでに一本が玄関におかれていた。左右のポケットに一本ずつをさしこんでいたようだ。

何をしているのだ。

男がかがみこみ、ペットボトルのキャップをとった。あたりを見回すと、ペットボトルをつかみあげ、中身を玄関のあたりにこぼしはじめた。

ふみ枝は窓を離れた。男が何をしようとしているのかはわからないが、この「釜石クリニック」にとって危険な行為であることだけは確かなようだった。

階段をそっとおりた。一階の廊下に立ったとき、ふだん嗅《か》ぎなれた薬品の匂いとはちがう揮発臭《きはつしゆう》に気づいた。

灯油だ。

何てことなの。あの男は、この病院に放火をしようとしているのだわ。

ふみ枝は大急ぎで診察室に入った。使い捨ての注射器をだすと、薬品棚からイソゾールをとりだし吸い上げた。通常は、これを生理食塩水で薄めたものを、患者に静注する。注射針にキャップをかぶせ、白衣のポケットにしまうと廊下に進んだ。一刻も猶予《ゆうよ》はならなかった。

人影はまだガラス扉の向こうで動き回っていた。扉の鍵を解き、さっと開いた。

男が目をみひらき、立ちすくんでいた。その顔を正面から見たとき、ふみ枝は誰であったかを思いだした。

「お入んなさい」

ふみ枝はいった。

男は瞬きし、言葉を捜すように唇をなめた。ひどく顔色が悪い。おまけに傘をもっていないのか、全身が濡れていた。

ふみ枝はもう一度いった。

「大丈夫、警察は呼ばないわ。あなたの気持ちはわかるから。院長も後悔しているわ。あなたと会って話したいとおっしゃってる」

「院長が……」

初めて男は言葉を口にした。確かに酔っていた。ろれつが怪しい。

「院長、いるのかよ」

ふみ枝は頷いた。微笑《ほほえ》んで、足もとを見やった。半分ほどが空になったペットボトルがあった。もう一本は手つかずでまだおかれている。

「上でおやすみになっているの。あたしが、物音に気づいたものだから……」

男はゆらりと上体を揺らめかせた。

「赤ん坊、返してくれよ」

ぶっきら棒にいった。

「俺たちの赤ん坊、返してくれよ」

「だから入んなさいって、いってるのよ」

なだめるように、ふみ枝はいった。そして低い声でつけ加えた。

「あたしはあなたたちの味方よ。最後まで中絶に反対したの。でも、先生は、あなたたちの赤ちゃんが障害をもったまま生まれてきたら、若いあなたたちには負担になるだろうって——」

「そんなことは、ほかの病院じゃ聞いてなかったぞ」

男は語気を強めた。

「大きな声をださないで。上で患者さんが寝てるの。あなたの彼女と同じくらいの女の子よ」

男の顔に動揺が浮かんだ。

「誰も……いねえと思ったよ」

「ふだんはね。今日は特別なのよ」

「その女、生むのか、おろすのか」

「生むのよ」

「じゃあ、俺、いってやる。こんな病院やめろって。ここは人殺しの病院だって」

男は不意に突進してきた。ふみ枝をつきとばし、靴のまま玄関にあがりこんだ。

「おーい、おーい」

廊下を歩き、階段の手すりに右手をかけた。ふみ枝は白衣の中に手をさし入れた。注射針のキャップを中で外す。

「こっちよ」

階段の下から声をかけた。男は不機嫌そうな表情でふみ枝をふりかえり、階段の中腹に腰をおろした。

「院長を呼んでこいよ」

両手で顔をおおった。

「ふざけやがって……」

指のあいだから言葉がもれた。

「今、呼んでくるわ」

ふみ枝は男のかたわらを通り、階段をのぼりかけた。男はがっくりと首を落とし、眠りこみそうになっている。

寒い外から、暖かな屋内に入り、いっきに酔いが回ってきたようだ。

「待っててね」

ふみ枝は左手を、濡れている男の肩にかけた。男は動かなかった。

ふみ枝は右手にもった注射器を白衣からぬきだした。

12

ポプリンの住居は、青梅《おうめ》街道から西荻窪駅に向かう途中にあるマンションだった。エレベーターのない四階建ての一階の一室を借りているのだ。

鮫島は駅前からのびる通りの一角にＢＭＷを路上駐車した。すぐ横に電話ボックスがあった。その向かいが、訪ねるマンションだった。かなり古い建物だと知れる。

時刻は一時少しすぎで、一階で窓に明かりがついているのは、ひと部屋だけだった。

「電話、する？」

晶が鮫島を見た。

「共通の友だち、いるのか」

「いる。でも、そいつの名前だしたくない」

晶はいった。

「じゃあ、俺がかけよう」

鮫島はいって、ＢＭＷをおりた。電話ボックスに入り、受話器をとると、メモに記された番号を押した。

最初のコールが鳴り終わらぬうちに、受話器がとられた。

「はい」

若い女の声だった。

「久保《くぼ》さんのお宅ですか」

鮫島はいった。久保広紀《ひろき》というのが、ポプリンの本名だった。

「はい」

「夜分、遅く、申しわけありません。鮫島と申しますが、広紀さん、いらっしゃいますか」

「いません」

「おでかけですか」

「はい」

女の声は細く、どこか怯えを感じさせた。

「ミカヨさんですか」

鮫島はいった。

「はい」

声に不安が強まった。

「あなたのことを『インディゴ』のママの入江さんや、さやさんから聞いた者です。私は浜倉さんとも知りあいだった、新宿署防犯課の鮫島といいます。ちょっとお話しさせてもらえますか」

「新宿署――」

ミカヨが絶句した。

「あなたをどうこうしようというのじゃないんです」

「ポプリンですか!?」

ミカヨの声が高くなり、鮫島は異常を感じとった。ミカヨと恋人の間で、何かがあったのだ。

「いえ、浜倉さんのことですが――。ちょっとこれからおうかがいしてよろしいでしょうか。実は、すぐそばまできていまして」

ミカヨはすぐには答えなかった。

「――あの……」

「お手間はとらせません」

「……はい」

沈んだ、半ばあきらめたような声でいった。鮫島は礼をいい、受話器をおろした。

晶がドアを開け、降りた。

「いくの」

鮫島は頷いた。

「あたしもいっていい？」

「ああ」

つかのま考え、そう返事すると、鮫島は通りを渡った。

マンションの一階部分は、むきだしの土があり、ひどくぬかるんでいた。鮫島は、表札の出ていないドアの前に立ち、チャイムボタンを押した。

しばらく待つと、ドアの向こうに人の気配があり、

「はい」

電話の声と同じ、女がいった。鮫島はのぞき穴に手帳を提示した。

「鮫島です」

錠を解き、チェーンロックを外す音がした。古びて表面がざらざらになった、クリーム色のスティールドアが、軋《きし》みとともに開いた。

体には大きすぎるスウェットの上下を着けた女が立っていた。ひと目見て、二十《はたち》くらいだろう、と鮫島は思った。化粧けはなく、今にも泣きだしそうな大きな目をみひらいている。髪にはかなり強い脱色のあとがある。背丈は、鮫島の顎までしかない。

鮫島は三和土《たたき》を見た。女物のサンダルとハイヒール、それに男物のブーツとスニーカーがあった。

「おひとりですか」

女は無言で頷き、鮫島と、かたわらに立つ晶をじっと見つめた。

「あたし、晶」

晶がいって、にっこり笑った。

「こいつの連れ」

「知ってる……」

女――ミカヨが瞬きをしていった。

「『フーズ・ハニイ』のヴォーカルでしょ。CD、買ったよ」

「ありがと」

晶はいって、右手をさしだした。女はおずおずとその手を握った。鮫島は晶を見た。

「売れないっていってわりには、売れてるな」

晶は知らん顔をしていた。

「ごめんね、こんな夜なか」

晶はいった。

「こいつが、あんたの話を聞きたいっていうから。あんたの彼氏、『ヘルスキッチン』のベースだろ。だからあたしが捜すの、手伝った」

ミカヨは無言で聞いていた。混乱しているように見えた。

「入っても、いいですか」

鮫島は訊ねた。ミカヨはこっくりと頷いた。

部屋は、ふり分け式の2DKだった。入ってすぐ右手に障子戸の一部屋があり、左手にキッチンを抜けて六畳間がある。六畳間の中央にはコタツがおかれ、さまざまなもの、衣服、雑誌、CD、ギターなどが散乱していた。壁は、もとの地肌が見えないほどびっしりと、ポスターが貼りめぐらされている。

コタツの上に、飲みかけのコーヒーが入ったモーニングカップがあった。かたわらにインスタントコーヒーの壜と、伏せられた女性週刊誌がある。

灰皿でセーラムライトがいぶっていた。

鮫島と晶はコタツに膝をいれ、ミカヨと向かいあった。

「浜倉さんのことを調べているんです。それで『インディゴ』にもいって、みんなと会いました」

鮫島はいった。ミカヨは頼りなげに頷き、鮫島を見つめた。両手を、恐がっているようにコタツの中に入れている。

「さやさんから、あなたがすごく恐い思いをしてるらしいって聞いたんだ」

ミカヨは無言だった。

「非常に訊きづらいことなのだけれど、何か赤ちゃんのことで、お医者さんとトラブルがあったっていうね」

ミカヨが不意に訊ねた。

「今、何時ですか」

「一時四十分くらいだよ」

ミカヨは頷き、首をすくめた。

「どうしたの？」

「別に。別に、何でもないです」

ミカヨは首をふった。鮫島は息を吸いこみ、いった。

「お医者さんと何があったか、話してくれるかな」

ミカヨが右手をのばし、煙をたち昇らせていた煙草を消した。執拗《しつよう》ともいえる仕草で、煙草をくしゃくしゃにし、ほぐしてしまう。しばらく無言だった。

「――生むつもりだったんです。ポプリンも生めって。そいで育てて、その子もロッカーにしようって。親子でバンドやろう……」

目を灰皿にすえたまま喋《しゃべ》りだした。

「ずっと、家の近くの、高円寺の病院、いってて。浜倉さんも、それならいいよ、仕事あがんなって、いってくれて。あたし、お客さんとは、あれ使っていたから、ポプリンの子だって、わかってたし……」

　言葉がとぎれた。鮫島は待った。

「――本当だったら、さ来月くらい、生む予定だった。新宿に、遊びいってるとき、お腹痛くなって、そしたらちょうど、病院があったんで、いったんです。高円寺戻るまでにおかしくなっちゃったら嫌だったから。あたし、高校んとき、二回、おろしたことがあったから、すごく不安で――。それで西新宿の病院いったら、先生が調べて、胎盤の何とか剥《はく》離《り》だから、すぐに手術しなけりゃ危ないって。赤ちゃん死んじゃうけど、ほっとくとあたしも死んじゃうからって……。それで、手術して……」

　ミカヨは顔をあげた。

「あたし、手術するなら、いつものところでしたいっていったら、一刻を争うんだ、死んでもいいのかって、いわれて」

「それで手術を受けたんだね」

　ミカヨはこっくり頷いた。

「麻酔からさめて、ああ赤ちゃんいなくなっちゃったんだって思ったら、すっごく悲しくなって、わんわん泣いた。看護婦さんがやさしくしてくれたけど、やっぱり泣けちゃって。ポプリンにごめんね、ごめんねってあやまって……。それで、赤ちゃん、お墓作ってあげようって思って、先生に、赤ちゃん、下さいっていったら、あんたの赤ちゃんは、先天的な障害があって、きっと生んでも、育たなかったろう、見ないほうがいいと思ったから、処分したよって」

「処分？」

ミカヨは頷いた。涙を流していた。

「薬か何かやってなかったかって。シンナーとか、睡眠薬とか。だから赤ちゃんがふつうじゃなかったって。でも、あたしそんなのやったことないの、本当に、シンナーだって中学のとき一回やって頭痛くなったから、それきりやんなかったし。

でも、先生、赤ちゃんあたしに見せてくれなかった。ポプリンも怒ったけど、ポプリンがいっても、先生、ぜんぜん相手にしてくれなそうで、だから、浜倉さんに……」

「交渉を頼んだ？」

ミカヨは頷いた。晶が大きな息を吐いた。目もとが赤らんでいた。

「高円寺の病院はそのあといった？」

「いきました。でも、そのときのお医者さんがそういったんなら、そうなんだろうって」

医師は、往々にして、同業者に不利になるような発言を嫌う。

「いつ頃、浜倉にその話をしたの？」

「浜倉さんが死んじゃう三日前。浜倉さん、電話してくれたのだけど、電話じゃラチがあかないからって……」

「で？」

「一度、先生に会うって、いってました」

「何ていう病院」

「『釜石クリニック』」

「どこにあるの？」

「西新宿です」

いったあと、ミカヨは小さく、ポプリン、とつぶやいた。

「ポプリンって、彼氏だよね。どこいってるの？」

「新宿」

「仕事？」

ミカヨは首をふった。

「遊びで？」

ミカヨは表情を硬くして、答えなかった。鮫島は悪い予感がした。

「こんな時間にどうやっていったの」

「自転車」

「ひとりで？」

「誰かに会いにいったの？　ひょっとして、その『釜石クリニック』の誰かに」

「そう」

ミカヨのつきつめていた表情が崩れた。

「ポプリン、復讐してやるって。浜倉さん、あの病院の連中に殺されたんだって。ここで、あたしとワンカップ飲んでて、すごく酔って、ミカヨ、見てろって。あたし止めたの。でも大丈夫だ、思い知らせてやるって」

「何をしにいった？」

「ストーブの石油、壜に詰めて……」

鮫島は顔をあげた。

「何時ごろでていった？」

「わかんない。一時ちょっと前くらい」

ミカヨは両手で顔をおおった。

「電話がかかってくる前？　俺から」

「前。もっと前」

晶が鮫島を見た。

「あたしここにいる」

ミカヨはコタツのテーブルにつっぷしていた。

「わかった。連絡する」

鮫島は腕時計を見た。二時四十分になろうとしている。新宿署に知らせるべきだった。今から車でいったのでは、間にあわない。

「電話をかしてくれないか」

すでに放火のあとであればしかたがないが、未遂で防げれば、久保広紀の罪も軽くなる。

電話で新宿署に連絡をとった。まず、西新宿で火災が発生していないかを訊ねる。当該《とうがい》地区での火災報告はない、と交換台が答えた。鮫島は礼をいい、警ら課につないでくれるよう、いった。

警らの当直がでると、すぐにパトカーの派遣を依頼した。そして、鮫島も急いで、久保広紀のマンションをでた。

13

パトカーとすれちがったとき、ふみ枝は不安になった。パトカーはサイレンを鳴らしてやってくると、「釜石クリニック」のすぐそばで停止した。

中から制服の警官がふたりでてきて、ひとりが「釜石クリニック」のガラス扉をノックした。もうひとりは、懐中電灯であたりを照らしている。

ふみ枝は少し離れた場所でたたずみ、見守っていた。警官は肩に留めた無線機で、どこかと連絡をとっていた。

あの男は、ひと月ほど前に「釜石クリニック」でアウスをした娘の恋人だった。見るからに不潔たらしい長い髪を見たときに、すぐ思いだすべきだったのだ。

娘は、三十週に入りかけていて、胎児は順調だった。ただちょっとした胃炎をおこしていて、それをかんちがいし、「釜石クリニック」に駆けこんできたのだ。

母子手帳ももっており、出産するつもりだというのは、すぐにわかった。だが、父親になる相手と入籍しておらず、見かけもふしだらそうで、釜石が、ちょうどよいと踏んだのだった。

恋人の男も、いい加減そうに見えたし、ふみ枝にも反対する理由がなかった。胎児は、育っていればいるほど高く売れるのだ。

釜石がうまくだまして手術を受けさせた。大きな胎児を採取できたのはよかったのだが、あとがいけなかった。

浜倉というあの男だ。浜倉が電話をよこしたとき、釜石はひどく怯え、綾香に連絡をしてくれと、ふみ枝に頼んだ。

ふみ枝は綾香に連絡をとり、綾香が、光塚に調べさせた。

ふみ枝は光塚が嫌いだった。あの男が自分を嫌っているのもわかる。やきもちを焼いているのだ。光塚は綾香に惚れている。だが、綾香とふみ枝とのあいだにある強い絆を知らない。だから綾香があたしを大切にするのが気にいらないのだ。

ふみ枝から見れば、光塚は、格好ばかりをつけている、そのあたりのチンピラとかわらなかった。それに、綾香の使用人なのだ。あの男が綾香をたらしこみ、綾香の財産を手に入れるつもりでいることは、ふみ枝にはわかっていた。

だけど、あたしがいる限り、そうはさせない。あんな男に、綾香の財産は、絶対に渡さない。

須藤あかねビューティクリニックが、これほどまでに成長したのも、「釜石クリニック」の存在があればこそだった。

光塚は、せいぜいすごんで見せているが、綾香のためには、自分の十分の一の仕事すらできないだろう。

綾香だってそれはわかっている。だから、浜倉の処分を、ふみ枝に依頼したのだ。

それにしても、あのいかれた娘の子供をアウスしたのは、まちがいだったのかもしれない、とふみ枝は思った。

結局、浜倉だけでなく、きたならしい長髪の男まで始末することになってしまった。しかもあの男は、この病院に放火をしようとしたのだ。

イソゾールの注射で、あっけなく男は死んだ。それはそうだろう、通常の静脈麻酔では、〇・五ccを四十倍に薄めたものを使うのだ。その二〇ccのうち、五ccか一〇ccで、意識を失ってしまう者だっている。

通常の二十倍の量をいっきに注射したのだから、簡単だった。

死体を地下の保存室に移し、鍵をかけた。あそこなら、腐敗も当分しないし、その間に処分することもできる。時間がたってしまうので、使える臓器をとれないのが残念だった。うまくやれば、脳死にもっていけたかもしれないのに。そうすれば、ばらして、次の荷といっしょに送ることができた。

だが問題は、浜倉、あの男ときて、残っている娘のほうだ。娘が納得していないから結局、浜倉やあの男が「釜石クリニック」の周囲をうろうろしたわけだ。

警官たちには何も発見されない自信があった。灯油はほとんど雨で流れていたし、そのあとに強い匂いの消毒薬をまいておいた。もちろん、灯油の入っていたペットボトルは中身を流しにあけ、処分した。

ふみ枝の姿に気づかず、何も発見できなかった警官はパトカーに戻った。すぐに走りさるようすがないところを見ると、しばらく警戒にあたるつもりなのかもしれない。

誰かが、あの男のことを警察に知らせたのだ。玄関でわめいていたから、近所の人間が一一〇番したのだろうか。

だとすると、ずいぶんのんびりとしたご到着だこと。ふみ枝はひっそりと笑った。もう、全部終わってしまったのよ。

その場を歩きだすと、腕時計を見た。

三時になろうとしていた。ふみ枝のポケットには、あの娘のカルテと男がもっていた財布があった。娘は、自分のアパートか、男の部屋のどちらかにいる筈《はず》だ。男の部屋にいる確率のほうが高いかもしれない。

電話をかけてみればわかる。長い夜になりそうだった。

だが、今夜中に、娘も片をつけておこう、とふみ枝は決心していた。

14

鮫島が着いたとき、「釜石クリニック」のある袋小路の入口には、ライトを消したパトカーが止まっていた。中に、二名の巡査が乗っている。

鮫島がBMWを止め、近よっていくと、二名はパトカーを降りて、敬礼した。

「ご苦労さま。現場到着は？」

「二時四十八分です。付近、検索しましたが、不審者および、該当マル被は発見いたしませんでした」

鮫島は頷《うなず》き、袋小路の中に入った。「釜石クリニック」は、洋風の二階建てで、手前左が駐車場、右側が棟割り式の住宅だった。どうやら地上げがあったらしく、三軒あるうちの一軒は空家だった。

巡査のひとりから懐中電灯を受けとり、「釜石クリニック」の正面玄関の前に立った。

消毒薬の匂いが鼻を突いた。

「入口はここ一カ所だけで、施錠されております。電話もしてみましたが、内部に人はいないもようです」

ビニールのおおいをかけた制帽をかぶった巡査が、あとをついてきていった。雨合羽《あまがっぱ》をつけている。

鮫島は、玄関を照らした。二段ほどの低い石段があり、褐色《かっしょく》のガラス扉に通じている。

「診療時間、月〜金、午前十時から十二時、午後二時から四時。土、日は休診。釜石クリニック、産科、婦人科」

と記されたプレートが内側にかかっていた。扉の外側に、警備保障会社の、銀色のステッカーが貼ってあった。

雨が石段にしみこみ、懐中電灯の光の中で輝いていた。

「冷えるな」

「雪になるのじゃないでしょうか」

鮫島は腕時計を見た。午前三時を数分、回っていた。西荻窪からなら自転車で、一時間もあれば着く。

にもかかわらず、放火の痕跡がない、ということは、途中で不審尋問にひっかかって身柄を拘束されたか、あきらめて戻った公算が大きかった。

「わかった。申しわけなかった、雨の中をひっぱりだして」

あてのない張りこみを、このあと朝までさせるわけにはいかない、と鮫島は思った。巡査たちを帰し、あと一時間くらいは、自分が張りこんでいよう。

「いえ」

巡査は、不審を感じていたかもしれないが、それは態度にはださず、敬礼して、パトカーに戻った。

パトカーが走りさると、鮫島はＢＭＷに乗りこみ、袋小路の入口が見える位置に移動した。三十分ほど張ったら、久保広紀のマンションに電話をいれるつもりだった。

15

ふみ枝の乗ったタクシーの運転手は親切だった。ひとり暮らしの親戚が急病で倒れた、というふみ枝の作り話を信じ、住所だけで、西荻窪のマンションを捜してくれたのだ。

「『西荻サカイコーポ』、ああ、あれですね」

初老の個人タクシー運転手は、雨の中をスピードを落として走り、見つけだすといった。

「本当だわ。どうもありがとうございます。助かりました」

「いいえ。もし、その親戚の方を病院までお連れするなら、待っていましょうか」

運転手はうしろを向き、いった。ふみ枝は首をふった。

「たぶん、熱をだしただけで、そんなにひどくはないと思うんですよ。あんまり悪いようだったら、救急車を呼びますから」

「そうですか。それじゃあお大事に」

歩道に立ち、折りたたみ傘を広げたふみ枝をおいて、タクシーは走りさった。

ふたつの番号に電話をしてあった。高円寺のほうは、留守番電話で、西荻窪の番号はすぐに若い女がでた。ふみ枝は何もいわずに切った。

しばらく雨の中をたたずんで、通りをはさんだ向かいのマンションを見つめていた。一階に、明かりのついている部屋はひとつしかない。あそこに、あの女、堀美香代《みかよ》がいるのだ。

ふみ枝の手は、無意識に傘をもつ左腕にかけた手さげ袋にのびていた。中には、毛糸玉と編み棒、財布などが入っている。

あの部屋を訪ねようか。美香代ひとりならば、簡単にことはすむ。だが、ほかに人間がいたら。

こんな時間に、ふみ枝が現われたことに美香代は驚き、いぶかしむだろう。だが、あの男、久保広紀のことだといえば、とりあえずは部屋にあげることはわかっていた。美香代は、久保広紀が今夜、「釜石クリニック」に何をしようとしたか、知っているにちがいない。だからこそ、生かしておくわけにはいかないのだ。

久保広紀が帰ってこないのを怪しみ、警察などに届けられたら厄介《やっかい》だ。特に、「釜石クリニック」が美香代の子供にしたことを、警察に知られてはならない。

ふみ枝は身じろぎした。不意に、あの部屋のドアが開いたからだ。現われたのは、髪の短い、ジーパンをはいた娘だった。

ふみ枝は急いで傘をたたみ、自分が背にしていた自動販売機の陰にかくれた。

娘は、ふみ枝の知らない顔だった。街灯の下に立ち、傘をもたず、革のジャケットのポケットに両手をさしこんで首をすくめている。

「こっちだよね」

青梅街道のほうをふりかえり、その娘がいった。破れたジーパンをはいているところといい、いかにもあのカップルに似合いの、だらしのない雰囲気だ。

開け放たれたドアから、傘を手にした美香代がでてきた。茶色い髪をしているので、すぐにわかる。

「早くいこうぜ」

先にでてきた娘がいった。躊躇《ちゅうちょ》しているような美香代につづけた。

「部屋に閉じこもってても、かえってマイナーな気分になっちまうんだから。それ貼っときゃわかるって」

美香代はそれでもぐずぐずしていた。ドアを閉め、傘をたてかけている。

「ほら」

娘が戻っていって、美香代の手から、ノートの切れ端のような紙を奪いとった。適当に切ってきたらしいテープで、ドアに貼りつける。

「さあ、よし。なんか食おうよ。腹減っちゃったよ」

美香代をうながして、歩きだした。

青梅街道の方向に進んでいく。傘をさした美香代があわててあとを追った。美香代はスウェットパンツの上に毛皮のコートという、ひどい組みあわせだ。

ふたりの姿が遠ざかると、ふみ枝は自動販売機の陰をでた。道を渡って、貼り紙をしたドアに歩みよった。

「青梅街道にでたところにあるファミレにいます」

貼り紙にはそう記されていた。そういえば、二十四時間営業のファミリーレストランの前を、タクシーで通った気がする。そこにいったのだ。

ふたりで、久保広紀の帰りを待とうというのだろう。ということは、あの髪の短い娘も知っているのだ。

ふみ枝は不安になった。ふたりとも始末してしまうべきだろうか。いちおう、二人分、薬は用意してある。

とりあえず、ようすを見よう。ファミリーレストランにいき、美香代に気づかれないようにして、観察するのがいいかもしれない。

ふみ枝は、ふたりが歩きさった方角に向け、進みだした。

ふみ枝が驚いたのは、こんな夜明け近い時間でありながら、ファミリーレストランにたくさんの客がいたことだった。

席は、全体の三分の一くらい、埋まっている。しかも、水商売の、派手な女たちの一団までいた。

席まで案内しようとやってきたウェイターに、

「あそこがいいわ。あそこにすわらせて」

ふみ枝は指をさした。そこは、窓ぎわのボックスではなく、人の少ないカウンターだった。

「はい」

ウェイターは、カウンターの端に、ふみ枝を案内した。店内の、レジをはさんだ反対側に、美香代たちのすわるボックスがある。つごうがいいことに、美香代はちょうど、こちらに背中を向ける形ですわっていた。こういう店の椅子は背もたれが高いので、美香代の片腕しか見えない。向かい側の、髪の短い娘は、はっきりと見えるが、そちらはふみ枝の顔を知らないので安心だ。

席についたふみ枝は、オレンジジュースを頼んだ。離れているのと、流れているB・G・Mのせいで、ふたりの会話まで聞こえてこない。

ふみ枝は手さげ袋を膝の上にのせた。

オレンジジュースが届く。ストローでひと口すすってみて、酸っぱいのに驚いた。少しもおいしくない。

御注文は以上の品で、と馬鹿みたいにいうウェイターに、ふみ枝は笑って頷いてみせた。オレンジジュースひとつに、以上の品、なんて。

ウェイターが立ちさると、袋の中をのぞいた。毛糸玉の中央に、四本の編み棒がさしこんであった。

人間の血液凝固《ぎょうこ》は、十三種類のタンパク質性因子とカルシウム、リン脂質によってつかさどられている。まず、血管が損傷して出血すると、血液中の血小板がこわれ、トロンボプラスチンが現われる。トロンボプラスチンは、今度は血漿《けつしょう》の中に含まれるカルシウムやほかの因子と反応し、血漿中のプロトロンビンという物質を分解する。プロトロンビンは、分解されるとトロンビンという酵素にかわり、これが同じく血漿中にあるフィブリノーゲンに作用してフィブリンにかえる。

フィブリンの分子は集まりあって網のようなものを形成し、血球をその中に閉じこめる。結果・血液はゲル状化して血餅《けっぺい》を作る。これが傷口をふさぐわけだ。この過程は、タンパク質分解酵素の活性化の連鎖反応である。

この反応が血管内で無制限におこなわれないよう、阻止しているのが、アンチトロビンやヘパリンという、凝固阻止因子で、これらも血漿には含まれていて、バランスをとっている。

血友病などの治療に使われる止血薬には、血液凝固を促進する物質として、ビタミンKがあり、ビタミンKは、肝臓でのプロトロンビンの合成を助ける働きがある。また哺乳《ほにゅう》類《るい》の脳、肺などの抽出液には、トロンボプラスチンが含まれているので、人間の血漿からとりだした凝固因子の濃縮製剤とともに使われている。

だが今、ふみ枝の手さげ袋の中にある血液凝固剤は、それらの止血剤とは、まったくちがう性格をもっていた。

心臓というポンプから押しだされた血液は、人間の体内を、約一分で一周する。その血液の中に細菌などの毒素が入っても、それが簡単に全身に回らないのは、リンパ球や白血球などが、細菌にからみつき、それを溶かしたり食べてしまうことで、広範囲に広げない働きがあるからだ。

ふみ枝がもっている血液凝固剤は、〝異物〟でありながら、細菌として白血球に攻撃されない性格をもっていた。どういう原料から作られているかは知らないが、その性格から考えれば、血友病の治療薬と同じように、やはり人間の体液から抽出した材料をベースにしているにちがいなかった。

原理的なことは、ずっと前に看護学校で習った知識で理解できる。

だからこそ、ふみ枝もこの薬のもつ効果を聞いたとき、病気を治療する目的で開発されたものでないと、すぐにわかった。

ふみ枝のもつ凝固剤は、〇・一グラムをわずか一ccの生理食塩水で溶くだけで、その用途に充分だった。生理食塩水に溶かれた凝固剤は、灰褐色の粘液《ねんえき》になる。

ふみ枝はそれを、いつもバッグに入れている毛糸の編み棒の二本に塗っていた。編み棒は竹でできていて、先端が尖っている。その先端から五ミリほど内側に、ふみ枝はカミソリを使っていくつもの細い刻み目をつけてあった。編み棒の先を、粘液状にした凝固剤にひたすと、刻み目に凝固剤がわずかだが入りこむ。

深く刺す必要はなかった。だが、血管は傷つけなければならない。それも、なるべく太い血管のほうが効果的だった。

血管を傷つけたかどうかは、わずかでも出血したかどうかで判断できる。

太い血管であればあるほど、凝固剤は素早く血液の流れにのって、体中にいき渡るのだ。

この凝固剤の作用には、あい反するふたつの段階がある。たぶんそれは、中に含まれている二種類の因子のせいだろうが、最初の段階では血液を固めるのを阻止するヘパリンを刺激するのだ。それによって血管内に入りこんだ凝固剤はその場で固まってしまうことをせず、血液の流れにのる。ところが、数十秒後、血液の流れにのって、体中の血管のあちこちにいき渡ると、今度はまったく反対の作用をする。

ヘパリンをおさえこみ、血漿からプロトロンビンを爆発的に放出させる作用だ。

それによってフィブリンがあちこちで作りだされる。

血管内で血が固まると、当然、血液の循環は止まる。血液の流れを止める血の塊りが「血栓」である。知られているのは、脳の血管が詰まる脳血栓だが、それ以外にも全身の広範囲に亘《わた》っておきる血管内凝固症候群がある。これは、体中のあちこちの血管が小さな血栓をまき散らしたような状態になるもので、放っておけば確実に死亡する。

血管内凝固症候群には、ふつうそれをひきおこす原因疾患がある。癌《がん》や白血病のほかに胎盤早期剝離などの、産科的疾患もあるため、ふみ枝は、症状に関しての知識をもっていた。

血管内凝固症候群が、原因疾患をもたない健康体の人間の体の中でおこることはない。それを過激におこしてしまうのが、この薬だった。

アメリカからもちこまれ、ふみ枝の手に渡ったとき、この薬には「ディクト」という名前がつけられていた。血管内凝固症候群は、Disseminated Intra-vascular Coagulation Syndrome、頭文字をとってＤＩＣ、そしてTrigger（引き金）をつけた意味だと知った。

「ディクト」は、病気に見せかけて人を殺す薬品だった。開発した製薬会社も、その作用を知ったとき、薬局で販売するわけにいかず、アメリカ軍の特殊兵器を開発するセクションに売りこんだのだ。

それが南米の麻薬組織に流れ、今こうしてふみ枝の手もとにあるのだった。

蟹《かに》の血、というのは、カブトガニの血球内成分のことをさしていた。カブトガニの血液はごく微量の内毒素にも反応して凝固する。これは血球に含まれる凝固タンパク質のコアギュローゲンと凝固酵素によるものだが、その敏感な反応を利用し、ワクチンや放射性薬品の汚染有無を検査する試験薬として使われているのだ。現在では、この反応を応用した方法で、一億分の一グラム以下の内毒素でも検出ができるという。これらの知識を、ふみ枝は綾香と食事をしたあと、図書館で勉強して身につけたのだった。

毛糸玉の中にさしこんだ編み棒の二本に新しい「ディクト」を塗ってでてくるのを、ふみ枝は忘れなかった。

「ディクト」は、酒を飲んだり、軽い運動をしたあとなどの状態であれば、より早く効果を発揮する。

あの娘たちがビールでも飲んでいてくれたら、簡単に始末できる、とふみ枝は思った。トイレなどですれちがいざまに、バッグからつきでた編み棒で、あやまってひっかいたふりをしてやればいいのだ。

およそ一分ほどで「ディクト」の効果はでる。気分が悪くなり、めまいがして立っていられなくなる。うずくまり、声もだせないうちに、体中の血管の中で血が固まり、血栓が生じる。そうなってしまってから救急車が病院に運びこんでも打つ手はない。もちろん、救急車が到着する前に死んでしまうだろうが。

順序としては、どちらからでもよかった。

ひとりがトイレに立ったら、すぐにあとを追っていき、用を足す前に編み棒を使う。おそらく、便器にすわったまま、動けなくなるにちがいなかった。そうしたら、もうひとりがようすを見にいくのを待てばいい。

先にトイレに立つのが美香代ではないほうの娘ならより好都合だった。あの娘を先に始末し、偶然を装って美香代に声をかける。

友だちがトイレから戻ってこないのを美香代が心配したら、いっしょに見にいけばいいのだ。編み棒でひっかかれたくらいで大騒ぎをする人間はいないし、あとで死体を解剖しても、日本の医者は誰も「ディクト」のことを知らないのだ。

ふみ枝は、「ディクト」を塗った編み棒を毛糸玉にさし、いつももち歩いていた。それは、誰かを殺すためというよりは、自分を守るためだった。

この東京という街には、痴漢やひったくり、そのほかわけのわからない連中が溢《あふ》れている。特に新宿はそうだ。半年ほど前だが、ふみ枝は西新宿の地下道で、どう見ても中学生以上とは思えない三人組のグループに金をおどしとられそうになったのだ。

三人組は地下道を反対側からやってきて、ふみ枝に気づくとわざと広がって通せんぼをした。まん中のひとりがふみ枝をつきとばすように肩からぶつかってきた。

――おばさん、痛えよう

ジーパンをはいた少年は大きな声をだした。あとのふたりはにやにや笑っている。

まだ夜の九時過ぎだというのに、地下道に人通りはなかった。

――何よ

ふみ枝は強い声をだした。その時点では、ただからかわれているだけで、まさか彼らが金をせびる気でいるのだとは思いもしなかった。

――だから痛えんだってば。病院いかなきゃ

――何いってるの、あんた

ふみ枝は眉《まゆ》をひそめた。そのとき右のほうでカチカチという音が聞こえた。見やると、右側に立った少年が細いカッターナイフの刃をだし入れして遊んでいるのだった。

ふみ枝は、恐怖というよりはショックで、身動きができなくなった。

少年たちは、暴走族やつっぱり生徒といった、いわゆる不良とは、まるでちがう雰囲気だった。着ているものも、ジーパンにトレーナーやヨットパーカだし、反対側のひとりはスケートボードをこわきにかかえている。髪型もふつうで、パンチパーマをかけたりもしていない。ごくあたりまえの十三、四の男の子たちなのだった。

――お金貸して、おばちゃん。お願い

まん中の少年が甘えた声でいって、不意に両手を合わせた。

――ゲーセンで全部つかっちゃってさ、俺たち、うちに帰れないんだ。だからお願い

そのいいかたには、ふみ枝をからかう響きがあった。両側の少年たちは、ただにやつい

ているだけだ。

——何、馬鹿なことといってるの

ふみ枝がいった瞬間、少年の形相《ぎょうそう》が一変した。

——何だと婆あ、よこせよ！

ふみ枝の手さげ袋をひったくろうとしたのだ。

そのとき、笑い声をたてながら、サラリーマンの一団が、ふみ枝のうしろをやってきたのだった。少年たちの顔に怯《おび》えが走り、少年は手さげ袋をはなした。そして低い声で思いだすのもおぞましい言葉を吐き捨てると、立ち去った。

——このクサレ……

ふみ枝はなにげないふりをして歩きだしたが、しばらく体の震えが止まらなかった。震えは、怒りによるものだった。あの少年たちは、大人の男たちにはすぐに怯えたくせに、自分より弱い、年のいった女にはああして威丈高《いたけだか》で乱暴な態度をとったのだ。卑怯《ひきょう》だ、と思った。心がねじ曲がっている。弱いものに対する残酷ないたぶりは、小さな虫をなぶり殺しにする幼児の遊びに似ていた。

どうしてあんなことをするのか。ふみ枝が腹をたてたのは、あのことが少年たちにとっては、気分をよくするための、ほんのお遊びにしかすぎないとわかったからだ。

恐喝が犯罪であると、あの子たちはわかっている。恐喝は単に金を奪うだけでなく、奪われた側の精神的なプライドをずたずたに傷つける。被害者は、自分が無力な存在だと感じずにはいられないからだ。

にもかかわらず、あの子たちは、自分のしている行為がそれほど残酷だとまるで気づいていない。自分より弱いものをいじめ、強いものには恐怖する体質を、何ら恥じていないのだ。

あの少年たちの親は、そういう我が子をいったいどんなふうに思っているのだろうか。

それを思うと、ふみ枝の腹は、少年たちではなくその親への怒りで、煮えくりかえった。憎しみが目をくらませるほどだった。

以来、ふみ枝は毛糸玉に「ディクト」を塗った編み棒をさし、もち歩くことにしたのだった。

もしまた、あの少年たちのような連中に会ったら、思い知らせてやるのだ。自分のしている行為が、どれほど恥ずべきことで、その代償がいかに重いかを、苦しみの中で知るがいい。親たちもまた、その無責任な教育のむくいを、後悔の中で知るだろう。

ふみ枝のほうを向いていた美香代の連れの娘が立ちあがった。ジーパンのポケットをさぐりながら歩いてくる。

ふみ枝はじっとその顔を見つめた。

勝ち気そうな目鼻だちをしていた。荒っぽく刈りこんだ髪がそのままのびたような、ふみ枝にはどこがいいのか少しもわからないヘアスタイルをしている。化粧はほとんどしておらず、唇だけに薄くルージュをひいていた。自分が女だということにまるで気づいていないような雰囲気だが、決してブスではない。きれいに髪をのばして、それらしい服装をすれば、きっと見ちがえるほどの美人になるだろう。

娘はふみ枝のかたわらを歩きすぎ、ファミリーレストランの隅にある電話ボックスに入った。

どこに電話をするのだろう。まだ〝仲間〟を呼ぼうというのか。

娘は受話器を肩と首のあいだにはさみこみ硬貨を落とすと、ボタンを押した。受話器に耳を傾けてはいるが話しかけるようすはない。電話を切らず、またボタンを押した。

何をしているのだ。

とうとう娘はひと言も話すことなく、受話器をおろした。ふみ枝には理解のできない作業だった。

電話ボックスをでてきた娘は、まっすぐには自分の席には戻らなかった。ふみ枝のいるカウンターをはさんで、店の反対側の方向に歩みだした。

手洗いに向かったのだ。ふみ枝は立ちあがった。何も考えないうちに、体が行動を開始していた。娘の二、三歩うしろに従って、手洗いをめざした。

スイング式の扉を娘が押した。その背中を見つめながら、ふみ枝は手さげ袋に右手をさしこんだ。

毛糸玉にさしてある四本の編み棒のうち、二本は根元が丸い玉の形をしている。もう二本が四角い角型だった。

ふみ枝はバッグの中で角型の根元をした編み棒をつかんだ。右肩でスイング扉を押す。

革ジャケットの背中が、二メートルほど前にあった。

トイレの中は無人だった。ふみ枝は、娘の肌が露出している場所、首すじと手首から先に目を走らせた。手首の内側にしようか。

そのときだった。不意に背後から叫び声が聞こえた。言葉の内容をよく聞きとれない叫びだった。

娘がくるりとふりかえった。ふみ枝を正面から見すえた。怪訝《けげん》そうな表情を浮かべている。

手さげ袋の中で編み棒を握りしめたふみ枝の右手が止まった。

ふみ枝のすぐわきを軽い足音が走りぬけた。娘の目がふみ枝の顔をそれ、もっと低い位置を見た。

「待ちなさい」

今度ははっきりと背後からする声をふみ枝は聞いた。カツカツという、ハイヒールの踵《かかと》がたてる高い音がトイレの中に響いた。

娘の目が驚いたように広がった。自分のかたわらに走りよってきた三歳くらいの、オーバーオールを着けた子供を見ている。

子供はおかっぱ頭で、男の子のように見えた。トイレにばたばたと走りこんできたものの、娘の前で立ち止まり、顔をあげてじっと娘を見つめている。

——なぜ、こんな時間に
ふみ枝は動揺した。そして娘も同じ思いでいることを悟った。

子供に気づいた瞬間、娘の目にまず軽い驚きが浮かんだ。次いで自分を見上げる子供を見返す目に、その娘の目が本来もっている、きついつきつめたような色を一瞬で溶かすやさしさを見た。驚きを感じながらも、子供を子供としてあやすのではなく、なにか同じ生き物の存在に気づいたとでもいうような、不思議なやさしさのこもった表情だった。目に浮かんだやさしさが、顔全体の雰囲気を瞬時にやわらげ、何ともいえない、無邪気な顔つきにかえた。

その顔の変化を見てとったとき、ふみ枝の心は再び動揺した。なぜだかはわからないが、この娘はいい子だ、という印象がふみ枝の胸に広がったのだ。

が、無言で子供から目を上げた娘の顔は一変していた。

険《けわ》しい、怒りのこもっているかのような鋭い視線がふみ枝の顔をつき刺した。厳しさからやさしさに、そして険しさにかわった娘の表情に、ふみ枝は思わず編み棒を離していた。自分の殺意を娘にかぎつけられたのか、と思ったほどだった。

だが娘の厳しい視線が自分に向けられたものでないことを、不意に視界をさえぎったまっ赤な背中で知った。

強烈な香水の匂いがふみ枝の鼻を襲った。ひと目で夜の商売をしているとわかる女だった。赤い、腰のあたりを絞りこんだタイトスカートのスーツに、一五センチはありそうなハイヒールをはいている。塗りつぶしたあとに新たに描き直したのではないかと思えるほど、濃い化粧を施《ほどこ》していた。

女は、まだ娘を見つめている子供の前で立ち止まった。膝を折り、かがんだ。

「駄目じゃないか！　お母ちゃんのいうことをきかないで！」

癇《かん》のきつさを感じさせる叫び声が女の口を割った。尻をハイヒールの踵にのせようとして、バランスを崩しかけた。酔っているとすぐにわかった。

「ごめんなさいは⁉」

女は子供を叱《しか》りつけた。子供はようやく女のほうに顔を向けた。

「ごめんなさいは⁉」

女はまたもいった。娘とふみ枝の存在には、まるで目をくれていなかった。

子供は無言でうつむいた。

「どうしてお前はじっとして待ってられないんだよ、この悪ガキ」

女は濁《だ》み声《ごえ》でいった。ふみ枝は息を呑んだ。何てことをいうのだ、と思った。女は、ふみ枝がこのファミリーレストランに入ったときに気づいた、派手な一団のひとりだった。たぶん、託児所に預け、夜の仕事をしているのだろう。それを悪いとはいわない。だが、時間が時間なのだ。仕事が終わりひきとったら、まっすぐ家に連れ帰って寝かせてやるべきではないのか。なのにくだらないお喋りにつきあわせて、飽きている子供を叱りつけるのでは、勝手すぎる。

女たちの声高なやりとりや下卑《げび》た笑い声を、ふみ枝はカウンターで聞いていた。同僚の悪口や客の品定めをしているのだった。

女の背中をにらみつけ、娘に目を移した。

娘が自分とまったく同じ思いでいることをふみ枝は知った。

娘の怒りのこもった視線が女の横顔をつき刺していた。ふみ枝は、今にも娘が口を開け、女を罵《ののし》るのではないかと思った。

女は、

「しっこすんの?」

と子供に問いかけ、肩を揺すった。子供が頷くと、よろめくほどの乱暴さでオーバーオールを脱がせにかかった。

娘がくるりと背中を向けた。ふみ枝だけが気づいた深呼吸をして、トイレの中に入った。ドアが閉まり、ガシャリと掛け金のかかる音が響いた。

ふみ枝もそっと息を吐いた。もう酔っぱらいの母親とその小さな子供はどうでもよかった。はっきりしているのは、娘を始末するタイミングを逸《いっ》してしまった、ということだった。

ふみ枝は、開いている別のトイレに入り、扉を閉めた。

もちろん、美香代は始末しなければならない。だが、今夜は難しいかもしれない。今、壁をへだてて隣りにいる、あの娘がいっしょでは。

だらしない身なりの、ふしだらそうな娘だと思った。実際、そうなのかもしれないが、今夜は、あの娘を殺したくなかった。

ふみ枝は蓋《ふた》をおろした便座に腰かけ、目を閉じた。

弱気になっている自分にいらだちがこみあげた。

しっかりしなくては。あの娘はともかく、美香代だけでも処分しなければならない。そうしなければ、自分のみならず、綾香にまで難が及ぶのだ。

「早くしてよ、もう！」

反対側の隣りから、母親の金切り声が聞こえた。

あの母親の首に編み棒をつき刺してやりたかった。〝仕事〟の邪魔をした上に、ふみ枝の気持ちをかき乱す原因を作ったのだ。

水の流れる音がして、娘がトイレをでていった。

もう少し、してからでよう。ひょっとしたら美香代が、娘と入れちがいにトイレに立つかもしれない。そのときまでに、この母子がいなくなってくれればいいのだが。

ふみ枝は考えた。

16

ポケットベルが鳴ったとき、鮫島は、そろそろ「釜石クリニック」をひきあげようかと考えていた。

ポケットベルを見た。晶からの通信で、電話番号が液晶に表示されていた。どうやら「西荻サカイコーポ」の部屋をでて、別の場所に移動したらしい。

不安に落ちこんでいたミカヨのようすを考えれば、晶が誘ったのだろうと想像がついた。

倒していたシートを起こし、エンジンをかけた。ワイパーを動かしてフロントグラスにたまった水滴をぬぐう。

「釜石クリニック」は、副都心の谷間にできた闇に沈んでいた。人の気配を感じさせる動きは何もない。

明日——もう今日だが——昼間もう一度、訪ねてみようかと思った。何か病院の周辺で不審事がなかったかを訊《たず》ね、それをきっかけに少し洗ってみる手だ。

ライトのスイッチを入れ、ダッシュボードの時計を見た。四時数分前だった。

結局、久保広紀のマンションに電話を入れることなく、一時間近く張りこんだのだ。

表通りにでて公衆電話を見つけたら、ポケットベルに連絡のあった番号にかけてみるつもりだった。あるいは、久保広紀が戻ってきて、三人で移動した可能性もある。

青梅街道にでると電話ボックスを見つけ、ＢＭＷを止めた。番号はファミリーレストランのものだった。店員に晶の名を告げ、呼びだしてもらう。

「はい」

電話をとった晶に鮫島は訊ねた。

「ポプリンは戻ってきたか」

「いいや。そっちにいったんじゃないの」

晶は怪訝《けげん》そうな声をだした。

「ふたりきりか、まだ」

鮫島はいった。

「うん」

とすると、やはり途中で潰れたか、職質にひっかかって留められていると見るべきだった。

「こなかったの」

晶が訊ねた。

「ああ」

「あの子、ほっとするよ。知らせる」

晶は電話を切ろうとした。

「待て」

鮫島は急に不安がこみあげてくるのを感じた。

浜倉は「釜石クリニック」と話をつけるといっていた直後、奇妙な死に方をした。その「釜石クリニック」に放火をしてやるとでていった久保広紀の足どりがつかめなくなっている。

もしどこかの交番で拘束をうけているのなら、所持品から判断して、放火未遂の容疑で取調べの対象になっている筈だ。泥酔しているようならば、ひとまず留置し、朝になってから調べるだろう。その場合は、交番ではなく、所轄署《しょかつ》にひっぱるのが手順だ。西荻窪からここまでの所轄署に問いあわせれば該当被疑者を勾留《こうりゅう》しているかどうかはすぐにわかる。

もちろん該当者がいないからといって、すぐに久保広紀の身に何かがおきたと判断するのは早計だった。酔ってどこかで眠りこんでいるか、別の友人のところを訪ねている可能性も否定できない。

パトカーの出動要請は、自分の署だから何とかなるかもしれないが、各署への問いあわせまでおこなったとなると、久保広紀が万一、未遂のまま自宅に戻ったとしても、放っておくわけにはいかなくなる可能性があった。

鮫島は不安をおさえこんだ。

「どうすんの」

晶が訊ねた。

「そこは混んでいるのか」

「まあね。酔っぱらいが多いけど」

「これからそっちにいく。なるべくミカヨのそばについていてくれ」

「トイレにいくときも？」

「そうだ。ひとりきりにするな」

晶がため息をついた。だが、馬鹿げているとはいわなかった。一年ほど前、晶に向け銃弾を放とうとした人物を、間一髪で鮫島は逮捕したことがあった。

「わかった。早くこいよ」

鮫島は電話を切った。

ファミリーレストランに到着した鮫島は、ミカヨと晶のふたりを連れて店をでた。店内はさほど混んでいるとはいえなかった。半数以上の客が晶の言葉どおり、仕事帰りの水商売関係か、酔いをさまして始発を待とうという人間たちだった。ひとりできて、文庫本を広げている中年の女や、書きものをしているライター風の男が、それに混じっていた。

店をでて駐車場に止めたＢＭＷに乗りこんだあと、すぐには鮫島は車をださなかった。あとを追って出口をくぐる人間がいないかを確認したかったのだ。

いなかった。

「西荻サカイコーポ」に三人は戻った。久保広紀が戻ってきたようすはなかった。

久保広紀が放火を犯さなかったことにミカヨは少し安心したようだったが、その行方《ゆくえ》については心あたりはない、といった。

「どうすんの？」

五時近くなり、晶が訊ねた。

鮫島がずっと考えていたことだった。浜倉の死が他殺と断定できるわけではないが、もしそうだとするなら、ミカヨの身辺にも危険が及ぶ可能性はあった。

「『インディゴ』は知っているね」

鮫島が訊ねると、ミカヨは頷いた。

「しばらくあそこにいないか」

「ポプリンは？」

ミカヨは顔をあげ、いった。

「電話番号だけをここにおいて、戻ってきたら連絡するように書きおきをしたらどうかな」

「でも……」

「確かに何もいわずここをでていくのは、彼を怒らせるかもしれないが、君のアパートにだけは戻らないほうがいい」

晶が鮫島を見た。そんなにヤバいのか、と目で訊《き》いていた。鮫島は頷いた。

「あたし、そばにいるよ」

晶がいった。

「仕事はどうするんだ」

「昼からだから。昼までここにいて昼になったらミカヨとでてく。それまでにポプリンが帰ってきたら、あんたのところに電話する」

鮫島はミカヨを見た。ミカヨはすがりつくように晶の横顔を見ていた。

「わかった。ただし、知らない人間が来たら、絶対にドアを開けるな。居留守を使うんだ。もしむりやり入ってこようとしたら、すぐ一一〇番しろ」

晶は頷いた。

「思いきり叫んでやるよ。最近、発声練習サボってたからさ」

にやりと笑った。

「俺は署にいく。署で仮眠して、もう一度、『釜石クリニック』のことを調べてみるつもりだ」

「うん」

「ポプリン戻ってこなかったらどうしよう」

ミカヨがつぶやいた。

「戻ってくるよ」

晶がいった。

「あんたに惚《ほ》れてんだろ」

そして鮫島のほうを見ていった。

「男って、惚れてる女んとこに必ず帰ってくっからさ」

鮫島はちらりと微笑んでみせた。胸の中の不安をふきはらうように、晶に対する誇りに似た気持ちが広がるのを感じた。

17

新宿署の仮眠室で三時間ほど睡眠をとった鮫島は、朝食を摂《と》り、鑑識係の部屋を訪ねた。鑑識係で出署しているのは、藪ひとりだった。藪は額《ひたい》の禿《は》げあがった、顔の大きな太りすぎの男だった。汗かきで、署内ではいつもよれよれのシャツの上に、何日も洗濯していないようなよごれた白衣を着けている。

見てくれはいかにも薄ぎたなく、無能そうだが、実は弾道検査の腕にかけては、警視庁管内一の優秀な鑑識係官だった。仕事以外のすべてに対し無頓着《むとんちゃく》で、署内でも〝変わり者〟で通っている。

弾道検査だけでなく、その名前のせいで医者になるのをあきらめた、と自らいうように、法医学の知識も豊富だった。

「お早いね」

最近お気にいりの髑髏《どくろ》の形をしたカップでコーヒーを飲んでいた藪は、鮫島の姿を認め

ると いった。

「コーヒー一杯、ご馳走してもらいたくてな」

藪は勝手にやれ、というように手をふった。鮫島は〝来客用〟の手榴弾の形をしたカップに、コーヒーメーカーからコーヒーを注いだ。コーヒーメーカーは藪が署内にもちこんだ私物だ。

「マルエックス（火炎瓊）」と書かれた容器から、鮫島は合成甘味料をたらした。

「泊まりか」

藪は右手の人さし指と中指をハサミのように交差させ、訊ねた。

鮫島は頷いて、煙草をとりだし、藪にさしだした。一本抜いて火をつけた藪は、平然と煙草の箱を白衣のポケットにしまいこんだ。

「朝方な」

「何かでかいやま、のってたっけ」

「いや、別にない」

鮫島は首をふってコーヒーをすすり、訊ねた。

「『釜石クリニック』って知ってるか」

「中野との区境にある堕胎屋か」

藪がいった。鮫島は藪を見た。

「そうなのか」

「ガキと水商売が専門らしい。保健所もいっとき目をつけてたらしいが、何やかや上のほうであって、ひっこんだって話だ」

鮫島は煙草を要求した。薮は一本だけとりだすと鮫島に渡し、涼しい顔でしまいこんだ。

「浜倉の件、何か情報入ってるか」

鮫島は訊ねた。薮は監察医務院の医師にも知りあいが多い。

「例の行政でやった奴か。化検で手間どってるみたいだな。殺しなのか」

薮は鮫島を見ていった。鮫島が何か情報を握っていると読んだようだった。

桃井と薮にだけは、本当のことを話せる。鮫島は頷いた。

「たぶんな。妙な毒をつかったのじゃないかと思うんだ」

「『釜石クリニック』がかんでいるのか」

「ああ」

「監察医務院の化検の技師には、麻雀《マージャン》で貸しがある」

薮はいった。

「いくらだ」

鮫島が訊ねると、薮はにやっと笑った。

「いうとパクられるかもしれん」

「煙草代にしておけよ」

鮫島は、藪が煙草をしまった白衣のポケットをさしていった。藪はため息をついた。

「これでちゃらにしろっていうのか」

「何だったら、もうひと箱」

「わかったよ。調べてみよう」

「本庁一課の動きも頼む」

「高え煙草だな」

藪はぼやいた。

昼前に、晶から電話があった。久保広紀は帰宅せず、これからミカヨを連れてでる、と晶はいった。

ミカヨは「インディゴ」にいくことに同意したようだ。

「恐がってる」

晶は小声でいった。

「何かわかったら『インディゴ』に連絡する、といってくれ」

「うん」

晶はいって電話を切った。

鮫島は立ちあがった。徒歩で「釜石クリニック」に向かうつもりだった。

桃井が呼び止めた。

「例の件、何かあったのか」

「昨夜、浜倉がトラブる原因になった娘の恋人が『釜石クリニック』をあたためにいくといってでたまま、行方不明です」

桃井は顔をあげた。

「警らにＰ・Ｃを要請したのは、それでか」

「ええ。四時まで張りましたが、現われませんでした」

「きのうは雨が降ってたな」

鮫島は頷いた。

「『釜石クリニック』にいくのか」

「そのつもりです。昨夜の件にひっかけて、少しあたりをとってみようかと」

桃井は厳しい表情になった。

「一課の動きについてつかんでいるか」

「いえ」

「気をつけろ」

もし本庁一課が殺人の疑いで捜査を開始していて、それを知らずに鮫島が動けば、横槍を入れたと圧力をかけてくる可能性があった。浜倉の死が殺人と断定されても、捜査本部は、死体の発見地管轄の高輪《たかなわ》署におかれる。新宿署は、何のかかわりもない。

「はい」

「たぶんまだ動いてはいないだろう。帳場がたてば通達がある筈だ」

鮫島は頷いた。桃井は頷きかえすと、机の書類に目を落とした。


「釜石クリニック」の前についたのは、正午を十分ほど過ぎた時刻だった。ちょうど診察の休憩時間に入ったばかりだ。

外観には何の変化もなかった。いつもどおり、診察がおこなわれているようすだ。

鮫島は石段の手前に立ち、濃い色のガラス扉を見あげた。

その扉が内側から開かれた。グレイの背広を着た男が、中年の看護婦に送られて現われた。鮫島は驚いた。

滝沢だった。

「どうもお手間をとらせまして」

滝沢は看護婦にいい、石段の上で踵《きびす》をかえして、鮫島に気づいた。

「なんだ」

眉をひそめていった。鮫島は無言で頷いてみせた。滝沢を送りだした看護婦が怪訝《けげん》そうに鮫島を見おろした。

滝沢はすっと視線をそらし、もう一度看護婦のほうを向いた。

「じゃ、どうも」

一礼し、石段を降りてきた。

鮫島は滝沢を立ち止まらせないために、歩調をあわすようにして先を歩きだした。

十歩ほど歩き、足を止めふりかえった。

「釜石クリニック」のガラス扉は閉じられていた。

滝沢は無言で鮫島を見つめた。

「釜石クリニック」を訪れた目的を鮫島に探られるのを警戒している顔だった。動いている最中に、その手札をさらしたくない、という習性がもろにでている。刑事と同じだ、と鮫島は思った。

鮫島は先に手の内を明かすことにした。

「この前、あんたとホテルで別れたあと、ばったり会った男がいた。ポン引きだが、わりにましな奴だった。ここの病院と女のことでトラブっているといった。翌日、死んでいるのが見つかった。病気だか殺しだか、まだ断定できずにいる」

滝沢は驚いたようすもなくいった。

「だからあんたが動くのか。殺しは一課の仕事だろう」

「死んだ奴は俺の管轄で仕事をしていた。何かとかかわりがあったのさ。殺しかどうかだけでも確かめたい」

滝沢は鮫島を見つめていたが、ふっと肩から力を抜いた。鮫島から目をそらし、超高層ビル群のほうを見やった。

「お茶でも飲むか」

「いいな」

ふたりは無言で肩を並べ、歩きだした。

「釜石クリニック」を二〇〇メートルほど遠ざかったところに喫茶店があった。

向かいあってすわり、コーヒーを注文すると、滝沢は煙草に火をつけた。両脚をのばし、片腕を隣席の背にのせる。

「借りがあるわな」

といった。

「借りと思うかどうかは、そっちの勝手だ」

鮫島は答えた。

「いって何をする気だった」

滝沢は煙草を口に運び、細めた目で鮫島を見すえた。

「死んだ男のもとにいた娘が、あそこの病院で、生むつもりだった子供をおろされた。話をつけてやるといっていた男が死に、昨夜、酔っぱらってあの病院にのりこもうとした、子供の父親だった若者の行方がわからない。実際にあそこにいったのかどうかを確かめにいくつもりだ」

滝沢は煙を吹きあげた。

「酔って、ほかの女のところにでもいっちまったのじゃないか」

「かもしれん」

滝沢は足もとを見やった。

「何をやってる奴なんだ、ヒモか」

「ロックバンドのメンバーだ。アマチュアの」

「バンドマンか」

滝沢は吐きだした。

「本気で親父《おやじ》になる腹なんてあったのか」

「嘘《うそ》だと決めつける理由はない」

滝沢は横目で鮫島を見た。

「コールガールとそのヒモだろ。赤ん坊のひとりやふたりでガタつくものかよ」

「アガるつもりだったんだ、商売を」

「やけに肩もつな。所轄のデカさんてのはそういうものかね」

「コールガールだから肩をもっているわけじゃない」

「じゃ、バンドマンだからか。聞いてるぞ。歌手の姐《ねえ》ちゃんとつきあってるんだって」

鮫島は怒りをおさえた。滝沢が鮫島を怒らそうとしているのは明らかだった。怒らせ、鮫島が「もういい」と席を蹴るのを狙っている。

鮫島はいった。

「三森だがな、そろそろ叩いてみようかと思ってる」

滝沢の表情が固くなった。

「何の容疑で」

「決まってるだろう。故買《こばい》だ。秋葉原との関係をじっくり掘ってやる」

滝沢は鼻から息を吸いこんだ。

「おどす気か」

「別に。そっちが俺を怒らす気なら、俺もそっちを怒らせてやる」

滝沢は煙草を乱暴に消した。

「まったく……」

吐きだした。

「ロクなもんじゃないな。警察てのは、よ」

鮫島は無言で滝沢を見すえていた。三森をひっぱり、秋葉原のＯＡ機器の卸し屋との関係を追及すれば、マル査の内偵が三森から卸し屋に洩《も》れるのは明らかだった。

もちろん、鮫島が告げれば、だ。

滝沢が喋《しゃべ》りだした。

「あの病院は例の卸し屋からコンピュータをいれている。そのへんを確認にいったのさ」

「いくからには、当然、経営内容を洗っているだろう」

マル査の滝沢が「釜石クリニック」を訪れても、そこから秋葉原の卸し屋に内偵が洩れる気づかいはない。滝沢は目標が卸し屋であるとは、「釜石クリニック」の人間には気づかせないようにふるまっただろうし、もし妙な情報を周辺に流せば、本気でガサをかけると釘をさしてきた筈なのだ。

「洗ったよ」

「話せよ」

滝沢は顔をしかめ、手帳をとりだした。

「病院の経営母体は別にある。院長は雇われだ。不動産、設備その他は、『島岡企画』という会社の所有になってる。『島岡企画』の代表者は、島岡ふみ枝。これが何者かは俺もまだ知らん」

「『島岡企画』については?」

「狙いが別だ。そこまで追っちゃいない」

「経営は健全なのか」

「まともすぎるくらいな。ふつうあれくらいの個人病院なら、納税額は今の三分の二くらいだ。何のかのと経費を計上するからな」

「きちっと払っているというのか」

「表彰してもいいほどだ」

「くさいとは思わんのか」

「おいおい、俺たちは増差がすべてなんだ。払うものさえ払ってくれりゃ、何人殺そうと知ったことじゃない」

「卸し屋との関係はどうなんだ」

「知りあいの医者から教えられたといっていた。中古だが、モノがよくて安いコンピュータを扱っているとな」

「経費にするなら、中古より高い新品として入れたほうがいいだろう」

「あそこは中古だとはっきり認めた。申告の際の値段も新品じゃない」

「正直だな」

「中にはいるさ。雇われ院長だからかもしれんが」

鮫島は身をのりだした。

「その『島岡企画』について洗ってくれ」

「何をだ」

「決まっているだろう。どこからあの病院に金がでてるか知りたい」

「いったい何を調べる気だ。あの病院に問題があると、保健所から文句でもきているのか。それとも医者が診療ミスを隠すために、うるさい患者を消してまわっているとでもいうのか」

「わからん」

鮫島は素直に首をふった。

「話にならんぞ」

「やってくれないのか」

鮫島は滝沢をにらんだ。

「やるさ。やってやる。だがこれで貸し借りはなしだ。三森にはさわるなよ」

滝沢はあきらめたようにいった。そして鮫島を見かえした。

「まったく疑ぐり深い奴だな。俺たちも疑ぐり深いことじゃ人後《じんご》におちんと思ってたが……」

「相手によるのさ」

鮫島は冷ややかにいった。

18

国税局からきた男が病院の前で出会った男を見て、ふみ枝はあっと思った。朝方、西荻窪のファミリーレストランに美香代たちを迎えにきた男だった。

背が高く痩《や》せていて、髪のうしろをのばしたヘアスタイルを覚えていた。服装も朝方と同じだった。

あの男も国税局の人間なのか、その筈《はず》はなかった。滝沢という最初の男はいかにもそれらしく、スーツにネクタイを結んでいたが、あとからやってきたほうは、皮のブルゾンにスラックスという格好《かっこう》だ。

ふたりが知りあいであることはまちがいないだろうが、同僚ということはなさそうだ。とすると、何者なのだろう。

ふみ枝は混乱していた。いきなり国税局の人間がやってきて、個人病院について無作為の調査をおこなっているから協力してくれといって、あれこれと訊《き》いていった。その国税局の男は、美香代と今朝《けさ》いっしょだった男と知りあいなのだ。

「釜石クリニック」が税務署ににらまれる心配はない、と綾香はいっていた。これ以上はないというくらい、まっとうに税金を払っているし、地下の設備については、税務署には、設備投資としての申告をせずに購入している。万が一にも、設備からこの病院の設立目的に不審をもたれないようにするためだった。

人工受精もやっていない、小規模の産婦人科に、これだけの大がかりな冷凍保存施設がある、というのは不自然だからだ。

滝沢が帰ったあと、釜石はひどく不安そうだった。ふみ枝も同じ思いだったが、それを釜石には悟らせたくなかった。

「報告したほうがいいのじゃないか」

従業員の看護婦には聞こえないように、釜石は小声でふみ枝にいった。

「別にここを怪しいと思って調べにきたわけじゃないわ。いってたじゃない、無作為の抜き打ち検査みたいなものだって。自分だって本当はやりたくないのだけれど、上にいわれて仕方なくやってるって」

滝沢のその言葉を、ふみ枝はついさっきまで信じていた。石段の下で、滝沢があの男と会うまでは。

「しかしね、地下室について——」

「あれは経費でおとしてないの。だから税務署も知らない」

いってふみ枝は唇をかんだ。もし無作為の調査でないとすれば、いったい何を目的にここにきたのか。

美香代の恋人だったあの若い男を殺してしまったのはまちがいだっただろうか。警察はあれから何もいってきていない。朝方のパトカーが何を意味していたのか。ふみ枝はだんだん気がかりになってきた。

若い男の死体が地下室にあることは、釜石には話していなかった。釜石は、ふみ枝が綾香のためにしてきたことは何ひとつ知らない。知れば仰天《ぎょうてん》し、腰をぬかすにちがいなかった。

が、若い男の死体の始末には、どうしても釜石の手が必要になる。急ぐことはないが、話しておかなければならない。ただ、今はまずい、とふみ枝は思った。

地下の冷凍保存室に成人の男子の死体があると知れば、釜石は怯《おび》えて何をするかわからない。

釜石が落ちつきをとり戻したときに話すべきだった。

今朝、美香代を殺せなかったのは残念だったが、今のこの状況では無理な動きをしなくて正解だったのかもしれない。

「社長には連絡するわ。食事にいってきて下さい」

ふみ枝はいった。それでもまだ不安そうな釜石の顔を見ていると、いらだちがこみあげてきた。

変態のくせに何て臆病《おくびょう》な男なんだ、と思った。自分がやってきたことを考えれば、明日にも地獄におとされたって、文句ひとついえない筈なのに。

「早くいって！」

診察室で、まだぐずぐずとしている釜石に、ふみ枝は声を荒《あら》らげた。

従業員の看護婦は、すでにでていっていた。

釜石はひどくしょげたようすで白衣を脱ぐと、かけてあった背広を着こんだ。

ふみ枝は昼食にはでかけない。だいたいは朝食のご飯の残りでおにぎりを握ってでてくるのだった。このあたりで昼食を食べさせる店は、ひどく混んでいて、高いのだ。それだったらおにぎりを食べたほうがよほどいい。

今日はおにぎりをもってきていなかったが、どうせ食欲などない。

ただ、ひとりでいろいろと考える時間が欲しかった。

釜石がでかけていくと、ふみ枝は診察室の、釜石の椅子に、ほっと腰をおろした。

美香代と連れの娘が、あの男と店をでたとき、ふみ枝はあとを追うのをあきらめた。

あの男には、何か油断できない雰囲気があった。酔っぱらってこの病院に火をつけようとした、美香代の恋人とはまるでちがった。

年も上だし、レストランの中を妙に険しい目で見渡していた。ふみ枝は持ち歩いている文庫本を読むふりをして、目をあわせないようにしたのだった。

ふみ枝は立ちあがり、熱いお茶をポットから湯呑《ゆの》みに注いだ。ひと口すすって、息を吐く。

綾香に知らせるのは、もう少し自分の考えを整理してからのほうがいい。あの若い男を殺したことで、綾香に迷惑が及ぶとは思えないし、これまでも自分のしたこと、そのやりかたについて、綾香から何かをいわれた、という覚えはない。

綾香は全面的に自分を信頼しているのだ、という自信が、ふみ枝にはあった。

綾香の人生における、暗い部分はすべて自分が背負えばいい。あの子が明るく華やかな世界に身をおくためには、あたしは何だってやるだろう。

自分がしてきたことは、地獄におちるにふさわしい行為だ。だが、唯一のなぐさめなのは、それがすべて、自分自身のためではない、という点だった。

すべてはあの子のため。出会ったときの、あの、救いを求めることもあきらめた不幸な少女であった綾香の目を、あたしは生涯忘れない。

あのときの綾香を思いだせば、自分はどんなこともできる。死ぬことなんてまるで恐ろしくない。

今、死ねといわれれば、喜んであの編み棒を自分の喉《のど》につき刺すだろう。死ぬことで失ったり、悔《く》いたりするものは、自分には何もないのだ。

そう考えると、ふみ枝の不安は少しずつおさまった。自分ひとりが消えることで、すべてが丸くおさまるのなら、何も恐れる必要はないのだ。あたしはいつだって、死ぬことを恐れてはいないのだから。


待合室でチャイムが鳴った。病院の玄関扉が開くと、鳴るようにセットしてあるのだ。ふみ枝は舌打ちして立ちあがった。釜石がでていったあと、ガラス扉に鍵をかけるのを忘れていた。午後の診療時間は二時からだった。いつも昼休みは、それまで鍵をかけておく。

白衣の上に着たカーディガンのボタンを留めながら診察室をでた。廊下を玄関に向け歩いた。

足が止まった。

あの男が立っていた。長身で鋭い目をした、髪の長い男。ふみ枝は、近づくのを恐れるように、足が重くなるのを感じた。

男はまっすぐにふみ枝を見つめていた。

「はい」

ふみ枝はいった。

男は一礼し、ブルゾンのポケットに手をさしいれた。

「お休み時間中をおそれいります。新宿署防犯課の鮫島と申します。院長はおいででしょうか」

警察手帳がその指にはさまれていた。

警察官。ふみ枝の足が、男から二メートルほど離れたところで完全に止まった。

口調はていねいだったが、男の視線はふみ枝の目をまっすぐにとらえ、外そうとはしなかった。

「院長はただ今、でかけていらっしゃいますが、どんなご用件でしょうか」

「こちらの患者さんのことで、二、三うかがいたいことがありまして」

「そういう質問にはお答えできないことになっているのですけれど……」

ふみ枝はいって、無理に足を踏みだした。スリッパをとり、男にさしだす。この刑事はあたしに気づいていない。

「おそれいります」

すばやく腕時計を見た。一時二十分前だった。あと一時間は、釜石は帰ってこない。

鮫島と名乗った刑事は、スリッパに足を通すと廊下から待合室に目を走らせた。

「今、こちらには？」

「あたしひとりです」

「こちらにお勤めなのですね」

「はい。看護婦をやっております」

「お名前は？」

「島岡といいます」

「島岡さんですか、鮫島です」

あらためて男は名乗った。

「どうぞ」

ふみ枝はいって、待合室のソファを指さした。

「ありがとうございます」

鮫島はいって腰をおろした。

「院長はあと二時間くらいしないと戻らないと思うのですが……」

「島岡さんはずっとこの病院にお勤めですか」

「はい」

「ベテランですね」

いって、鮫島はにっこりと笑った。笑顔はなかなか男前だった。

「独り者ですから、ほかにすることもありませんし」

鮫島は深く頷《うなず》いた。

「こちらには何人くらいお勤めなんでしょう」

「あたしともうふたりのナースと、院長の四名です」

「そのふたりの看護婦さんは——？」

「ひとりは今日お休みで、もうひとりは今、食事にでています。勤めはじめたばかりなんですよ」

ふみ枝は微笑《ほほえ》んでみせた。自分の笑顔に、いつも患者を力づける「やさしい看護婦さん」のイメージがあることを、ふみ枝は知っていた。

「そうですか。しかし四人だけ、というのは少ないような気もしますね」

「院長がご病気になられたり、都合の悪いときなどは、大学病院から若いドクターの方をお願いすることもありますけれど、産科というのは、急患はあまりいらっしゃいませんから」

鮫島は頷いた。

「院長もベテランのドクターですか」

「ええ、長いこと大病院の産科にいらした方です」

「堀美香代さん、という患者さんを覚えていらっしゃいますか。髪をちょっと染めた、一見、派手っぽいタイプの」

ふみ枝は笑顔を浮かべた。

「刑事さん、ここは新宿ですよ。地味なタイプの患者さんというのは、あまりいらっしゃいませんわ」

「すると覚えてらっしゃらない」

「ええ。いらした方なら、カルテを見ればわかるとは思いますが、申しあげたとおり、患者さんのことはお教えできない規則になっています」

「そうでしたね」

鮫島も笑みを浮かべた。

「じゃ、別のことをうかがいます。昨夜、こちらの病院に、何時頃までいらっしゃいました」

「入院していた患者さんがお帰りになって、そのあと、あたしはあと片づけをしていましたから、一時近かったかしら。もうひと晩くらい入院していかれるかも、と思ってましたので」

「院長は？」

「十二時頃かしら」

「患者さんがいらしたから」

「そうです。いらっしゃらなければ、六時くらいには帰ってしまいます」

鮫島は頷いた。

「夜、どなたか、院長を訪ねてこられた方はいらっしゃいませんでしたか」

「院長を、ですか」

「ええ。まあ、この病院を、という意味ですが」

「いいえ。どなたも」

ふみ枝はいって、首をふった。

「たとえばお帰りになられるとき、近くに誰か立っている人とかをご覧になりませんでしたか」

「いいえ。覚えていませんけれど、どうしてです？」

「いや。昨夜遅く、一一〇番がありまして、この近くを不審な人間がうろうろしているという通報で、パトカーがでたんです」

「あら。じゃあ、あたしが帰ったあとかしら。何かあったんですか、それで」

「それを今、調べてまわっているところなんです」

「じゃあ、さきほどの堀さんという患者さんのことは？」

「いや、その方の恋人が、昨夜酔ってでかけられたきり、戻られないんですよ。ひょっとしたら、ここの病院を訪ねてきたのではないかと思いましてね」

「なぜです？」

「この病院でうけた手術について、ちょっと納得のいかないことがあったようです」

「納得のいかない？　どんなことです」

鮫島はまっすぐふみ枝の目を見た。

「生むつもりで、順調にお腹の中で育てていた赤ちゃんを、ここでおろされてしまったというのです」

「えっ。まさか、そんな……」

ふみ枝は叫んだ。

「何でも病気で、今すぐ手術をしなければ命にかかわる――そういわれたそうです」

「そんなこと……。早期剝離《はくり》かしら」

「早期、何です？」

「胎盤の早期剝離です。これはほっておくと、赤ちゃんばかりじゃなくてお母さんも危ないので、すぐに手術をしますけど……。あっ、ちょっと待って下さい」

ふみ枝は手をふった。両手を額にあてる。

「それ、いつ頃です？」

「三週間くらい前のことです」

ふみ枝は小さく何度も頷いた。

「思いだしました、思いだしました。その方かどうかはわかりませんけど、手術をやりました。二十《はたち》くらいの若い女性で、猛烈に痛がってて、先生が診断されて、早期剝離なんで、救急車で大きな病院にもっていくと間にあわないかもしれないって」

「本当にそうなんですか」

「早期剝離は一刻を争います。男の方にはわからないでしょうが、お産て、病気ではないですけど、やはり命がけの大事業なんですよ」

鮫島は無言だった。

「特に、ああいう若い方というのは、自分の体を大切にしていない人が多いですから」

「大切にしていない？」

「ええ。妊娠に何カ月も気づかない人とか、気づいていない上に、悪い薬なんかを飲んだりしてて……」

「睡眠薬とかそういうものですか」

ふみ枝は頷いた。

「こういう場所で産科をやってますと、いろんな方が見えますよ。ほとんど若い方だし、若い人というのは、やはり……」

ふみ枝は口を濁《にご》した。鮫島はじっと見つめている。

「もし、堀さんというのが、その人ならば、ご不幸だったとしかいいようがありませんね。若いのだから、次のチャンスにまた……」

「これはちょっと奇妙な質問なんですが、そうやっておろしてしまった赤ちゃんというのは、どうされているんです?」

「どうする、というのは?」

「ですから、お腹の中にいた胎児をおろすわけですよね。その胎児です」

「胎児といっても、アウスをするのはほんの初期ですので、ちょっとした血の塊りくらいです。下水処理してしまうことが多いです」

「もっと大きくなっていたり、患者さんから供養《くよう》したいという申し出があった場合はどうするんです」

「妊娠五ヵ月以上でしたら、もう中絶はできません。万一、赤ちゃんのほうに障害か何かがあって死産をした場合は、ちゃんと死産証明書というのを発行して、お役所から火葬と埋葬《まいそう》の許可証をもらっていただかなくてはなりません」

「患者さんのほうで、そういう申し出がなければどうなります」

「業者さんにお任せします」

「業者?」

「ええ。そういう汚物を処理して下さる業者さんがいらっしゃいますから」

「障害のある赤ちゃん、というのは多いのですか」

「よそはわかりませんけど、こちらの病院は、そう……少ないとはいえないかもしれませんね。シンナーとか覚醒剤とか、若いときやりすぎていて、お子さんができるとやはり……そうなってしまうこともありますから」

「なるほど」

「結局、女の人は不公平だと思いますよ。同じように若いときに遊んでも、体にツケが回ってくると、泣くのは女の人ですものね」

ふみ枝はしみじみといった。

「その若い患者さんも、麻酔からさめたら、ずっと泣き通しでしたね」

「つきそっていた男性について覚えはありませんか」

「いいえ。もうそのときは一刻を争っていましたから」

ふみ枝は首をふった。そして思いだしたようにいった。

「そうだわ。刑事さんは、その彼女に会われたんですの？」

鮫島も慎重だった。ふみ枝のしかけた言葉の罠《わな》にはのってこなかった。

「おっしゃっている患者さんというのが、堀さんかどうか……」

「もしそうなら、検査にこなければいけないと申しあげていた筈です。いらっしゃらなかったみたいですけど」

「堀さんは、ふだんかかりつけだった病院がおありのようです」

「あら、じゃあどうしてそちらにいかれなかったのかしらね。うちじゃなくてもよかったのに……」

「しかし一刻を争ったわけでしょう?」

「救急車ですね、ふつうなら。こんないい方はあれかもしれませんけれど、あたしは看護婦として、院長のとられた処置が正しかったと思いますわ。もしその方が、かかりつけのお医者さまで何かをいわれていらっしゃるなら別ですけれど」

「さあ。そこまでは素人《しろうと》の私にはわかりません」

「でしょうね」

ふみ枝は冷ややかにいった。

「少なくともあたしは、あの患者さんの力になろうと思いました。たぶんそれは院長も同じ気持ちだったでしょう。赤ちゃんをなくされてショックなのはわかりますが、医療ミスのようないわれかたはちょっと……」

鮫島を見つめた。

「なるほど」

「院長に会われますか? ただ、先ほど申しあげたように、二時間くらいは戻られないと思います。ついさっき食事にでられましたので」

鮫島は頷いた。

「島岡さんは食事にはでられないのですか」

「お弁当をもってきていますので」

「――わかりました。どうもお手数をかけました」

いって、鮫島は立ちあがった。

「また、あとで……いらっしゃいます？」

ふみ枝は訊《たず》ねた。そしていってから、しまったと思った。警戒しているととられるかもしれない。

「いや……。たぶん、うかがうことはないと思います」

鮫島はあっさりと首をふった。

「そうですか。とにかく、こちらとしてはそういうことですので……」

「承知しました」

鮫島は頷いた。靴をはき、自分の手でスリッパをしまった。

「どうも、本当に――」

頭を下げた。

「いいえ」

ふみ枝も腰をかがめた。

「そうだ」

鮫島は思いついたようにいった。

「島岡さん、フルネームは何とおっしゃいます？」

安心しかけていたふみ枝は警戒心で体を固くした。

「なぜですの」

「いえ、いちおう報告書に、お会いしてお話をした、という記載をしなければなりませんので」

「ふみ枝です。ひら仮名《がな》のふみに枝《えだ》と書きます」

「そうですか」

頷いて、鮫島はにっこりと笑った。

「じゃ、失礼します」

鮫島が色ガラスの扉の向こうを降りていくのをふみ枝は見送った。

何かひどくまずいことになっている。そしてその事態をひきおこした責任の半分は、自分にある。

あの鮫島という刑事を殺そうか。

一瞬思い、ふみ枝はその考えを打ち消した。

刑事を殺すのはいくらなんでも難しすぎる。何かほかの方法を考えるべきだ。

たとえば、警察の上のほうから、圧力をかけさせるとか。

もちろん自分にはできない。だが綾香ならできる筈だ。

綾香にはあの男、光塚がついている。光塚は、新宿署の元刑事だったのだ。こんなときに役に立つのでなければ、綾香に食べさせてもらっている意味がない。

綾香に連絡をとろう、ふみ枝は思った。

今、すぐ。

19

綾香の住むホテルの三階には、広東《カントン》料理の専門店があった。その個室で、ビジネスランチが開かれていた。

テーブルには綾香のほかに、ダイエタリー食品を扱う商社の人間三名と、綾香のビジネス面でのアシスタントをつとめている押川遥代《おしかわはるよ》の五人がついている。

十二時半から始まったランチは一時間がすぎ、メニューの終わりに近い、麺類《めんるい》にさしかかっていた。

デンマーク製の、食物繊維とビタミンを含んだ錠剤を、須藤あかねビューティクリニックで販売しようと、商社の人間たちは内心躍起《やっき》になっている。

接待をする相手がいつものような男性ではなく、女性なので手こずっているようすが、綾香にはありありとわかった。

綾香には、銀座のクラブもゴルフもソープランドも通用しない。

たぶん彼らのひとりがクロークに預けずに足もとにおいている大きな紙袋には、焼き物かガラス器か、何かそういった「手土産《てみやげ》」が入っているにちがいなかった。

綾香の心は決まっていた。そのダイエタリー食品がそれなりに高品質で、そこらの町の薬局やスーパーでは売られないような品物なら、クリニックの〝推薦薬〟として扱ってもいい。厚生省から、薬品としてではなく食品として認可をうけているタブレットなので、クリニックで売っても薬事法《やくじほう》にひっかかる心配はなかった。

個室のドアがノックされ、黒服を着たボーイが姿をのぞかせた。

「失礼します」

手にコードレス電話をもっていた。

「須藤様にお電話が入っておりますが」

「すみません」

綾香は商社マンたちに断わって、電話をうけとった。髪を首の片側によせ、耳にあてる。その仕草を彼らが魅せられたように見つめているのを感じた。

「はい、須藤です。お電話かわりました」

光塚だった。

「西新宿から電話があった。すぐに会って話したいそうだ。そちらが携帯電話のスイッチを切っていたので、俺のほうに連絡をよこした」

「向こうはどっち？」

訊ねながら綾香は遥代を見た。遥代はすぐに腰を浮かし、かたわらにおいたアタッシェケースからシステムノートをとりだした。綾香のスケジュールを書きこんだものだ。同じアタッシェケースの中に携帯電話が入っているが、食事が始まるときにスイッチを切らせたのだ。商社マンの見ている前で、わざと遥代に命じた。彼らにこの食事の重要性を再認識させるためだった。

「女のほうだ」

ふみ枝だった。何があったのだろう。

「わかりました。今夜……」

いって遥代がさしだしたノートをうけとった。マニキュアを施していない遥代の指先がページをめくる。

遥代は外語大をでた三十四歳のハイミスだった。男には縁のない容姿をしている。化粧もしない。それでいいのだ。無理に装わせても駄目なものは駄目なのだから。

今夜のスケジュールのところで遥代の指が止まった。

「十一時半にセッティングして下さい。場所はそちらにお任せします」

「わかった」

光塚はいって電話を切った。電話のスイッチを切り、微笑みながらボーイに返して、綾香は不安が湧きあがるのを感じた。

西麻布《にしあざぶ》に新しくオープンしたフランス料理店での女性誌取材が終わり、綾香がその店をでたのは十一時十分過ぎだった。

フルコースを食べながらのインタビューで、撮影のためのスタイリストもついた。向こうが用意してきたのは、イタリアの二流ブランドで、派手さはあるもののそれが野暮ったさにつながっているようなワンピースだった。ひと目見たとたんに綾香は不愉快になったが、記事の効果を考え、我慢して着ることにした。

ヘアとメイクアップに、馴染《なじ》みの店の人間をよこしてもらったのが救いだった。

レストランをでたところで遥代を帰し、綾香はベントレーの後部席に乗りこんだ。

ドアを閉めた光塚が取材グループに頭をさげ、運転席にのりこむ。

綾香はサイドウインドウをおろし、にこやかに手をふった。

「どうもお疲れさまでした」

カメラマンとインタビュアーの女記者がぺこぺこと頭を下げた。

ベントレーが発進した。彼らの姿が見えなくなるまで手をふり、ウインドウを上げると、綾香はシートにもたれかかった。息を吐き、

「煙草ある？」

と訊ねた。ルームミラーの中で光塚の目が動き、サイドボードを開いた。カルチエのボックスをとりだした。

「そんなんじゃ駄目。もっと強いの」

光塚は運転しながらスーツのサイドポケットからショートホープとライターをだした。手をのばしてうけとり、火をつけた。

煙草は、たまに吸いたくなる。肌にはよくないとわかっているが、二、三日に一、二本だ。

深く煙を吸い、吐いた。

「どこで会うの?」

「参宮橋で拾うことになってる。あまり人に聞かせたくない話のようだからな」

「いいわ。じゃ走りまわって」

ベントレーは代々木公園に沿った坂をあがり、体育館の少し先でふみ枝を拾った。

ふみ枝はいつものようにカーディガンをはおり、手さげ袋をもった姿で、道ばたに立っていた。そのかたわらにベントレーを止めた光塚は運転席から動こうとはしなかった。

ふみ枝もまたドアを開けてもらうことを期待せずに、自分で乗りこんできた。この二人が互いを嫌いあっていることを、綾香も知っていた。

綾香が後部席を右により、ふみ枝は、

「よっこらしょ」

といいながらその隣りに腰をおろした。ドアを引く手に必要以上の力がこもっていて、乱暴な音をたてた。光塚がむっとしたようにミラーの中でふみ枝をにらんだ。

「だして」

綾香はいった。ベントレーは代々木公園を周回するコースを辿《たど》った。

「どうしたの、おばちゃん。急に会いたいなんて」

綾香は訊ねた。ふみ枝は大きなため息をついた。

「あたしはね、あんたにあやまんなきゃいけないかもしれない」

「どうして?」

それからふみ枝は話し始めた。

釜石クリニックに放火しようとした男がいた、と聞いて綾香の笑みはこわばった。ふみ枝がその男を始末したと聞き、一瞬安堵《あんど》したが、つづいての言葉に笑みを消した。

知りあいらしい新宿署刑事と国税局調査官が、別々に釜石クリニックを訪れていた。刑事は放火をしようとした男の行方《ゆくえ》を怪しみ、国税局の調査官はクリニックの経営内容を洗っている。

「あたしが思うには、国税局はそんなに心配がない。問題は刑事なのよ」

「その若い男の死体は、今どこにあるの?」

「地下の冷凍庫。分けるには釜石に話さなけりゃならないし、その前にあなたに話しておいたほうがいいと思って……」

「死体はまずいわよね」

綾香は光塚の背中にいった。光塚はそれまでひと言も口をきかなかった。

「殺したのは最悪だ」

光塚がいうと、ふみ枝はくってかかった。

「だって、うちの病院に火をつけようとしたのよ、あのチンピラは！」

「一一〇番すればすんだことだろう」

「何いってんの。子供おろしたのが表沙汰になるじゃない」

「医療ミスで片づけりゃよかったんだ。まだそのほうがいい」

「馬鹿いうんじゃないわよ。そんなことしたら患者がこなくなるじゃない。そうしたら困るでしょう」

「待ってよ」

綾香が止めに入った。

「簡単に人を殺しすぎるんじゃねえか」

光塚は止まらず、いった。

「あんたが頼りないからじゃないか！　この前のポン引きだって、話つけられなかったのは誰だい⁉」

「やめて。やめてちょうだい」

綾香は鋭い声でいった。ふたりは黙った。ふみ枝はいまいましそうに光塚の背をにらんでいる。光塚もミラーの中からきつい視線を向けていた。

綾香は息を吐き、ふみ枝を見た。

「今、地下室にはどれくらいものがあるの」

「三体くらい。あとはその若い奴」

「使えないわね、それは」

「使えない。死んでからもう二十四時間以上たっちゃってるから、とれるものないわ」

「三体のほうは大丈夫なの？」

「そっちはいつもどおり」

「いいわ。じゃあ、いっしょに処分しましょ」

いって光塚を見た。

「三森に連絡をとって、全部運びださせてちょうだい」

「死体もか。奴はびびるぞ」

「ばらせばわからないわよ。ほかの三つと同じようにケースに入れる」

ふみ枝がいった。

「そんな面倒なことをするなら、海にでも沈めるか、どこかに埋めたほうがいい。歯だけ外して」

「駄目よ。かえって危ない。向こうまでもっていって処分させたほうがいいわ」

「えらい数になる。大人の体をケーシングするとなると」

「あんたがやるわけじゃないでしょうが」

ふみ枝がかみついた。光塚は黙った。綾香はいった。

「それから、その新宿署の刑事と国税局にも手を打ったほうがいいわね」

「国税局は査察五部門の滝沢、刑事は新宿署防犯課の鮫島だって」

ふみ枝がいった。光塚がいきなりブレーキを踏んだ。

「どうしたの⁉」

「鮫島だ⁉」

光塚はふりかえった。ベントレーのうしろについていたタクシーがライトをアップにしてクラクションを鳴らした。

光塚はドアを開け、首だけをうしろにのぞかせると、

「うるせえ！」

とどなった。

ドアを閉めハザードを点《つ》けると、身をよじってふみ枝の顔をまじまじと見た。

「知りあいなの？」

綾香は訊ねた。

「ちがう。俺が署をやめたあと、きた男だ」

光塚はぼそっと答えた。が、顔色がかわっていた。

「何かあるの？」

「そいつはたぶん、キャリアだ。本当なら本庁のお偉いさんになっててておかしくなかったんだが、上と衝突して落っこってきた」

「じゃ問題ないじゃない」

「大ありだ。新宿署の平刑事《ヒラデカ》になっちまいやがったくせに、猛烈な検挙率を稼いで、極道《ごくどう》どもに『新宿鮫』ってびびられてるんだよ」

「『新宿鮫』？」

「去年の御苑《ぎょえん》での大騒ぎ、覚えてるか」

「香港《ホンコン》マフィアがどうしたとかいうの？」

「台湾《タイワン》マフィアだ。武闘派の石和《いしわ》組の組員を殺しまくった、元特殊部隊の殺し屋がいたろう。そいつをひとりでパクったのが鮫島だ」

「腕ききなの」

「俺は直接会ったわけじゃないからわからんが、極道どもの話じゃ相当らしい」

「刑事だった頃のあなたより？」

「わからんよ。とにかく会ったことがないんだ」

「会ってみる？」

綾香の問いに光塚は考えていた。ハザードを消し、再び車を走らせた。

「……たぶん銭じゃコロせない。といって、しつこそうな野郎だから、ほっておくのはまずいな」

「おばちゃんに――」

「無理だ。かなうわけがない。万一しくじってみろ、一巻の終わりだ」

「あたしが喋《しゃべ》ると思ってるの。たとえ口を裂かれたって――」

「そういう問題じゃない！　完黙したって駄目なものは駄目なんだよ」

「警察と国税局が連携でうちを狙ってるってことある？」

綾香は不安をおし殺し、いった。

「それはない。マル査の奴らは警察を信用しちゃいない」

「じゃあなぜ喋っていたのかしら」

「もともとの連れということもある。何せ、キャリアだからな」

「マル査がいっしょになって病院を洗ったら、まっ先におばちゃんの名がでるわ」

「あたしのことなら大丈夫」

　ふみ枝は綾香の手をやさしく叩《たた》いた。

「ただ、鮫島って奴には仲間がいない。署内でも嫌われ者の筈だ。だから鮫島を黙らせれば……」

「あたしやってみるよ」

「待って」

　綾香はいった。頭の中にある考えができつつあった。

「警官をやめさせてしまえば恐くないわよね」

「そりゃそうだ」

　綾香はふみ枝に向き直った。

「おばちゃんはそのマル査について調べてみて。あたしは、新宿署のほうを何とかする」

「あたしの手助けはいらないのかい」

「ううん。いると思うわ。きっとおばちゃんが必要になる。そのときは連絡するから、ね？」

「美香代はどうする？」

「今はほっといて。大事なのは、刑事とマル査だから」

　そしてルームミラーごしに光塚に目配せした。光塚はベントレーのスピードをあげた。

　ＪＲ代々木駅の前に横づけにした。

「本当にちゃんと連絡をちょうだいよ」

いってふみ枝はベントレーのドアを開いた。自分だけがここで降ろされるのがくやしくてたまらないのに、それをけんめいに隠そうとしている――綾香にはわかった。

ふみ枝はベントレーを降りたつと、名残りおしそうに綾香を見つめた。

綾香は窓をおろさずに頷いて見せ、小声で、

「いって」

と光塚に命じた。

代々木駅から遠ざかると、綾香は二本めの煙草に火をつけた。ため息とともにいった。

「あっちの仕事からは一度、撤退ね」

「じゅうぶんに儲《もう》けたろう」

光塚がいった。

「あなたが好きじゃないのは知ってる」

「あんたには似合わない、あんな商売は」

「でも今の基盤をつくったのはあの仕事よ」

最初はちょっとした思いつきだった。化粧品メーカーが胎盤から抽出したエキスを使って、シミやソバカスをとる薬品を作っている、という話を聞いたのだ。そこでふみ枝を使っていろいろと調べさせた。

結果、胎盤よりも、もっと金になるものがあることがわかった。

胎児そのものだった。

メキシコでパーキンソン氏病治療のために、自然流産した胎児の脳細胞を移植し、原因となるドーパミンの不足を補った、という手術例がある。

パーキンソン氏病だけではない。若年型糖尿病には胎児の膵臓《すいぞう》組織が、小児白血病には骨髄が、ハーラー症候群には肝幹細胞が、役にたつ。

胎児の組織を移植する場合、拒否反応をひきおこしにくい、というメリットがある。また、妊娠七カ月以上の胎児の腎臓を細胞培養にかけると、血栓溶解剤の原料にもなる。培養の方法さえあやまらなければ、ウイルス診断やワクチンの製造にも使えるのだ。

こうした胎児からの移植は、倫理の問題もあって、アメリカに存在する合法的な胎児組織専門の臓器バンクもなかなかドナーを確保できずにいる。

金になるのだ。それもとてつもない大金になる。ほっておけば死にいたるような遺伝病などに、胎児組織の移植は特に有効とされている。

最初に目をつけたのは、香港の犯罪組織だと綾香は聞いていた。東南アジアから大量に胎児を買いつけ、麻薬のルートにのせてメキシコに送りこんだのだ。が、保存や輸送の方法が悪く、傷んでしまって駄目になるものが多かったという。

綾香は、光塚を通して、三森にそのルートと接触させた。釜石クリニックで採取した胎児組織を、厳重な梱包《こんぽう》とすぐれた保存技術で香港に輸出する。これには「化粧品原材料」のレッテルが貼られている。

それからメキシコに送るのだった。実際に須藤あかねビューティクリニックは、中国製の化粧品、育毛剤などの輸入のため、香港に取引会社をもっていた。それが今ではこの貿易をカバーするための、ダミー会社にすぎなくなっている。

釜石クリニックでふつうの中絶をなるべくおこなわせないようにしたのも、綾香の命令だった。通常の中絶では、材料となる胎児がぐしゃぐしゃになってしまい、必要な細胞を抽出して培養することが不可能だからだ。

ぎりぎりまで胎児を成長させ、〝出産〟と同じ方法で採取する。胎児は大きくなっていればいるほど、利用価値が高いのだ。

当然、そうなった胎児は母体から離されたあとも〝生きて〟いる。保育器に入れれば、順調に育つ赤ん坊もいるほどだ。

が、それらの子供のほとんどは、望まれずに作られた生命なのだった。であるならば、生きることを望まれている生命のために利用してどこが悪いのか。


「かわっているよ」

光塚がいった。

「あんたみたいにきれいで頭も切れる女が、なんであんな商売をやるのか」

「あなたにはわからないわね」

綾香はいって、煙を吐いた。

「ああ。わからんな」

「わたしとおばちゃんの仲も、でしょう」

「そうだ」

「いつか、話してあげるわ」

そして灰皿に煙草をおしつけた。

「でも今は、刑事の問題が先。私にアイデアがあるの。それをふくらますのを手伝ってくれない？」

「いいとも」

ミラーの中で光塚と目をあわせた。その目には期待があった。

「いいわ」

綾香はにっこりと笑った。

「ホテルに戻りましょう」

20

ゲイバー「ママフォース」は、いつものように客がいなかった。鮫島が入っていくと、ただひとりカウンターに半分身をのりだしてママと喋っていた晶がふりかえった。

「あいかわらず繁盛してるな」

鮫島がいった。ママがにらんだ。

「本当よ。あんたさえこなけりゃ、新宿署の若いお巡りさんをいっぱい呼べるのに。そうなりゃよりどりみどりで食べちゃうわ」

鮫島は笑い、晶の隣りに腰をおろした。

「そんなツテがあるのか」

「あるわよ。若い子にはサービスするもの。体育会系に強いの、知ってるでしょ」

いって、元炭鉱夫のママは歌をうたいはじめた。

「ぶーんかのいぶき、はつらつと、大ターミナルの朝ぼらけ、みやこの城西、ちあーんはかたし、未来の夢をえがあきつつ、若き血潮はほとばしる、いいわねえ。おおー、しんじゆくぅ」

晶が笑いながら合わせた。

「けいぃさつしょー」

「やめてくれ。酒がまずくなる」

鮫島は悲鳴をあげた。ママが首をかたむけ、ウインクした。

「て、うたうんでしょ」

「誰に習った？」

「だからいったじゃない。若い子に顔が広いのよ」

鮫島は晶をにらんだ。

「二度とうたうなよ」

「アレンジしてやろっか」

晶はにたっと笑った。

「もういい。きのうはあれからどうした？」

「リハになんなくて、スタジオで寝てた。そっちは？」

「病院にいった」

「どうだって？」

「古顔らしい看護婦がでてきた。知らんとさ」

「問いあわせたの、ほかの署に」

「ああ。いちおうな。そんな奴は泊められてない」

晶が頬をふくらませ、ふうっと息を吐いた。

「あさってからあたしいなくなるからね」

「ああ」

鮫島はいって、アイリッシュウイスキーの水割りを口に運んだ。

「どうしちゃったんだと思う」

「わからん。だがあの病院には妙なところがある」

「たとえば？」

鮫島は晶を見た。

「聞く権利があるぜ」

晶が先手を打っていった。ママはそ知らぬふりをしてカウンターの内側にかけ、文庫本をとりあげていた。鮫島はため息を吐き、頷いた。

「病院の前で国税局のマル査をやってる知りあいにばったり会った。別件のウラどりで訪ねていたんだ。そいつの話じゃ、病院にはオーナー会社が別にある。ところがそのオーナー会社の社長は、きのう俺の応対をした古顔の看護婦だった」

「院長の奥さんじゃないの」

「ちがうな。もっとややこしいものがからんでそうだ」

「ポプリンはどうしちゃったんだろ」

鮫島は黙った。晶の目が鋭みを帯びた。

「――そうなのかよ」

鮫島の考えを読んだのだった。

「可能性はある」

「冗談じゃねえよ。いくら何だって――」

晶は絶句した。

「それじゃあ……まるで、病院じゃないよ。底なし沼じゃないか。近づいたらみんな、ずぶずぶ……」

唇を閉じた。寒けがしたような表情をうかべた。

「すげえいい娘《こ》だよ、ミカヨって。バンドやってる奴に惚れる娘ってさ、純情なのが多いんだよね。純情で、ちょっと見栄《みえ》っぱりなの。似てるよ、みんな」

鮫島は煙草に火をつけた。

「捜せよ、ポプリン」

「ああ」

「そいで、もしそうだったら……殺《や》った奴、パクれよな」

鮫島は晶を見た。晶はくやしそうな顔になっていた。

「じゃなきゃ、かわいそうすぎるよ。ミカヨが。子供とられて、彼氏とられて」

「わかってる」

「それから」

鮫島は晶を見た。

「あんたは沼にはまんないでよ。はまるんだったら、あたしが新宿にいるときだよ」

「ひっぱりだしにきてくれんのか」

鮫島は晶の手を軽く叩いた。おとといの晩、ふと感じたいいようのない不安は、晶には話していなかった。

晶は頷き、低い声でいった。

「あんたを殺すのは、あたし。ほかの奴には殺させない」

鮫島は微笑んだ。晶が怒ったように、にらむ。

滝沢を怒らせるかもしれない。が、場合によっては本当に三森を叩くことになりそうだった。

「殺してくれよ、今夜も」

鮫島は低い声でいった。晶の目に意地悪な笑みがうかんだ。

「残念でした。始まっちゃったんだ。自殺しな」

翌朝、鮫島が出署すると、藪がふらりと防犯課をのぞいた。

「お茶、奢《おご》れよ」

鮫島は立ちあがった。藪は白衣を脱いでいた。だぶだぶのジャケットにノリのきいていないワイシャツを着て、ネクタイの結び目は小さすぎ、太い首にくいこんでいるように見える。

「外、いこう」

藪はいった。鮫島は頷き、ふたりは新宿署をでた。少し歩いて、署員があまりこない、西新宿の高層ホテルに入った。そこのコーヒールームで向かいあう。

「もうわかったのか」

「きのう、麻雀でな」

「勝ったか」

「負けた。勝った上に話までは聞けんさ」

「負け代を俺にもてっていうのか」

「折半《せっぱん》でどうだ？」

藪はすました顔でいった。鮫島は苦笑した。

「いくらだ」

「ピンでマイナス百二十。だから六千円てところだ」

「わざと負けたのか」

鮫島は財布をだし、いった。

「当然だろ。たまに勝つと、舌の動きが軽くなる」

「本当かね」

いいながら六千円をさしだした。藪は無表情にその金をとった。

「それにここのコーヒー代はそっちもちだ」

「わかった。で？」

「一課は動いていない。化検も殺しと確信できずにいる。ただし、一年半ほど前に、似た症状のほとけを扱ったことがあるそうだ」

「そのほとけは？」

「五十代の女性だ。成城《せいじょう》に住む主婦で、自宅で死んでいるのを発見された。死因は同じ。血管内凝固症候群だった。庭仕事をしている最中に倒れたらしく、掌《てのひら》にひっかき傷があったほかは、外傷はなかった。着衣に乱れはなく、物盗《と》り、えん恨、両方の線でも、殺しの線はでなかった。ほとけは、亭主が社長をやっている会社の会長で、亭主は入り婿《むこ》だった。だから亭主をけっこう厳しく調べたらしい」

「が、でず、か」

藪は頷いた。

「典型的なかかあ天下で、ほとけはかなり派手に遊んでいた。剖検で、腹の肉をとる美容整形をうけていたこともわかった。そのあとも美容サロンに通っていたらしく、五十代には見えないほとけだったと監察医はいってたよ」

「それでもえん恨はでず、か」

「六本木あたりでひっかけた十八、九の小僧と小遣い銭でもめたとして、そんな手のこんだ殺し方はせんだろう」

「ほとけの名前は？」

「そこまでは聞いてない。調べるか？」

「ああ、住所も頼む」

「わかった」

「化検の考えは本当のところ、どうなんだ」

「もういっこ、同じ症状のほとけがでたら、殺しだとさ」

「何を使っているんだ？」

「わからん。ふつうの血液凝固剤では、あんなふうにはならんそうだ。もし薬物だとすれば、お目にかかったことはないといってる」

「たとえば、薬品じゃなく、塗料とかそういったもので同じ症状をおこすような代物《しろもの》はないのか」

　藪は少し考え、いった。

「ないだろうな。ちょっとしたひっかき傷から入っても死ぬような毒物となれば、猛毒だ。その毒性を知らないで一般消費されてるなんて考えられん」

「医薬品ならどうだ」

「医者はそんな危ないものはつかわんさ。注射針でちょっと自分の指をついてもアウトだろう」

　鮫島は息を吐いた。

「もし考えられるとすればだが――」

　藪がいった。

「米軍かどこかから流れた、暗殺用の毒物だな」

「暗殺用――」

「しゃぶだってもとはドイツや日本の軍隊で使われだしたのが始まりだ。ああいう毒物はたいていどこかで軍にからんでいる」

「米軍か……」

「だが、暗殺用の毒物が、ポン引きや有閑《ゆうかん》マダム殺しにつかわれるというのは、ちょっとな。公安がでばってくるような殺しなら別だが」

「だろうな」

鮫島は頷いた。浜倉が米軍関係とつながっていた可能性を考えた。もしその線があるとすれば当然、顧客だ。会員制の客の中に、米軍の情報部かどこかの人間がいてトラブったか。

「インディゴ」にいって、女たちに訊ねてみようと思った。

「浜倉はヤクは扱っていたか」

藪が訊ねた。

「いや。扱ってないと思う。慎重な男だし、扱えば必ずマルBとぶつかるからな」

「ヤクを扱っていれば、少しは線がでるんだがな」

「どういうことだ？」

「中南米だ。あっちには軍部がもろに麻薬組織に汚染されている国がある。本来なら麻薬を取り締まる側だが、逆《さか》らえば大統領でも消しちまおうっていうくらい、麻薬組織の力は強い。だから場合によっちゃ、そのての毒物が軍から流れ、運び屋を通じてこっちの国内にもちこまれている可能性はある」

「だが、そんな代物を扱うとすれば、ふつうはマルBだ。マルBはもっと楽な殺し方をするぞ」

「だろうな。表沙汰にしたくなけりゃ、さらってどこかに埋めちまうだろうし」

「つまり殺しの線は細いってことか」

「そうだ。だから一課も動かないのさ。たかがポン引きひとり黙らせるのに、聞いたこともないような毒をつかうこたあないだろうってわけだ」

「……………」

沈黙した鮫島に藪が訊ねた。

「公安にはまるで線はないのか」

「なぜだ？」

「C・I・Aに問いあわせるのさ。そういう毒をおたくじゃ扱ってないのか、とな」

鮫島は首をふった。本庁公安とC・I・Aのあいだには太いパイプがある。それは事実だ。だがそうした質問をだし、速やかに回答を求めるとすれば、本庁警視正以上の役職につくものでなければ不可能だった。

そうした人間たちが鮫島のために動くことはありえない。

「あとは次のほとけか」

鮫島はいった。藪は頷いた。

「間をおかず、な。すぐにでりゃ、いくらなんでも一課が動く」

昼休みまで署内で書類仕事をした鮫島は、十二時半に電車で代々木に向かった。

ＪＲ代々木駅から「インディゴ」まで歩いた。

「インディゴ」はランチタイムのようだった。メニューを書いた小さな黒板が丸椅子の上にのせられ、外の壁にたてかけてある。

格子にガラスのはまった扉を押した。

「いらっしゃいま、せ」

ビニールのエプロンをつけ、動きまわっていたコウジが鮫島に気づき、言葉をとぎらせた。

「やあ」

カウンター内側に、入江藍がいた。今日は民族衣裳ではなく、かちっとした白い絹のブラウスに黒革のタイトスカートをはいている。かたわらにミカヨがいて、目をみひらいた。

鮫島はカウンターの空いている席に腰をおろした。

「ランチはもう終わりかい」

「カツレツは終わりましたけれど、スパゲッティなら……」

ミカヨが答えた。

「手伝ってるのか」

「ひとりでいるの、落ちつかないし……」

鮫島は藍を見た。カウンターに片手をつき、煙草を吸っている。

「突然、この子をおしつけて悪かった。ほかに頼れそうな人もいなかった」

藍はふんと笑い、

「スパゲッティランチひとつ」

とコウジにいった。

「晶ちゃん、元気ですか」

ミカヨが訊ねた。

「ああ。明日からツアーだ」

ミカヨは頷いた。目が怯えていた。恋人のことを訊きたいのだが、悪い返事が恐くて言葉を口にできずにいるのだ。

「まだ連絡はない？」

「ありません。留守電、こまめにチェックしてるのだけど……」

ミカヨは首をふった。

「あの子、あんたの何？　姪《めい》かなにか」

藍が訊ねた。

「恋人だ」

鮫島は答えた。

「はい、お待ちどおさまです」

コウジがスパゲッティの皿を鮫島のうしろからさしだした。

「早いな」

「文句は食べてから」

藍がいった。スモークサーモンと玉ネギ、それにキャビアをからめ、クリームソースをかけてある。

鮫島はひと口食べ、

「うまい」

といった。藍がおもしろくなさそうに笑った。

「いい子だね、あの子。今どきの子にしちゃ、気合いが入ってる。何してんの？　まさか婦警じゃないでしょ」

鮫島はむせそうになった。ミカヨが水のグラスをさしだした。

「ロックシンガーです。レコードもでてて。けっこう好き」

ミカヨが答えた。

「ロック歌手。へえー」

藍は目をぐるりと回して見せた。

「あんた本当にかわったお巡《まわ》りなんだね。いくつ年ちがうの」

「よけいなお世話だ」

藍はハスキーな笑い声をたてた。

「かわったことは？」

鮫島は藍に訊ねた。

「別に。女の子たちはみんな仕事替え考えているよ」

「そのほうが賢明だな。浜倉よりいごこちのいい元締めはいないだろう」

「社長、本当にやさしかった」

ミカヨがぽつりといった。

「元気だすんだ」

鮫島はいった。

「ありがとうございました」

コウジが叫んだ。グループで食べにきていたらしい、制服のOLたちが立ちあがったのだった。

「どうも。夜もきてね」

藍が笑いながらレジに立った。

「繁盛しているな」

「お洒落《しやれ》な店だもの」

ミカヨが答えた。だいぶ落ちついてきている。

「ずっと働くか」

「使ってくれないよ。不器用だもの。それに――」

鮫島を見た。

「帰ってこない？　ポプリン……」

「わからない」

鮫島は正直にいった。ミカヨはうつむいた。

「ところで、入院したときに島岡さんという看護婦がいたのを覚えているかい」

ミカヨは顔をうつむけたまま頷いた。

「どんな人だった？」

「親切だったよ」

鼻をすすって顔をあげ、ミカヨはいった。

「なんか院長って、暗くてスケベっぽそうなオヤジだったけど、あのおばさんは親切だった。ベテランの看護婦さん、て感じ」

「院長と話しているときの感じはどうだった？」

「話してるときって？」

「院長に対して強気じゃなかったかい。どちらが偉いかわからない、というような」

　ミカヨは首をふった。

「院長の外見を話して」

「痩せてて、背もあんまり高くない。髪もハゲに近い。なんか目が、危ないって感じ。どこ見てるかわかんないようで」

「薬かなにかやってそうな？」

「うん。やってるかもしんない」

「年は？」

「六十近いのじゃないかな……」

「コーヒーは？」

　藍がわりこんでいった。鮫島は店内を見渡した。一時を過ぎ、客がほとんどいなくなっていた。

「もらおう」

　ミカヨが頷いて、コーヒーカップをソーサーにのせた。ドリップペーパーをのせたカリタをおき、コーヒー粉を、スプーンでいれる。

　湯気をふいているポットから、細長く湯を注いだ。ふんわりとコーヒー粉がふくらみ、芳香がただよった。

「上手だな」

「こっちきて二年くらい、コーヒー専門店でバイトしてたの」

ミカヨは寂しそうに笑った。

「ファッションデザインの専門学校通ってたんだけど……中退しちゃった。はい」

コーヒーをすすり、

「うまい」

鮫島はほめた。

「ほかの言葉知らないの」

藍がつっこんだ。鮫島は煙草に火をつけ、藍を細目でにらみ、

「おいしい」

といった。

藍は両手を広げた。

「しょせん刑事《デカ》ね。ボキャブラリィが乏しいわ」

「『ステイ・ヒア』の歌詞な」

鮫島はミカヨにいった。

「半分、俺が作った」

「嘘ーっ。すごい」

「このママに教えてくれ」

「何それ？」

ミカヨが説明した。藍は微笑んで聞き、

「変人《へんじん》刑事《デカ》」

とだけいった。鮫島はとりあわず、ミカヨに訊ねた。

「今度は浜倉のところの仕事の話なんだが、外国人はいたかい、客に」

「ほかの子のお客さんのことあまり知らないけど、あたしにはいなかった。ほとんどみんな指名でお客さんくるから、ほかの子のことはわかんない」

「外国人がどうしたの？」

鮫島は藍のほうを向いた。

「浜倉は今のところ病死として処理されている。死因は血管内凝固症候群という病気で、体中の血管のあちこちに血栓が発生する、というものだ。だが本来、この病気にかかるのは、癌や白血病といった、ほかの重病にかかっている患者だ。浜倉はそうではなかった。とすると、何かそういう症状をひきおこす薬物を注射された可能性がある」

「そんなものがあるの？」

「ない。知られている限りでは」

「じゃどういうこと」

「もしそんな薬があるとすれば、それは特にその目的のために開発されたものだろう、と専門家はいっている。つまり、毒ガスみたいなものだ」

「化学兵器ってことですか」

コウジがいつのまにか鮫島の隣りにすわっていて、いった。

「そうだ。聞いたことあるかい？」

「その、血を固まらせちゃう薬を、ですか」

鮫島は頷いた。

「いえ」

コウジは自衛隊のレインジャー部隊にいたのだと、初めて「インディゴ」にきたとき、鮫島は聞かされていた。

「戦闘で使うような代物じゃないですね」

コウジはいった。

「大量殺傷は難しいでしょう。飲んでもそうなるというのなら別だけど」

「それについてはわからない」

「相手の兵隊を戦闘不能にするのに、いちいち注射をする奴はいませんよ。それだったら、銃や爆薬のほうが早い」

「と、すると？」

「暗殺用ですね。どれくらいの効果時間かわかります？」

「いや。だが、何日、ということはなさそうだ。せいぜい一時間、あるいは数分か」

「クラーレみたいなものですね。ナイフの先っぽに塗っといて、さっと刺す」

「おそらく。想像なのだが」

コウジは頷いた。

「もしそんなものがあるとしても一般兵士は知らないでしょう。特殊部隊か、情報部だ」

「たとえば米軍の、そういうのにかかわっていたような外国人が客にいた可能性を知りたい」

鮫島は藍にいった。

「ほかの子にあたる？」

藍はいった。

「ああ。そうしてもらえれば助かる」

「いいわよ。電話番号」

鮫島は名刺をだし、裏にペンで自宅の番号を書きこんだ。

「浜倉さんは、外国人のお客さんは嫌がってた。病気が恐いからって」

ミカヨがいった。

「そうね。特に軍人は危ないかもしれないわね」

藍が頷いた。

「病気もちは日本人にもいるだろう」

「まあね」

「浜倉さん、女の子たちに、絶対、生《なま》でやっちゃ駄目だってうるさかった」

「ケツモチは本当にいなかったのか」

「何それ?」

「始めるときに、どこかの組に話を通す。月に三万だか五万だかを払っておけば、とりあえずは、ほかの組も手をださない」

鮫島は説明した。風俗業界は、マッサージ関係も含め、まずほとんどすべてがこうした話を暴力団ととりきめている。

「なかったと思う。聞いたことないもの」

ミカヨは首をふった。

そのとき、鮫島のポケットベルが鳴った。署からだった。

鮫島は店にある赤電話で署にかけた。電話は桃井につながれた。

「どうしました?」

鮫島は訊ねた。

「妙なことになった」

桃井はいった。

「今どこにいる？　番号を教えてくれ。こちらからかけ直す」

鮫島は使われていない灰皿の中においてあったブックマッチをとりあげ、電話番号を読んだ。

「わかった。待っていてくれ」

数分後、「インディゴ」の電話が鳴った。

「はい、『インディゴ』でございます」

とった藍が受話器をさしだした。

「はい」

うけとった鮫島に、桃井がいった。

「さっき、私の古い友人から電話があった。親切で忠告をしてくれたんだ。本庁二課が動いている。心あたりはあるかね」

「本庁二課？」

「そうだ。内偵で、対象は君だそうだ」

桃井はいった。

21

「会う必要がある。ただし——」

桃井は言葉をとぎらせた。鮫島はすぐにその意味がわかった。本庁上層部が内偵を始めたとなれば、鮫島に尾行、監視がついていておかしくはない。不用意に会えば、桃井もそれにひっかかる。

「迷惑がかかります」

鮫島はいった。ついに動きだしたのか、と思った。だが、なぜ、今なのだ。

「いや。君が考えていることと、どうやら意味がちがうようだ」

「どういうことです？」

「会ったときに話そう」

桃井はいった。

鮫島は不可解だった。自分に関して本庁上層部に動きがあるとすれば、あのこと以外には考えられなかった。

鮫島の同期キャリアで、公安部内部の暗闘に敗れ、自殺した男がいた。その男の遺書を、鮫島はもっている。その遺書が公開されれば、現在、警視庁上層部に巣くう、ふたつの派閥の醜い暗闘の内容が公《おおやけ》になり、大打撃をこうむる人間たちがでてくる筈《はず》だった。

その〝爆弾〟となる遺書を、鮫島はあるところに保管している。そしてふたつの派閥の両方からの恫喝《どうかつ》や懇願、さらには買収に応ぜず、渡していない。

結果、鮫島は、キャリアでありながら、所轄《しょかつ》防犯課という、更迭《こうてつ》人事を下されたのだった。

遺書に登場する人間たちは、今でも警視庁のトップグループにいて、最上位をめざしている。その彼らにとって、足もとを根底から破壊する可能性があるのが、鮫島だった。鮫島は、日本警察キャリア制度の矛盾を具現した存在であり、彼らにすればなんとか警察組織から排除したい危険人物なのだ。

鮫島が新宿署に〝落ちて〟から、五年近くがすぎようとしている。

その間、嫌がらせは数限りなくうけたが、具体的に警察を辞職させようという動きはなかった。

が、捜査二課が動いているとなれば、その可能性が生じてくる。

本庁捜査二課は、主に汚職、選挙違反、経済事犯などを担当するが、実はもうひとつの側面がある。

警察官犯罪の捜査である。捜査二課長には、キャリアが就《つ》く。このキャリアは捜査二課長を経たのち、人事一課長に就任する。

人事一課とは、警察官人事のうち、警部以上の、いわば将校の人事を担当するセクションである。これに対し、警部補以下の人事は、人事二課が担当する。人事一課長にキャリアが就くのに比べ、人事二課長にはノンキャリアが就く。

両人事課の上に立つ警務部部長は、当然、キャリアである。

こうした組織内におけるキャリアの配置のしかたが、全国二十万人の警察官にしめる、わずか五百人足らずのキャリアが絶対的な支配権をもつ理由のひとつである。

多くの場合、キャリアは、警察官であって警察官ではない。今のキャリアについては、もっと適切な呼称がある、と鮫島は思っている。

それは、内務官僚、である。

その夜、午後十時過ぎ、鮫島は川崎にいた。桃井が指定した、川崎駅に近い小さなスタンドバーだった。

なぜ桃井がここを選んだか、一歩足を踏みいれ、鮫島にはすぐわかった。一見《いちげん》の客は、ぜったいに入ってこられないような店だったからだ。

カウンターの中には、五十に手が届こうかという大男がいた。鼻も耳も潰《つぶ》れ、左目の下に無残な縫い跡がある。

そうしてもうふたり、カウンターの端に腰かけているのは、明らかに男娼とわかる、厚化粧をしてスパンコールをちりばめたドレスを着た〝女〟たちだった。

桃井はその店のカウンターに、いかにもさりげなく腰をおろしていた。店にはあまりに不似合いな、シーバスリーガルのボトルとグラスが手もとにある。が男娼たちは、決して桃井には近づこうとしなかったように、扉を開けた鮫島には見えた。

鮫島の姿に気づくと、桃井は小さく頷《うなず》いた。その瞬間、五メートルと離れていない場所に建つ高架の上を電車が通過し、轟音《ごうおん》とともに、店全体が震動した。

桃井は、カウンターの中にいる男に目を移した。

「はい」

男は短くいって、磨いていたグラスをおき、男娼たちのほうを見た。小さく首を傾ける。男娼たちはストゥールから降りた。男もカウンターをくぐり、外にでた。

「一時間でよろしいですか」

鮫島のほうには目を向けようとせず、男は桃井に囁《ささや》くような小声でいった。

「ああ」

桃井は灰皿においた煙草をつまみ、答えた。

「じゃ、いってきやす」

男はいって男娼たちをひきつれ、出口に近づいた。店の中は暗く、安物の合板で作られた扉も、カウンターも、黒く塗られている。

「何だったら鍵、かけといて下さい。表の看板、消しときますから」

「すまんな」

「いえ」

男は鮫島に対し、ひと言も発しようとしなかった。三人がでていくと、桃井がいった。

「せっかくの忠告だ。鍵、かけておこうか」

鮫島は頷き、扉には頑丈すぎるボルト錠をおろした。

店の中には、有線の歌謡曲が流れていた。

「おもしろい店ですね」

「神奈川県警の縄張りだが、連中も手はださん」

桃井は無表情にいった。

「なぜです？」

「麻取《まとり》が連絡基地に使っているんだ」

麻取とは、麻薬取締官事務所のことだった。警視庁とはちがい、厚生省の管轄下にある。

「じゃ、あの男は――」

「麻取のS《エス》だ。昔、パクったのが縁で、麻取に紹介した。警察では、私以外には、奴のことを知っている人間はおらん」

「私がふたりめですか」

「君が今後も警察にいられれば、だ」

鮫島は桃井の隣りに腰をおろした。

「本物だ。よかったら飲みたまえ」

桃井はシーバスのボトルをおしやっていった。再び電車が通過し、ボトルが揺れた。

「密告があったらしい」

「売りこみですか」

売りこみとは、自分が助かるための密告をいう。

「いや。そうではないようだ。新宿署にコロされている幹部がいる、というのだ。コロしたのは、大物のけいずかいだとな」

系図買い、といえば故買屋《こばいや》だ。故買屋が買収する警官がいるとすれば、刑事課か防犯課しかいない。

「それが私だと――」

「階級はオブケ、そういったそうだ。オブケとなると、刑事課長、私、そして君の三名だよ」

「なるほど」

「特命が動いている」

「二課ですか」

桃井は静かに頷いた。

幹部警察官の犯罪となれば、人事一課長から警務部長、刑事部長といったすべてキャリアのルートを辿り、捜査二課長に内偵命令が下る。

手順は決まっていて、二課長は自分の子飼いであるキャリアの若手警部を担当にすえ、その下に二名くらいの特命刑事をおく。特命刑事は、ふだん捜査二課で庶務係や選挙担当をしている、巡査部長ないしは警部補クラスの、ノンキャリア組である。ただし、このノンキャリア組は階級試験を上位で突破した、優秀な警察官である。

「君はキャリアだ。もし君に容疑がかかっているとすれば、カク秘扱いだろうな」

桃井はいった。

警視庁における、秘密保持の等級には、五段階がある。取扱注意↓秘↓マル秘↓極秘↓カク秘である。カク秘は最上級の秘密保持事項で、場合によってはその内容は、総理大臣にすら秘密にする。

「問題はもうひとつある」

桃井はいった。

「私にこのことを知らせてくれた人間は、キャリアではない」

鮫島は緊張した。キャリア警察官の犯罪容疑は、警視庁にとり、確かにカク秘並みの大事件かもしれない。どんなことがあってもぜったいに、ノンキャリア警察官に洩《も》れてこない情報なのだ。それが、警視庁のノンキャリアに知られていたということは、いずれは鮫島や桃井らの耳に入ることを想定しての、意図的なリークであると証明している。

「罠《わな》です」

「当然だ。だがいちばん考えなければならんのは、この罠が、本庁ひとつで描いた絵図なのか、外部の誰かが描いた絵図に、本庁があい乗りしたのか、どちらなのか、という点だ」

鮫島は静かに息を吐いた。

「本庁ひとつなら、別のやり方をすると思います。キャリアの犯罪となると、波及効果が大きすぎます」

「私もそう思う。となれば、あい乗りだ。誰だ?」

「さあ……」

「この罠には、警察に詳しい人間がからんでいる。密告は、監察理事官あてにきたそうだ。もちろん私に知らせてくれたのは別の人物だ」

監察理事官とは、人事一課長の下につく、警視長クラスのノンキャリアのベテランである。ノンキャリアで警視長までのぼっている以上、数年で定年を迎える。定年まぢかであるがゆえに、憎まれ役の監察理事官をふられるのだ。

通常の監察業務は、各方面本部長の下にいる方面本部監察担当が、その下の各所轄に対する抜き打ち監察、月例監察、素行問題などを取り扱うのだが、鮫島のケースは当然、これとは一線を画している。

服装の乱れや警官どうしの不倫問題などとはわけがちがうのだ。

鮫島は桃井を見た。

「例の件か。君は光塚の名を口にしていたな」

「しかし、彼は偶然に見かけただけの人物です。浜倉殺しにからんでいるとは思えません」

「からんでいるのはどこだ？」

「中野との区境にある『釜石クリニック』という産科病院です」

「そこと光塚の間に関係は？」

「現在はまだ――」

桃井は首をふった。

「急いだほうがいい。内偵の状況いかんでは、署長のもとに人事一課長がくる」

「しかし私を洗っても何もでません」

「上がかんでいるのなら、それほど甘くはいかないぞ」

鮫島は深呼吸した。証拠をねつ造される可能性もある、と桃井は示唆《しさ》しているのだった。

「追いうちがあるとお考えですか」

「上の腹しだいだな。私にも上の考えていることは見当もつかん。ただ――」

「ただ？」

「あい乗りするにしても、外からの罠があまりにひどいようなら、手をひき、その罠だけに任せる方法もある」

「すると、密告だけでは終わらない、と」

「君に捜査から手をひかせたいのであれば、単に密告しただけでは、牽制球《けんせいきゅう》ていどの効果しかない。相手は確実にランナーを殺したいと願っているのじゃないか」

次の手がある、というのだった。しかしいったい、どのような手なのか。

「用心するのにこしたことはない。が――」

鮫島は頷いた。上が鮫島を、ただの刑事としてしか考えていないのなら、動きを控え、おとなしくすることで、罠に対し、はまりこまずに回避するのも可能かもしれない。だが鮫島を排除したいと願っている上層部には、鳴りをひそめることは、かえって罠へ押しやる機会を与える結果につながりかねない。

鮫島が、汚職警官であろうとあるまいと、彼らにはやめさせる名目ができれば、それでいいのだ。おとなしくすることは、容疑を認めたのと同じだ、と彼らにいいたてさせる口実を与える。

「密告のほしが別にいて、昔の恨みで君を狙っているのだとすれば、かなり厳しいぞ」

鮫島は頷いた。鮫島に恨みをもつ犯罪者は決して少なくない。ただ、そこまでの図式を描ける人間となれば限られてくる。

「マルBのやり口じゃない」

桃井はいった。鮫島はそれと同じ言葉を口にしたことを思いだした。朝の、藪とのやりとりだった。

「課長、島岡ふみ枝という看護婦を洗っていただけますか」

「島岡ふみ枝」

「『釜石クリニック』の婦長です。病院のオーナー会社の社長を兼任しています」

「奇妙だな」

「たぶんダミーです。その会社には別から金がでています」

「『釜石クリニック』にガサ入れをかけたらどうだ？　別件の名目で――」

鮫島は首をふった。

「無理です。令状がとれるほどの証拠は何もありません」

「あるとすれば、何の容疑かね」

「殺人です。浜倉と、そして、ミカヨの内縁の夫だった久保広紀に対する」

「何のための殺しだ？」

「それがわからないのです。あの病院には何かがある、それは確かなのですが……」

桃井は新たな煙草に火をつけ、考えていた。目の前の酒は、鮫島が現われてから、まるで手をつけられていなかった。

「上とは取引はできないか。君には切り札がある、と聞いた」

「連中は、私がそれをいいだすのを待っているのかもしれません。しかし私が使えば、それを私に遺《のこ》した人間の遺志が無に帰します」

鮫島はきっぱりといった。

「しかしそれをしなければ警察を逐《お》われることになるかもしれんぞ」

「私は、警察官というのは、こと仕事にあたったとき、恐れられるのではなく、人から尊敬されるような人間であってほしいと思います。そのためには、タテ構造の中で、いつか機械のように頭を使わない存在になっては、絶対にいけないのです。私が警官をやめる羽目になったとしても、すべての警察官にそのことを自覚してもらうために、この切り札は使いたい、そう思っています」

桃井はしばらく無言だった。やがて、ぽつりといった。

「――こうなっては、望むべくもなかったのだが、君のような考えをもつキャリアが、警察の本当の上部にいれば、日本の警察は、うんとちがったものになっただろう」

そのとおりかもしれない、と鮫島は思った。だが、鮫島は鮫島であったればこそ、警察の上部機構には留《とど》まらず、こうして所轄署にいる。そして、その所轄署における、一兵士としての闘いが、鮫島は好きだった。

警視、警視正となって出世していく自分よりも、「新宿鮫」と呼ばれる自分に、誇りをもてるような気がするのだった。

22

綾香は山梨の病院にいた。眠っているあかねの枕元に、デンドロビウムを差した花瓶をおいたところだった。

ひとつ目の翼のある怪物のような花びらが、茎から重そうにたれさがっている。

今日の綾香は、純白のスーツを着《つ》けていた。スカートの丈は、少し大胆かなと思うほど短い。が、そこからのびる脚の線には自信があった。

中央高速を走るあいだ、光塚がいくどもルームミラーの中で、自分の太腿《ふともも》とその奥を盗み見ていたことに、綾香は気づいていた。

前にきたとき、自分があかねから見ておばさんなのだ、と思ったことが、今日のこの服を選ばせた。

綾香は、あかねのかたわらに両膝を揃《そろ》え、すわった。太腿の半ば以上が露《あら》わになる。

「あかねちゃん、きれいな花でしょう。デンドロビウムっていうのよ。もちろん、蘭よ。

あなたには、蘭の花しかもってこないことに綾香決めているから」

綾香は話しかけた。眠っているあかねは、前きたときほどはむくんでいなかった。綾香は手をのばし、週に二度、看護婦がブラッシングしてやっているあかねの髪に指をさしこんだ。

鮮やかなオレンジのマニキュアを施した指に、くるくるとあかねの髪を巻きつける。

「今ね、綾香いろいろと大変なの。綾香に意地悪しようとしてる連中がいるのよ。でも綾香、負けないよ。あかねは知っているよね。あかねも昔、綾香にいっぱい意地悪をしたけれど、綾香は平気だったものね」

あれはいつだったろうか。綾香があかねの家にひきとられてから三カ月めだった。二階のベランダの手すりにおいてあった五つの鉢植えを、あかねはすべてつき落としたのだった。

そう、あの日、家には綾香とあかねのふたりしかいなかった。五月の終わり頃の、天気のよい、とても気持ちのいい日だった。

綾香は、開け放った窓から入ってくる風が白いレースカーテンをゆらすのを、一階の居間のソファにすわり、ぼんやりと見つめていた。

風には、緑の香りがあった。それまで綾香が住んでいたアパートは、窓を開けると向かいのメッキ工場から変な匂いがしてきたものだ。廊下には、いつも生ゴミのすえた匂いと消毒薬の混じった匂いが漂っていた。

月に一度、民生委員のおばさんが訪ねてきた。

鉢植えが裏庭に落ちる音を、綾香は聞かなかった。

どうして聞こえなかったのだろう、と今でも思う。五つも鉢植えが壊れたのに。

きっと、うとうととしていたのかもしれない。知らない家にひっこしてきて、今までそう何度も会ったことのなかった親戚と暮らすようになったことで、綾香はひどく緊張していた。

そうだ、眠っていたのだ。目を覚まさせたのは、居間にいつのまにか降りてきたあかねが弾いたピアノの音だったのだから。

――ピアノ教えて
初めてあかねがピアノを弾くのを見たとき、綾香は矢もたてもたまらなくなって、あかねに頼んだ。

すると突然、あかねはピアノを弾くのをやめ、じっと綾香を見つめたのだった。

何もいわなかった。だが目の中に浮かんでいる悪意は綾香にすぐわかった。あかねは妙に嬉《うれ》しそうな顔で、巻いてあった赤い布をとりあげ、わざとゆっくり鍵盤の上に広げた。

――ねえ、教えて
綾香はさらにいった。あかねは答えず、皺《しわ》がよらないよう、きれいに赤布をのばした。

そして思いきり強くピアノの蓋《ふた》を閉じた。

大きな音がした。呆然《ぼうぜん》とする綾香に、あかねは気持ちよさげな笑みを浮かべ、ピアノの前を離れていった。

それ以来、綾香は、ピアノを教えてくれと頼まなくなった。

——教えてあげなさい、あかねちゃん
そのできごとを知らないあかねの母親——綾香にとっての伯母がいうこともあった。

——綾香ちゃんもピアノ弾きたいんじゃないの？

問いには、いつも答えが返されることはなかった。綾香はじっとあかねを見つめる。あかねは、妙にきらきらと輝く目で綾香を見つめ返すのだった。

ふたりきりのとき、あかねは決して自分からは、綾香に話しかけようとしなかった。まるでそこにいないかのように、透明人間のように綾香を無視しつづけた。

そして、あかねが母親の大切にしていた鉢植えをすべてつき落とした日、母親が帰ってきて、綾香の地獄が始まった。

「あかねちゃん、わたしには何もいわなかった。わたしも、何もいわなかった。誰も、何も、いわなかった」

綾香は、指先であかねの髪を梳《す》きながらいった。

母親の叫び声がした。

——あかね！　あかね！

呼びつける声に、あかねはちらりと綾香を見やって、

——はーい

居間をでていったのだ。その時点では、綾香は何が起こったのかわからなかった。

——何これ!?　誰がやったの!?　もう、お母さんが大切にしていたのに！

——あかね知らないよ、ずっとピアノ弾いてたもの

——じゃあ……

あかねの母親が絶句した。

それきり、ふたりの声は聞こえなくなった。

あかねがなぜそんなことをしたのか、綾香には間もなくわかった。あかねは綾香を嫌っていた。

綾香は、割れた鉢植えについて、誰からも何もいわれなかった。もし、叱《しか》られていたら、綾香にも釈明する機会はあったかもしれない。

が、「あなたがやったの」「どうしてそんなことをしたの」と、あかねの母親はついに綾香には訊《き》かなかった。

その日の夕食では、誰もひと言も口をきかなかった。だが、あかねの両親が、綾香がしたものと決めてかかっていることは明らかだった。

綾香は耐えきれず、夕食を半分以上残し、テーブルを立った。止める者はなかった。あかねの両親は、綾香が罪の意識に耐えかねたのだと思ったようだ。
「蘭の鉢植えよ。きれいなカトレアだった」
綾香は眠り続けているあかねにいった。
そして、翌日、あかねが倒れた。
あかねが入院し、綾香はひとりきりになった。
あかねは人工透析《じんこうとうせき》をうけるようになっていた。母親はつききりだった。
入院してから何日めだっただろうか。あかねの母親が珍しく帰宅して、学校から帰ってくる綾香を待ちうけていた。
——綾香ちゃん、伯母さん一生のお願いがあるの
——何?
あかねが今、入院していること、知ってるよね。あかねは生まれつき、腎臓がひどく弱いの
——うん
——お医者さまは、今のままでは、あかねは丈夫な大人になれないっていってるわ
——でも治療してるんでしょ、人工透析

――そう。だけど駄目なの。人工透析のままだと、あかねは学校もなかなかいけないし
そのとき、綾香には伯母の願いが何であるか、わからなかった。

しばらく黙っていたあかねの母親が、ついに思い詰めたようにいった。

――綾香ちゃん。綾香ちゃんの腎臓を、あかねにひとつくれない？

一瞬、綾香には、伯母が何をいっているのか理解できなかった。

――腎臓はね、人間の体にはふたつあるの。だからひとつをとっても、ふつうの生活をしていくことはできるのよ。本当は、伯父さんや伯母さんの腎臓をあげたいのだけれど、お医者さまが駄目だというの。合わないらしいの。でもひょっとしたら、綾香ちゃんのなら、合うかもしれない
そのとき、綾香は、すべてがわかった。なぜ自分が、今までとはまるでちがう、この裕福な家に養女としてひきとられてきたのか。

鉢植えの事件があるまで、伯母や伯父が、実の母以上にやさしかった理由が。

そして何より、なぜ、あかねが自分を憎んでいたのか。

その人たちは、自分の腎臓が欲しかっただけなのだ。

それは今思えば、あまりに短絡的《たんらくてき》な考えだったかもしれない。

自堕落《じだらく》でわがままな綾香の母親は、夫に捨てられてもなお、単に自分のエゴを満足させるためだけに、綾香を手もとにおいていた。そして酒に酔っては、綾香に当たり散らした。

綾香が、母親の大切にしていた何かを奪った、とでもいうように。口答えは許されなかった。すれば厳しい折檻《せっかん》が待ちうけていたからだ。

母は、夫を呪い、綾香を呪い、裕福な家に嫁いだ姉を呪っていた。始終、伯母に金をせびっていた。

せびった金はほとんどが酒代に消えた。綾香はわずかな残りで、パンの耳を買い、それを食べ、暮らしていた。

伯母は、そんな綾香を不憫《ふびん》だと思ったのかもしれなかった。自分の娘と同じくらいの娘が、着るものも食べるものもかまってもらえずに、酔って荒れる母に怯《おび》え、六畳間のアパートの押入れで眠る姿に、憐れを感じたのかもしれなかった。

だが、ドナーになってほしいという、伯母の言葉を聞いたとき、綾香の頭には、そんなことは浮かばなかった。

すべては、自分の腎臓が欲しいためだったのだと思った。

きれいな服も、おいしいご飯も、初めて与えられた自分だけの部屋も。何もかもが、この、自分のお腹の中にある、自分もまだ見たことのない、腎臓のためだったのだ。

それで憎い、とは、なぜか思わなかった。

自分はきっと、そういう人間なのだ。

綾香は思ったのだった。

誰かのために生まれてきて、誰かのために踏みつけにされる――そんな人間なのだ。きっと自分は死ぬだろう。あかねが生き残り、自分はお腹を抜かれて死んでいく。今考えれば、おかしくなるほど絶望的な思いだ。腎臓をドナーとして提供したことで死ぬ人間はいない。今まで同様、健常人として生きていける。

にもかかわらず、綾香はそう思いこんだ。

だが、断われなかった。

鉢植えのことをひと言も説明せず、自分の行為でないと弁護しなかった綾香が、ただ一度だけ、自分を伯母にわかってもらえるチャンスだったからだ。

鉢植えの一件以来、よそよそしくされるようになってはいても、綾香は伯母が好きだったのだ。その伯母の、自分に対する信頼をとり戻す、たった一回きりの機会だったのだ。

――いいよ

綾香は顔を上げ、いった。

――ありがとう、ありがとう、綾香ちゃん

伯母は綾香の頰を両手ではさみ、泣き崩れた。

二日後、綾香はドナーとしての適性を調べる検査のため、あかねのいる病院に入院した。

そこでふみ枝と出会ったのだった。

23

二日間が過ぎた。鮫島をとり巻く状況には、表面上は何の変化もなかった。内偵が始まっているとしても、まだ尾行がついているようすはなく、呼びだしによる非公式な事情聴取が鮫島に対しおこなわれる気配もなかった。

だがもし事情聴取がおこなわれるなら、それは鮫島が身動きをとれないほどの〝証拠〟を上が手に入れてからであり、そのときは辞表を書かざるをえないような状態に追いこまれるにちがいない、と鮫島は思っていた。

「落ちた偶像」とはいえ、キャリア警察官のそうした不祥事を、本庁は躍起《やつき》になって秘密裡《り》に処理しようとするだろう。

罠をかけてきた人物なり組織について、鮫島に心あたりはなかった。検挙されたことを恨みに思っている人間なら、それこそ何十人といる筈だ。が、こうした陰険かつ知能的な方法で鮫島を潰そうと考えるような輩《やから》となると——。

鮫島には思いあたらなかった。

唯一、考えられるのは、「釜石クリニック」にかかわっている誰か、だった。だが今現在、鮫島は「釜石クリニック」で何らかの犯罪がおこなわれた、という確とした証拠を握ってはいなかった。

堀美香代の子供に対する行為は、「殺人」といえなくもない。しかし、「医療ミス」として裁判にもちこむことは可能でも、「殺人」として立件するには、動機やその他の証拠の面であまりにも情報が不足していた。

「釜石クリニック」にかかわっている誰かが、鮫島を陥れようと考えているなら、そこにはきっとまだ思いもよらない重大犯罪が隠されている筈だ。それがいったい何であるのか、鮫島には想像もつかなかった。

「島岡企画」を調べている滝沢からはまだ、何の連絡もなかった。島岡ふみ枝については、桃井が洗ってくれることになっている。

鮫島はこの二日間、島岡ふみ枝のことを考えていた。あのベテランの看護婦には、どこか鮫島の心にひっかかるものがあった。

自分の職業とそのキャリアに自信をもち、威厳すら感じさせる。が、それ以外にも、島岡ふみ枝には何かがあった。

それが何であるか、鮫島は、うまくいい表わすことはできない。威厳以上のもの、自分のしていることに対する絶対的な自信、いいかえれば安堵感《あんどかん》のようなものといったらよいだろうか。

神による保証とでもいうべき、宗教的な心の安定感を抱《いだ》いているように見える。しかも、その安定感が、どこかいびつなのだ。本人は確固たる自信をもっているのだが、周囲から見ると、ひどく危《あや》うげで、細い糸一本で吊《つ》るされた床の上で大きく動き回っているかのようだ。

その糸が切れたとき、島岡ふみ枝の本質が露《あら》わになる。

問題はその糸が、どことどんな形でつながっているかだった。それを解明するのが「島岡企画」に関しての調査なのだ。

晶はツアーにでかけていた。そのことは、鮫島を寂しくもさせたが、この先どういう展開になるにせよ、巻きこまずにはすみそうだという安堵も与えていた。

内偵は、鮫島が新宿署にきてからのすべての活動に及ぶ筈だ。時間もかかるだろう。桃井のもとにはまだ話はきていないようだが、新宿署署長のあたりまでは迫ってきている可能性はあった。

この二日間、鮫島がしたのは、秘かに三森を捜すことだった。

大物の故買屋と鮫島のあいだの取引ということになれば、今の状況では三森がその故買屋にあたる。

鮫島を罠にかけるためには、当然、三森も贈賄者《ぞうわい》として名前があがることになる。しかけた人物は、鮫島をはめるには、三森もはめねばならない。三森がそんな形で犠牲になることを受けいれているとはとても思えない。

もし三森が、自分にしかけられた罠に気づけば、逃れようと必死になる筈だし、しかけた人物についても心当たりがあるにちがいなかった。

危険な方法ではあるが、鮫島は三森とともにこの罠を抜けでることを考えていた。三森をこちら側にひきこめば、罠を壊すこともたやすい。

もちろん三森と接触したことが内偵で明らかになれば、鮫島にとって不利な証拠になる。しかし三森との接触を、第三者、たとえば桃井に頼むことはできなかった。万一状況が悪化したとき、桃井をも「汚職警官」に連座させてしまうからだ。

罠をしかけた人物は、当然、密告だけではなく次の手を打ってくる筈だ。それが偽造された預金通帳なのか、饗応《きょうおう》の証言なのかはわからない。

いずれにしても汚職を立証するには、三森から鮫島への金品の流れの証拠が不可欠である。

三森はだがこの二日間、鮫島のめぐらせた網にはひっかかってこなかった。もともと動きを捕捉するのが難しい男だったが、特にこの数日は、動きをひそめているように思われた。

三森がどこかに姿を現わせば、ただちに鮫島のもとに情報がもたらされる筈だった。が、それを約束したホテルの従業員や飲み屋の関係者からの電話は一本もなかった。

電話が鳴ったのは、午前二時三十八分だった。習性で電話が鳴ると、鮫島は必ず時計を見る。

もちろん眠っていた。枕もとのデジタル表示の目覚ましが三桁《みけた》の数字を暗闇に青く浮かびあがらせていた。

「――もしもし」

受話器をつかみ、言葉を送りこんだ鮫島に声がいった。

「鮫島さんだな」

声の向こうに激しい雑音がかぶさっていた。自動車電話か携帯電話だった。

「そうだ。あんたは？」

「三森だよ。俺を捜してるって？」

鮫島は起きあがった。スタンドを点《とも》した。

「どこにいる？」

「なんで捜してる？　パクる気か」

「俺じゃない、パクるのは」

「なんだ、どういうことだ」

三森はとまどったようにいった。

「会って話したいんだ。あんたと俺は罠にはめられているかもしれん」

「だったらよけい会うのはマズいんじゃないか」

「本当ならな。だが俺は誰が罠をしかけたかを知りたい」

「俺にだって心あたりはねえよ」

「このままだとふたりとも刑務所いきだ。特にあんたは前があるから、長六四《ながむし》になる」

「冗談いうな！」

ザザザッという音に負けないように、三森は叫んだ。

「本気だ。いってくれ。どこにいけば会える？」

「待ってくれ、今、車の中なんだ」

「ひとりか」

「いや。だが、これから降ろすところだ」

「どこにする？」

「ちょっと待て。トンネルなんだ、かけ直す」

電話が切れた。鮫島は受話器をおろし、スタンドを点したときに押した、電話の録音スイッチを切った。留守番電話の録音機能を使って、今の会話を録音したのだった。

再び電話が鳴った。鮫島は録音スイッチを入れ、受話器をとった。今度は電波状態がよく、声は明瞭だった。

「俺をおどすつもりじゃないだろうな」

三森はいった。

「会えばわかる。少なくともあんたをはめようとしているのは俺じゃない」

「そっちはひとりか」

「ひとりだ」

「わかった。じゃこうしよう。小滝橋《おたきばし》の交差点、知ってるな」

「知っている」

「高田馬場《たかだのばば》に向かって左側に、作りかけのビルがある。基礎工事も終わっていて、裏側に車も止められる。そこで待っている。人目にはつかねえよ」

建設現場——あまりよい待ちあわせ場所だとは思えなかったが、鮫島はいった。

「知りあいのビルか」

「ま、そんなようなもんだ」

「よし。これからでるから、十五分か二十分でつく。そっちはひとりか」

「途中で人をひとり降ろすから、ひとりになる」

「あとで会おう」

鮫島は受話器をおろした。立ちあがり、パジャマを脱ぎすてると、厚手のネルシャツにジーンズを着けた。特殊警棒と手錠を皮のブルゾンの内ポケットに入れる。

三森のほうから電話をかけてきたからには、口ではとぼけていたものの、何かあの男の内部にも危険を感じる理由があったのだ。

用意を整え、電話に手をのばしかけて鮫島はためらった。安全のためには、この会談のことを誰かに告げておくべきだった。

万一、内偵の特命刑事に尾行された場合、この会談が証拠いん滅のためではないと証明できるものは何もない。

が、鮫島がその点で頼りにできる警察官は桃井だけだった。だが、内偵情報は桃井から得たのであり、そのことを桃井に知らせた本庁の人間も含め、公には服務規定違反を犯しているのだ。これからの話しあいがトラブルに発展したとき、その合法性を桃井に証言してもらおうとすれば、自動的に桃井とその友人の服務規定違反を告発することになる。

それはできなかった。

三森が罠をかけた人間とぐるになっている可能性もこの段階ではゼロとはいえない。

鮫島には、でかけていく以外、道はなかった。

教えられた建設現場には十八分ほどで着いた。この時間、都心部に向かう道を走るのは、客をおろしたあとのタクシーの空車ばかりだった。

建設現場の周辺は、レールに吊るされた細長いボードがカーテンのように何枚も張りめぐらされ、あたりからの視線をさえぎっている。

鮫島は建設現場の先の一方通行をＢＭＷで左折した。現場を囲むボードが二枚ほど外されている場所があった。ボードの高さは約四メートルほどあり、一枚の幅は二メートルくらいだった。

作りかけのビルは、その入口に向かって小さなコの字型をしていた。三森の言葉どおり、七階建ての基礎工事が終了し、網の目の細かい、グリーンのネットで周囲をぺったりとおおわれている。

入口のわきに小さなプレハブの小屋が建てられていたが、人けはなかった。

鮫島は車をボードのすきまに進入させた。濃紺のメルセデスの車体がヘッドライトを反射した。メルセデスのエンジンは切られていて、ライトも消えている。

メルセデスの横にＢＭＷを止め、鮫島は降りたった。メルセデスの車内に人けはなかった。

工事現場に電灯はなかったが、周囲のビル看板などの光で、足もとを見てとれるほどの明るさはある。

だが鮫島は車に戻ると、懐中電灯をダッシュボードからだした。ＢＭＷのエンジンを切り、ライトを消す。

「三森」

鮫島は呼びかけた。エンジンが切れ、ライトが消えると、緑色のネットをまとったビルの骸骨が、のしかかるような不安感をかきたてた。

足の裏から、冷えびえとする寒気が這《は》いあがってくる。鮫島は再び呼びかけた。

「三森」

返事はなかった。メルセデスに歩みより、ボンネットに掌《てのひら》をのせた。暖かかった。

頭上で何かが音をたてた。鮫島はさっとふりあおぎ、懐中電灯を点けた。かすかな風にあおられてネットがふくらみ、何かをこすったのだ。

鮫島はネットの切れ目を捜した。三森は、この、ビルの骨組みのどこかにいるのかもしれなかった。ビルは、コンクリートの型枠をすっかり作り終え、ドアや窓こそとりつけられてはいないものの、内部には何十という部屋がある。

中に入るのが決して賢明とはいえないことは、鮫島も承知していた。が、メルセデスがここに止まっている以上、誰かがこの現場にはいる筈だった。

ネットの切れ目を見つけた鮫島は、それをめくり、中に入った。内部は、床や壁から切断処理をする前の鉄筋がつきでていて、釘の刺さった木片なども散らばっている。

まだ湿りけが残っているコンクリートの床を鮫島は踏みしめた。ブルゾンの内側から特殊警棒をひきぬいた。この内部は、もし待ち伏せをして鮫島を痛めつけようとする人間がいるなら、格好《かっこう》の隠れ場所だった。

「三森、いないのか」

鮫島の声は、新しい天井に反響し、上にのぼっていった。階上とをつなぐ階段が、一階部分のフロアの中央にあった。

鮫島は、散らばっている木片からつきでた釘を踏みぬいてしまわぬよう注意しながら、階段に足をかけた。足もとと頭上を交互に照らしながら階段をのぼった。

二階部分にあがった。人けはなかった。鮫島は三階、四階と、用心しながら、階段をあがっていった。

最上階である七階に到達した。そこにも人の姿はない。残っているのは、屋上だけだ。

鮫島は屋上につづく階段をのぼった。七階までは周囲をネットでおおっているが、屋上にはネットがない。

地上にいたときはさほど感じなかった、冷たい風が顔や首すじをつき刺した。

屋上にでた鮫島は電灯を消した。ひと目で屋上にも人がいないことはわかった。屋上は、周囲のビル看板の光で、電灯がなくても歩き回ることができる。

鮫島は踊り場に立ち、屋上を見渡していたが、思いたって、端に近づいた。上からなら、この建設現場に隠れている者の姿を見つけられるかもしれない。

屋上のへりには、手すりも何もまだとりつけられておらず、わずかに外縁部にそってコンクリートが隆起しているだけだった。

つまずかないように細心の注意を払いながら、鮫島は屋上のへりに近づいた。メルセデスとBMWのボンネットが眼下に見えた。足もとで、ネットが風を受け、生きもののようにうねっている。

鮫島ははっとして目をこらした。メルセデスのわき、BMWとは反対側の、建物に向けた横腹のそばに、黒っぽい固まりが見えた。

濃紺の車体が、白と赤のネオン看板を反射している。そのすぐわきに、黒いゴミ袋のようなふくらみがあった。

目をこらしているうちにそれに白い手と顔がついているのが見えてきた。

鮫島は首をひっこめ、背後をふりかえった。屋上からの眺めでは大久保《おおくぼ》駅の方向に光が密集していた。その向こうの夜空は、青く色褪《いろざ》めしているように見える。新宿の街並みだ。

屋上の床をくまなく懐中電灯で照らした。工事に使われたと見られる木片などの他は、煙草の吸い殻ひとつ、落ちていなかった。

完全に罠にはめられてしまったことが、今では鮫島にはわかっていた。

階段を降り、地上部分に立った。メルセデスを回りこんだとき、サイレンを鳴らさず、赤色灯だけをつけたパトカーが、建設現場の入口からヘッドライトの光を浴びせた。

たった今、到着したのだ。

その光で、横向きに倒れて頭を血で染めた男の顔を確認した。三森だった。パトカーをおりた巡査が駆けつける前に、鮫島は頸動脈に触れた。肌にぬくもりはある。が、死亡していた。

24

鮫島は警視庁本庁舎の、窓のない小会議室にいた。外はもう明るくなっている筈だが、それを確かめる術《すべ》はなかった。

その部屋には、鮫島のほかに三人の人間がいた。いちばん若い、井口《いぐち》という二十代の警部があとのふたりの指揮をとっていた。井口は、記録をとっている巡査部長の隣りにすわり、ほとんど口をきかなかった。おもに喋っているのは白坂《しらさか》という警部補で、年は井口より少し上、三十代の初めだった。

小滝橋の建設現場に駆けつけたのは、戸塚《とつか》署の警らパトカーだった。小滝橋は、区境が入りくんでいて、道路一本で、新宿、中野、戸塚の各署の管轄に分かれている。

警らパトカーは、一一〇番通報をうけて、現場に急行したのだ。

通報は公衆電話からで、例の建設現場から、

「男のいい争う声と悲鳴が聞こえた」

というものだった。通報者の氏名は不明だった。

鮫島はただちに身柄を拘束されたわけではなかった。現場所轄署である戸塚署に同行を求められ、そこで事情聴取をうけた。事情聴取が終わったとき、井口とふたりの部下が鮫島を待ちうけていた。井口らのよこには、戸塚署の署長が立っていた。夜明け前に叩き起こされ、呼びだされた理由を知らされぬまま、鮫島の身柄については、本庁二課がひきとる旨、了解させられたのだった。

鮫島は、井口らが乗ってきた覆面のパトカーに乗せられた。パトカーが戸塚署をでて走りだすと初めて、井口は自己紹介した。

「井口芳樹《よしき》警部です。本庁二課に所属しております」

年齢から考えれば、キャリアにまちがいなかった。

「こちらが白坂警部補と屋代《やしろ》巡査部長です」

「よろしく」

鮫島はいった。パトカーのハンドルを握っているのが屋代巡査部長だった。それきり四人は、本庁につくまでおし黙っていた。

井口は、捜査二課長の直命をうけた特命刑事のリーダーにちがいなかった。実際の捜査には白坂と屋代があたり、ふたりの報告を井口が捜査二課長に伝える。

捜査二課長にあげられた鮫島に関する調査内容は、刑事部長と副総監、総監の三名にしか伝わらない筈だった。

三森の死因に殺人の疑いがあったとしても、これで一課が動くことはないな、と鮫島は思った。

一課は課長以下全員がノンキャリアである。はっきりと告げられたわけではないが、被疑者として、キャリアの鮫島がいる以上、ノンキャリアは鮫島に手をださない。白坂と屋代のふたりはノンキャリアだろうが、階級試験をトップクラスで突破したエリートの筈だ。でなければ、二課にはいない。

むろんこのふたりは厳重な守秘義務を負っている。

要するにこの三名が、鮫島に対する内偵をおこなってきた特命なのだ。そうでなければこれほど早く、戸塚署から鮫島の身柄をひきとりにくる理由がなかった。

井口は、鮫島を会議室にひきいれたとき、これが公式な取調べであるとも、ないとも、いわなかった。記録として残すかどうかは、すべて今後の調査にかかってくるし、井口個人にはその判断を下す権限がないのだった。

それを決めるのは、刑事部長と副総監、総監の三名だ。

したがってこの会議室の中では、鮫島には弁護士に相談する権利もなく、被疑者とされるなら、被疑者としての通常の人権すら認められていないことになる。

「三森修《おさむ》と面識はありましたか」

「あった」

「仕事も知っていました？」

「知っていた」

「逮捕したことは？」

「ない」

「逮捕しようと考えましたか」

「考えた、という意味なら、ある。いずれは叩くつもりではいた」

「ではなぜ面識があったのですか」

「管轄で商売をやっていた。顔をあわせる機会はいくらでもあった」

「三森は鮫島さんを、新宿署防犯課警部だと知っていましたか」

「知っていた」

「ふたりきりで会ったことは？」

「ない」

「今夜が初めてですか」

「今夜も会えなかった」

「では、会うつもりではいた」

「そうだ。会って話すつもりだった」

「何を？」

「誰かが私と三森を罠にかけようとしていた。そのことを」

「罠にかけるとはどういうことです？」

「私を汚職警官として告発する動きがあったと聞いた」

「もう少し具体的にお話しして下さい」

白坂はあくまでも無表情で、口調はていねいだった。

「警視庁新宿警察署に、故買屋の買収に応じている警部がいる、という情報が流されたと」

「警部はほかにもいらっしゃいますが」

「故買屋を担当するなら、三名しかいない。刑事課長、防犯課長、それに私だ」

「なぜご自分だと思われたのです？」

巧妙な訊問だった。特命が自分に目をつけていたからだ、と答えれば、情報のでどころについて話さなければならなくなる。

「三森について調査を考えていた」

「どのような？」

鮫島は深く息を吸った。桃井と滝沢を天秤《てんびん》にかければ、滝沢の方が軽い。

「私の友人で東京国税局の査察官が、三森に関連する脱税を追っていた」

「くわしく話して下さい」

鮫島は話した。滝沢に呼びだされ、三森の面《めん》わりに協力を要請され、いっしょにホテルのロビーで待ちうけたことを告げた。

「そのとき三森とは話しましたか」

「いや。気づかれてはまずいので声はかけなかった」

「異例ですね」

「異例？」

「マル査は警察を信用しないものです」

「滝沢もそうだった。だから何を狙っているのか話さなければ、協力しないといったのだ」

「滝沢さんの所属を」

「東京国税局、査察部、第五」

「そのことで三森と取引しようと考えましたか」

「何のために？」

「査察の情報を流せば、三森に対して貸しになります」

「滝沢の狙いは三森じゃなかった。秋葉原のコンピュータの卸し問屋だ。それに故買屋に貸しを作ったことはない」

「では誰に貸しを作りました?」

「誰にも。管轄の誰に対しても、貸し借りを作ったことはない」

「三森から何かを受けとったことは?」

「何もない」

「現金以外の、たとえばビール券とかゴルフクラブとかは?」

「ない」

「三森に関して具体的な捜査には入られていましたか」

「いいや。滝沢が、がさいれをかけるまで待ってくれといった」

「約束したのですか」

「した。それが滝沢の狙いを話してもらう条件だった」

不意に白坂は質問の方向をかえた。

「買収されている警部が新宿署にいる、という情報はどこから?」

「本庁」

「本庁の誰です?」

「いえない」

「なぜですか」

「その人に迷惑がかかる」

「内偵される可能性をお考えになっていたからではないですか。本当はそんな情報などお聞きになっていなかった」

「いや。情報を聞くまでは、内偵の可能性など考えたこともなかった」

「聞いてからは考えました？」

「もちろんだ。現に君たちがいる」

「私たちが内偵していたと？」

「そうでなければあんなに早く、戸塚署にくるかな。戸塚署では私は、被疑者として扱われていなかった」

「何の被疑者です？」

「殺人。三森修に対する」


井口と白坂が会議室をでていき、屋代と鮫島が残された。どちらからも口をきくことはなかった。

やがて白坂がひとりで戻ってきて、屋代に頷いてみせた。屋代は立ちあがり、でていった。

「煙草、ありますか」

白坂は新しいマイルドセブンの箱をグレイの上衣からとりだし、いった。

「どうぞ。今そこで買ってきたんです」

鮫島は礼をいい、受けとった。自分の煙草はＢＭＷの中だった。

白坂は長身で肩幅のある体つきをしていた。四角ばった顔にメタルフレームの眼鏡をかけている。

白坂は使っていないテーブルに尻をのせ、ネクタイをゆるめた。

「君は吸わないのか」

封を切った鮫島は訊《たず》ねた。白坂はにやりと笑った。

「やめました。本庁は今、嫌煙運動が盛んで」

それきり何もいわず、壁を見つめている。

鮫島は火をつけた。

「上は参ってますよ」

白坂が不意にいった。鮫島は白坂を見た。

「警部が本当にやったのかどうか、見当がつかなくて」

「三森を？」

「ええ」

「どう思う？」

「金でコロされるような人なら、本庁から所轄にとばされた時点で警察をやめるでしょう」

「なぜそう思う？」

「警官の仕事が好きだからやめなかった。ちがいますか」

「そうだ」

「好きだということは誇りをもっている。だから買収はされなかったと思います」

「殺しは？」

「三森がもし、鮫島さんを汚職警官だと密告した張本人だとしたら――。ありえます」

「頭にきて、俺が殺した？」

「ええ」

「なるほど」

「もちろん、最悪のケースもあります。鮫島さんは買収されていて、内偵が始まったのを知り、三森を黙らせることにした」

「上はどれをとる？」

「私にはわかりません」

「とりたいようにとるな」

白坂は鮫島を見た。つかのまふたりは見つめあった。先に目をそらしたのは白坂だった。

「軽率《けいそつ》でしたね」

淡々といった。

「三森に会いにいったことが？　殺したことが？」

「どちらかが」

白坂には、鮫島に対する悪意は感じられなかった。むしろ好意をもっているかのように思える。といって、鮫島に下される判断に、白坂は何の関与もできない。その点では白坂の上にいる井口も同様の筈だった。

鮫島は白坂の横顔を見つめた。白坂が鮫島を見かえした。

「私はやっていない」

静かにいった。白坂はまったく表情をかえず、訊ねかえした。

「罠ですか」

「そうだ」

「誰の罠です？」

「わからない」

白坂は目を外した。その目に答えがあった。鮫島にチャンスはない、と告げていた。

「三森の死因は？」

「所見では、墜落死でしょう。司法解剖の結果待ちです」

会議室の扉がノックされた。井口が顔をのぞかせ、白坂に頷いた。白坂は無言ででていった。入れかわりに井口が鮫島の向かいにすわった。

どこから見てもキャリアだ、鮫島は、その顔を見て思った。色が白く、細面《ほそおもて》で、警察官という風貌《ふうぼう》ではない。スーツ姿すら板についておらず、まだ大学生のような初々《ういうい》しさがある。二十六か七だろう。この年齢なら、鮫島が新宿署に〝落ちた〟理由を知らないにちがいない。

井口は小さく咳ばらいした。緊張しているようすはない。尊敬され、重視されることに慣れたキャリア警察官は、警察機構の中にいる限り、緊張はしない。緊張するのはノンキャリアだけである。

「退職のお考えはありますか」

井口が訊ねた。

「どういう理由で？」

「どういう理由でもけっこうです。一身上の都合でも」

鮫島は少し考え、

「ない」

と答えた。

「ご自宅を調査させていただいてよろしいですか」

「どうぞ」

「鍵をお預かりします」

鮫島はキイホルダーをさしだした。

「私はどうなる？」

「もうしばらく庁舎内にいて下さい。できればここに」

「仮眠をとるのは？」

「ここでお願いします」

「うろうろするのは？」

「屋代巡査部長がごいっしょします」


昼を過ぎた。用を足す以外、その会議室をでることなく、鮫島は時間を過ごした。その間、屋代はつききりだった。

屋代は髪の短い、一課タイプの刑事だった。少し太っているが男前で、口が重い。鮫島とはなるべく話すまいと、心がけているように見えた。

鮫島が本庁に連れてこられてから十二時間が過ぎた。椅子にかけたまま、その間三十分ほど、鮫島は眠った。食事は午前九時と一時にさし入れがあった。

午後五時二十分、井口と白坂が会議室に戻ってきた。

「鍵をお返しします」

井口はキイホルダーを鮫島にさしだした。何かを押収したともしなかったともいわなかった。

「六時に藤丸《ふじまる》警視監がお会いになります」

そう告げ、井口は白坂とでていった。藤丸警視監は刑事部長だった。鮫島は一年前、新宿署の警官連続殺人で、特別捜査本部の指揮をとる藤丸の下についたことがあった。

藤丸は策士といわれ、公安部のかつての暗闘のときも、どちら側につくかを明確にしていなかった。

六時になった。屋代が見はからったように会議室をでていった。鮫島はひとりになった。

扉がノックされ、開いた。鮫島は立ちあがった。藤丸刑事部長がひとりで入ってきた。

「すわりたまえ」

鮫島はすわった。藤丸は椅子をひくとテーブルについた。テーブルの上で拳《こぶし》を組んだ。

「退職の意志はないと聞いたが？」

「ありません。警察官としての倫理にもとる行為は、心あたりがありません」

藤丸は無言で頷いた。五十をいくつか越えている筈だが、髪はまっ黒で豊富だった。体つきに比べ、顔が大きく、そのぶんずんぐりとした印象をうける。

「軽率であった、という理由で退職する警官もいる」

藤丸はいった。

鮫島は藤丸を見た。

「三森との会談は、君が要求した。それを軽率と判断することもできた」

「罠をかけた人物を知る必要がありました」

「ひとりで会いにいく必要はなかったと思うが？」

「もし、誰方《どなた》かに同行を願えば、その方に迷惑を及ぼす可能性がありました」

「さきほど桃井警部とようやく連絡がとれた。君に関する事情聴取を井口警部がおこないに向かったところだ」

「ようやく、とおっしゃいますと？」

「出張していたらしい。どこかは知らないが」

鮫島は頷いた。

「心あたりはあるかね」

「いえ、ありません」

藤丸は顎《あご》をひきしめ、頷いた。しばらく無言でいたがいった。

「君が優秀な警察官であることは誰もが認めている。が、そのことと警察組織全体の規律とは別問題だ」

「はい」

「今現在、君に殺人の容疑はかかっていない。が、かかりうる状況にいたことは事実だ」

「はい」

「それが軽率である、とは思わないかね」

「思います」

「君は誰かが君を罠にかけようとしていると思っていた、と述べたそうだな」

「はい」

「その人物は、警察組織内にいる、と君は考えているのか」

「いいえ」

「外部の人間か」

「はい」

藤丸は鮫島を見すえた。厳しい表情だった。太い眉《まゆ》の下の大きな目が鮫島の顔をにらんでいる。

「君が」

藤丸は言葉をおしだした。

「汚職警官であれば、むしろ問題ではなかったろう。素行に問題があり、買収されていることが明白なような人物なら」

藤丸の目に一瞬、苦笑のような表情が浮かんだ。

「公安部には、君が退職するのを歓迎する向きもあるかもしれん。かつての君の職場だが、好かれていた、とはいえないようだからな。だが、そんな連中ですら、君が買収に応じていたなどとは信じられない筈だ」

藤丸は上衣のポケットに手を入れた。煙草をとりだし、火をつける。深々と煙を吸いこんだ。

「問題は、内部にひとつ、外部にひとつ、だ。内部の問題とは、つまり三森修の死亡を、殺人として一課に任せるべきかどうか。一課に任せるのなら、君が絶対に関与していないという証拠が必要だ。だが今の時点でそれはない。とすると、二課がこれを処理しなければならない。殺人の疑いのある人物を、警視庁幹部警察官としておき、知らぬ顔をしていることはできない」

鮫島は心の中が冷えていくのを感じた。覚悟はしていたが、警察官としての人生が今ここで断たれることになりそうだった。

「君が警察官である限り、一課の捜査対象にしてはならない、という声がある」

「警察官であろうとあるまいと、殺人の被疑者であるなら、捜査をおこなうべきです」

鮫島は低い声でいった。

「――たとえそれが、キャリアの警察官であっても」

「そのとおりだ。もうひとつ、外部の問題がある。いや、本当はこれこそが内部の問題なのだが」

鮫島は藤丸を見た。

「君がかりに、殺人犯でも買収警官でもなかったとする。君の言葉どおり、罠にはめられたのだとする。君が有罪であるかどうかは、事実とは別に、裁判所の判断に任される。だが君が起訴をうけた時点で、警視庁は君を罷免《ひめん》することになる。すなわち、君という人間が警察官の職を失い、警視庁は警察官をひとり失う。どういうことかわかるかね？」

鮫島は無言だった。藤丸のいわんとしていることがわからなかった。

「君が有罪か無罪かに関係なく、警視庁は警察官を失うのだ。それが、その警官のせいでもなく、警視庁のせいでもない、第三者のしかけた、卑劣な罠のせいで。あくまでも仮定だが」

鮫島は息を吐いた。

「その場合、君だけではなく、警視庁もはめられたことになる。それはひどくぶざまなことだ。君をはめた犯罪者は大喜びだ。この手がある、ということになる。またそのうち、誰かうるさい刑事が俺だか俺たちに目をつけたら、この手でいこう、と。そしてそういう好ましくない妙手は、あっという間に犯罪者たちのあいだに広がっていく、かもしれん」

藤丸は言葉を切った。

「そういうもくろみは、もしあるとしたら、断じて、許すわけにはいかない。どんなことがあろうと、警察官をひっかけ、犯罪者にしたて、それで捜査の手をかわそうとするような輩は放置しておくわけにはいかない。根絶、せねばならない」

藤丸は吸いさしを灰皿に押しつけた。

「君とは、新宿署の警官連続殺人のときに初めて会ったのだったな。最良の方法とはいえなかったが、君は犯人を逮捕した。あのときも、我々は同じような状況に立たされていた」

「警察の威信、ですか」

「そうだ。君と私とでは、たぶん、警察や警察官に対する考え方がちがうだろう。あるいは百人の警官がいたら、百通りの考え方があるかもしれん。もっとも、それを許すようになるにはこの国の警察はもう少し時間がかかるだろうが。ただ、かりに百通りであったとしても、あってはならないのは、犯罪者が警察に対し、勝利をおさめる、ということだ。かりに一時的な逃亡猶予《ゆうよ》をえたにせよ、最後はつかまえられねばならない。犯罪はまず予防することが基本であり、不幸にしてこれが犯された場合は、絶対に犯人は検挙されねばならない。正しい犯人がだ。このことは裁判の結果とは、別の問題だ」

「警察官が殺されることは、警察機構に対する重大な挑戦である、とあのとき多くの人が考えました」

「それはなぜだかわかるかね」

「警察官はひとりであっても、多数であっても、警察機構そのものだ、という考えがあるからです。警察官が警察機構である限り、たとえひとりの警察官に百人の犯罪者が向かっていっても警察官は勝たねばならない」

「そのとおりだ。君がどう考えるかはさておき、警察とは、常に人々からそういう目で見られている。それをときに我々は、信頼、と理解する。その信頼こそが、犯罪の予防につながる」

「警察には勝てない、そう思わせることですね」

「君は反対かね」

「反対ではありません。しかしその考え方が成立するのは、警察が絶対にあやまちを犯さない、という観点に立ってです。あやまちは――起きえます。警察官も人間である、と私は考えますから」

藤丸はあっさり頷いた。

「たぶん君の考えはまちがっていない。だが警察官をいっこの人間として認めることは、警察への絶対の信頼とは両立しないのだ」

「公の立場で、それをお認めになりますか」

「だから我々はこう口にしている。努力をつづけていかねばならない、と」

鮫島は息を吸いこんだ。藤丸は表情を一変させ、告げた。

「この件に関し、もうしばらく、捜査二課は調査をおこなう。たぶん、そのあと、君に関する結論がでて、一課に回すかどうかも判断することになる。二、三日、と見ていいな」

「その間、私はどうなるのですか」

「司法警察職員としての職務権限を停止する。身柄の拘束はおこなわない。以上だ」

25

午後の八時過ぎ、鮫島はアパートに帰りついた。アパートの内部は散らかっていた。井口と白坂による家宅捜索のあとだった。だがその片づけをする気にもなれず、ストーブに火をいれただけで、鮫島はベッドによこたわった。

電話を見た。三森との会話を録音したテープは、井口らの手でもち去られていた。録音テープが補充されていないため、留守番電話は作動していなかった。

こういう形で警察を去るかもしれない、とは思ったこともなかった。結果についてはまだわからない。そして、刑事部長や特命刑事たちは、鮫島に対し、意外に好意的でもあった。

が、鮫島は、自分がどうしようもない泥沼にはまりこんでいることを承知していた。かりに三森の死が殺人であった場合——殺人に決まっているが——警察は被疑者を逮捕せず、すますことはできない。三森の死は、新宿署に汚職警官が存在するという密告と無縁である筈はないし、もし事件に対し警察が何らかの手を打たなければ、次の密告は警察ではなく、新聞・マスコミにもたらされるだろう。そうなれば、鮫島の有罪無罪を問わず「汚職警官による殺人を警察が組織ぐるみで隠ぺいしようとした」という風評が流れかねない。

警察幹部が最も恐れるのは、実はそうした噂である。警察官全体に対する信頼が低下し、結果的には、鮫島の有罪無罪にかかわりなく、幹部の誰かが責任をとらねばならなくなる。

鮫島の無罪を誰よりも願うのは、実はそうした幹部たちである。鮫島に関する密告が根も葉もないでっちあげで、三森殺しもまた謀略であり、真犯人を逮捕してそれを証明することができれば、責任をとらなければならない幹部はひとりもいない。

が、今の、罠をしかけた人物すら特定できない状況では、それはひどく困難だった。しかも真犯人が捕えられるのは、次のマスコミに対する密告がおこなわれる前でなくてはならないのだ。

疑惑は、それ自体が事実であるかどうかより、存在そのものが責任者を求める。疑惑がもたれれば、その時点で鮫島は職を失う。そして判決がどうでるかはともかくとして、逮捕をされる可能性が高かった。そうしなければ、警察は社会に対して「公明性」や「自浄作用」をアピールできないからだ。その上で、警視庁の誰かの首がとぶだろう。新宿署内においては、桃井と署長がまず危ない。

結局、鮫島は無関係な人々の職を危険にさらしたのだった。

眠ってもおらず、夕食を摂《と》ってもいなかった。が、眠くもなく、空腹でもなかった。ただ体がひどく重たく、何をするのも億劫《おっくう》だった。

電話が鳴った。九時を数分過ぎていた。

「はい」

鮫島は受話器をとった。桃井だった。

「私だ。いったい何が起きたのかね」

桃井の声は落ちついていた。おそらくかなり厳しい事情聴取をうけたにちがいないのだが、それをうかがわせるものはなかった。

「軽率《けいそつ》なミスを犯しました。課長と署長にとんでもない迷惑をかけてしまいそうです」

「私のことはいい。署長は――。泣きくれている、というほどではない。近い状態ではあるが」

「今、どちらです？」

「署だ」

「うかがいましょう」

「いや。今は署内に顔を見せないほうがいい」

桃井はおだやかにいった。それで署長の動揺ぶりがわかった。

「ですが、外で私と接触するのは危険です」

「今の君の状況は？」

「職務権限停止です」

「それについての通達も、まだ私には届いていない」

「動転している人が、桜田門《さくらだもん》にもいます」

「なるほど。前に会ったバーを覚えているかね」

「ええ」

「二時間後にそこで会おう。話したいことがある」

「しかし、私と会うのは――」

桃井は鮫島の言葉をさえぎった。

「今日、私は千葉にいってきた。島岡ふみ枝がかつて勤務していた病院だ。聞きたくないか」

「いきます」

鮫島はいって、受話器をおろした。

靴をはき、アパートの扉を押した。外の道とつながった階段を降りたとき、グレイのセダンがその一方通行路に止まっているのが見えた。

助手席にすわっていた屋代が鮫島をふり仰いだ。運転席にいるのは、知らない刑事だった。屋代はドアを開け、降りたった。

「おでかけですか」

鮫島は頷《うなず》いた。

「食事だ」

屋代はあいまいに頷きかえした。そして深呼吸し、鮫島の目を見つめた。

「本職の任務は、連絡がありしだい、鮫島さんの身柄を保護することです」

警部とは呼ばなかった。

「保護する？　誰からだ」

「マスコミの連中です」

新聞社などに密告があった場合、報道陣の前に鮫島をさらさず、ただちに連れだせと命じられているにちがいない。

「わかった」

「いつ頃、戻られますか」

「遅くなるかもしれない」

屋代はためらった。

「――自分の当番は午前一時までです」

「それまでに戻れるかどうかわからない」

屋代は迷っていた。万一、鮫島が帰る前に報道陣がおしかけてきたら、屋代の経歴はそこで終わりだ。

屋代の声が低くなった。

「警部補は、鮫島さんがはめられたとおっしゃっていました。罠なんですか」

「そうだ」

屋代の目を見つめ、静かにいった。屋代は深く息を吸った。

「これからおでかけになるのは、それを証明されるためですか」

「そうだ」

「それならば……」

屋代は目を伏せた。

ようやく聞きとれるほどの声だった。

「しばらくご自宅には戻られないで下さい。そのほうが――」

「わかった」

「白坂警部補からの伝言です。何かあったら、いつでも連絡をくれと」

鮫島は頷いた。屋代はほっと息を吐いた。

「自分は車の中で眠っておりますので」

車内に戻り、ドアを閉めた。

幸運だった、と鮫島は思った。自分を信頼してくれる同僚が、ここにもいた。

26

商売にでているのか、川崎駅の裏にあるバーに、今夜は男娼の姿はなかった。

桃井と傷跡のあるバーテンダーのふたりきりだ。バーテンダーは鮫島が扉を押し開けて入っていくと、

「ちょっと買い物に行ってきやす」

入れちがいにでていった。鮫島は内側から鍵をかけ、桃井の隣りに腰をおろした。

「飲みたまえ。そういう顔をしている」

桃井はいって、オン・ザ・ロックのグラスをおしやった。

「いただきます」

鮫島は冷えたウイスキーを喉《のど》の奥で一度とめ、それから胃に送りこんだ。桃井の顔を見た瞬間緊張がゆらぎ、手が震えた。

「殺されそこなったときの顔とよく似ている」

「かもしれません。あのときはあれですみましたが」

「また殺されかけている、か」

「ええ。虫の息、です」

「聞こう」

桃井はよごれた鏡のはまったカウンターの奥の酒棚にまっすぐ顔を向け、いった。

鮫島は話した。桃井はときおり煙草を吸い、聞いていた。話が終わると、頭の中で整理するように、しばらく目を閉じていた。

やがていった。

「三森は君が現場に到着したとき、すでに死んでいたのだな」

「直後だと思います。ただしつき落とされたとしても、犯人は見ませんでした」

「すれちがいか」

「たぶん」

「君は三森がそこで殺されている可能性までは想像しなかった」

「ええ。ただ――」

「ただ、何かね」

「怯《おび》えてこそはいませんでしたが、三森も何かの不安を抱《かか》えていたと思います」

「三森の所持品は？」

「死体の回りには何も。車の中までは見る余裕がありませんでした」

「三森をつき落としたのが何者にせよ、まったく面識がなかった人物ではありえないな。もしそうなら、三森は君に電話をかけてきた時点で尾行されていたか、おどされていたことになる」

「おどされていたというようすはありませんでした」

「まちがいなく三森の声だったかね」

「奴と電話で話したことはなかったので確信はもてませんが」

「三森はひとりではない、といったのだな」

「ええ。誰かを送っていく途中だ、というようなことをいっていました」

「三森が君に罠をかけた連中と仲間であった可能性はあるかね」

「わかりません。しかし仲間なら、自分をだしにされて気づかなかったというのは変です」

「もし、殺したのが君をはめるためだけでないとしたら？」

「別に目的があったというのですか」

「グループに亀裂《きれつ》が生じていて、どのみち黙らせたかった。そこで一石二鳥の手を使った」

「三森が『釜石クリニック』に関連する何らかの犯罪にかかわっていたということですね」

「そうだ」

「だとすると殺した連中は、三森の仕事から自分たちに関する痕跡を消しています」

「難しくはないだろう。もともと三森はあまり証拠をつかませないタイプだ」

「三森のやさは――」

「それは二課に任せておけ」

桃井は制した。

「それより三森が殺される前、いっしょにいた人間だ」

「声は何も聞こえませんでした」

「三森のほうが先に現場に到着していた以上、送っていったとしても現場の小滝橋からはさほど遠くない場所で落としたことになる」

「あるいは落とさなかったか」

「理由は？」

「私と三森の話しあいのことを知って、立ちあおうといった」

「何のために？」

「わかりません」

「もしその人間が君を小滝橋で殺してしまおう、といったら、三森はどう反応したろう」

「び、びびったでしょう。三森は刑事を殺そうと考えるほど馬鹿ではありませんでした。そんなことに自分を巻きこむなといって怒ったかもしれません」

「現場を指定したのは三森だな」

「ええ……」

いって鮫島は考えた。

「どうした？」

「実は電話は二度かかってきたんです。自動車の中からかけてきていたようで、一度めは雑音がかぶっていました。そしてトンネルに入るからといって、一度切ったんです」

「二度めは？」

「あまりあいだはあいてません。しかし声は明瞭でした」

「いずれにせよ三森は、かけてきたときには、小滝橋の現場からそう遠くない位置にいたわけだ」

「ええ。場所を指定したのは二度めのときでした」

「三森のよこにいたのが犯人だとすれば、一度電話が切られている間に、そのビルのことを教えたのかもしれん」

「そういえば、知りあいのビルか、と訊《たず》ねたら、そんなようなものだ、といいました」

「二課はそのことは？」

「会話を録音したテープをもっていっています。テープのことは話しましたから」

桃井は頷いた。

「よし、いいぞ。で、実際は何分ほどで君は到着した」

「十八分です」

「七階から地上まで降りるのにどれくらいの時間がかかる？」

「決して足もとがいいわけではありませんから、五分以上はまちがいなく」

「となると、のぼる時間も考えると、電話のあと五、六分で三森は現場についたことになる」

「しかしそれは純粋にのぼって降りるだけですから――」

鮫島は桃井を見た。

「二度めの電話のとき、奴はすでに現場についていた」

「ええ」

「にもかかわらず、これから人を送るといった。なぜかな」

「本当に目と鼻の先に送る場所があった、ということです。三森が嘘《うそ》をつく理由はありませんから。もし犯人といっしょに私を待ち伏せる気なら、ひとりだと最初にいえばすむことです」

「小滝橋は、所轄《しょかつ》が入り組んでいたな」

鮫島は頷いた。

「ええ。あのあたりは中野区との区境ですし――」

鮫島は言葉が止まった。「釜石クリニック」とは、直線で一キロかそこらしか離れていない。あの時間ならば、二〜三分で往復できる。

「三森は小滝橋を一度通り過ぎ、よこにいた人物を送っていくつもりだった。だがその人物はその必要がない、といった。近いから歩いていくから、とか何とか。君との話しあいにその人物を立ちあわせる気は、三森にはなかった。だから、了解して、現場付近で三森はその人物をおろした。そして車を止め、三森は七階までのぼった。君がくるのを上から見おろし、待つつもりだったのだろう。本当に君がひとりでくるかどうかを確かめたかったのかもしれない」

鮫島は頷いた。

「防護ネットがはりめぐらされているので、屋上にあがるまでは、周囲を見渡せないのです」

「降りた人物は現場を立ちさるふりをして、実は三森のあとを追って上へのぼっていった。そしてつき落とした」

「犯人は、三森が私と会う約束をするのをよこで聞いていました。罠のことがばれるかもしれないと考え、三森を始末する決心をしたんでしょう」

「それを知らず、直後に君が現われた」

「私は野方の自宅から車できました。犯人が『釜石クリニック』の方角に立ちさったのなら、気がつきません」

桃井は深ぶかと息を吸い、右手を上衣にさしこんだ。老眼鏡と手帳をとりだした。

「島岡ふみ枝は二十二年前に、業務上過失傷害の疑いで送検をうけている」

「二十二年前ですか」

「そうだ。当時、ふみ枝は、千葉県にある私立病院の人工透析《じんこうとうせき》センターに勤務していた」

鮫島は煙草に火をつけた。桃井は手帳の文字を老眼鏡ごしに追いながら話した。

「人工透析センターには、須藤あかねという十四歳になる少女が入院しており、ふみ枝の受けもちだった。須藤あかねは、先天性の腎臓機能障害で、入院する少し前に症状が悪化していた。病院では腎臓移植手術を勧め、ドナー、つまり提供者を探していた」

「よく記録が手に入りましたね」

鮫島がいうと、桃井はレンズの向こうから上目づかいで見やり、微笑《ほほえ》んだ。

「捜査の方法は一種類だけじゃない」

そして再び手帳に目を落とした。

「須藤あかねの両親は、血液型その他の理由で、ドナーとしては不適合だった。その検査の結果がでた数日後、須藤あかねの母親が、あかねのひとつ下の少女を病院に連れてきた。少女は母方《かた》の従妹《いとこ》ということで、ドナーになることに同意していた。未成年者をドナーにすることでいろいろあったらしいが、その少女は両親の所在がつかめず、須藤あかねの両親は、その少女を養子にする手続きをすすめていた。どうやら、かなり問題のある家庭環境で育てられた子供だったらしい。当時の民生委員の記録によると、父親は行方不明《ゆくえふめい》、母親はアル中だったそうだ。母親には売春の逮捕歴があった。

とりあえず適合検査をしようということになり、その少女も入院した。検査の結果は、適合だった。ドナーに向いていた、というわけだ。医師たちは移植手術をすることにした。このふたりの少女は、移植に適合していただけでなく、外見も驚くほど似ていたそうだ」

「手術はおこなわれたのですか?」

鮫島は訊ねた。須藤あかねという名を、どこかで聞いたことがあった。が、どこで聞いたのかを思いだせなかった。

桃井は首をふった。

「おこなわれなかった。手術を予定されていた日の前日、島岡ふみ枝と須藤あかねは病院の外に散歩にでかけた。須藤あかねは車椅子にのせられていた。病院の近くに、長い坂があり、その坂の頂上にふたりがさしかかったときに大型のトラックが追いこしていき、島岡ふみ枝に接触した。ふみ枝は転倒し、車椅子は坂を転げだした。須藤あかねは車椅子を止めることができず、坂のふもとに止めてあった別のトラックに激突した。頭を強打して意識を失った。生命《いのち》はとりとめたのだが、植物人間になった。昏睡《こんすい》状態となり、その病院から転院した。現在は山梨県の特別な病院にいる。娘が植物人間になったのを知った両親は、移植手術をあきらめた」

「ふみ枝は？」

「トラックの運転手は接触の事実を認めなかった。が、ふみ枝には、確かに転倒したときに負ったとみられる擦過傷《さつかしょう》があった。事件後、ふみ枝は病院をやめ、行方がわからなくなった」

「もうひとりの少女のほうはどうなりました」

「実の娘が植物人間になり、須藤あかねの両親は、彼女をかわりにかわいがった。が、父親が十一年前、母親が九年前に死亡している。父親は小さな不動産会社を経営していて、ひきとられたほうの少女が結局、すべてを相続した。が、現在はその行方が不明だ。一度結婚し、その亭主とも死に別れてから、消息がつかめなくなっている」

「そちらの名前は？」

「ひきとられたほうのかね。戸籍上は、須藤綾香、旧姓は藤崎。藤崎綾香だ」

27

「インディゴ」の看板の灯りは消えていた。が、扉にはめこまれたガラスの向こうは明るかった。

鮫島はその扉を押した。午前一時まであと数分という時刻だった。

「いらっしゃい」

カウンターの内側にかけ、向かいにすわった若い夫婦連れのようなカップルと談笑していた入江藍が鮫島を見あげた。木綿の鮮やかな黄色いワンピースに、黒のタンクトップを着《つ》けていて、まるでひと足先に春がきたかのようないでたちだった。

弟のコウジとミカヨの姿はなかった。

「じゃ、俺たちこれで――」

男のほうがいい、カップルは腰をあげた。薄くなった水割りのグラスがふたつ、カウンターにおかれていた。

藍の側には、バルーン型のブランデーグラスがあった。

カップルが金を払ってでていくと、藍は扉の内側にシェードをひきおろした。鮫島はカウンターのかたわらに立っていた。

「こんな遅くに申しわけない。すぐにひきあげる」

「いいのよ。コウジが仲間とスキーしにいったんで、手もちぶさたなの。すわれば」

藍はハスキーな声でいって、カウンターのハネ戸をくぐり、再び内側に腰かけた。

「ミカヨは？」

「コウジといったわ。スキーはしないらしいけど、少しは気が晴れるかもしれないから。彼氏からはあいかわらず連絡がないし」

鮫島は頷き、藍の向かいの椅子をひいた。

住宅街のまん中にぽつんとあるカフェテラスの周囲は静かだった。

鮫島の顔を見つめた藍は、

「ひどくくたびれた顔してるわね。飲む？」

マーテルのボトルをかかげた。

「ブランデーか」

「奢《おご》るわ。どうせ明るくなるまで寝られないたちなの」

藍はいって、グラスにブランデーを注いだ。

「昼もやっているんだろ。よく体が保《も》つな」

「タフなのよ。浜倉もいつもあきれてたわ。あいつが働かなくたって、楽に食べさせていけたわ」

藍は笑った。

「この店は、あなたの――？」

「そう。自分のよ。働くのが好きなのよ。浜倉に働いてくれって頼んだことなかった。好きなだけゴルフでも何でもしてればって、いったの」

「珍しい女《ひと》だな」

藍はグラスに手をのばした。一瞬、目に鋭さが加わった。

「惚れた相手だけよ」

「商売は商売として、悪い男じゃなかった」

「女の扱いがうまかったの。天才よね」

「もてたろう」

「でしょうね。よくいるプレイボーイって連中は、十人女がいたら、せいぜい六人か七人しかものにできない。あとの三人はぜったい無理なの。パターンがまるきりあわないことってあるじゃない。自分の手管《てくだ》じゃ歯が立たないっていうか。浜倉はそれがなかった。無理押しもしないし、かといって頼みこむわけでもない。相手の負担にならないようにそっとしてるの。ああいうタイプって、めったにいないわ。寝ても寝てなくても、女の子たちにはぜったいに嫌われない。ホモじゃなかったけど、精神的に女の生理みたいのが理解できるのよね。女って、いつもは嫌でも今この瞬間なら抱いてほしいってときがあるじゃない。そういうとき、必ずよこにいるわ。わかる?」

「いや」

鮫島はいい、ブランデーをすすった。甘く熱かった。

「でしょうね。抱いてくれてありがとうって女がお礼をいいたくなるの。あいつの女の子たちはきっと誰もあいつとは寝てなかったろうけど、どこかあいつに惚れてた」

藍はそっと吐息《といき》をつくようにいった。

「だから面倒をみてやるのか」

藍はちらっと鮫島を見た。

「だって愛《いと》しいじゃない。あいつに惚れてくれた子なら」

「おっかさんのようだな」

少し考え、藍は頷いた。

「かもね。だから別れたのだと思う。あいつは人に嫌われる筈がないから、よほどのことがない限り、ずたぼろにされるとは思ってなかった。まさか殺されるなんて……」

「実は俺もそう思った。死んだと聞いたとき」

「あんたのこと、すごく信じてたみたいね」

「別に、酒を飲んだこともないよ」

「わかるのよ。あいつほら、すごい恐がりだったから、自分を傷つけそうな人間かどうか。男でも女でも」

鮫島は無言だった。

「あんたの彼女見ててもわかる。あの子は惚れた欲目ってのがないタイプだからね。ああいう妥協しない子が今でもいるんだって思ったよ」

「だからくたびれてるのかな」

「嘘よ」

藍は笑った。

「あの子と会ってないでしょ」

「この二、三日かは」

「当分会えないんでしょ」

「ああ」

「だからね。本当はいつもいっしょにいたいんだわ」

「惚れるってのはそういうことじゃないのかい」

藍と話していると、ひどく正直な気分になれることに鮫島は気づいた。

「惚れかたよ。いつもいつもそうだったら身《み》が保《も》たないわ」

「あなたみたいなタフな女《ひと》でもか」

「恋愛でエネルギーをつかわないから、日々の生活でタフでいられるの」

藍は喉の奥で笑った。その瞬間鮫島は、藍がこの先浜倉以上に愛する男は現われないだろうと思っていることを知った。死んだと聞いたとき、どれほど悲しんだことか。

「客の件だけど――」

「米軍関係ね、訊《き》いたわ。いないって。外国人のお客がいなかったわけじゃないけれど、そういうのにかかわっていそうなのは、いなかったみたい。みんなちゃんとした実業家とかよ」

鮫島は頷いた。

「須藤あかねという名前に心あたりはないかい。または藤崎綾香」

「須藤あかねって、あれならわたしには縁がないわ。藤崎ってのは知らないけど」

藍の言葉が一瞬、鮫島にはわからなかった。

「縁がない、というのは？」

「だってあれじゃない。新宿の美容クリニックでしょう」

それを聞いた瞬間、鮫島の頭で記憶が鋭い閃光《せんこう》を放った。

新宿のホテルで最後に浜倉に会った。そのとき光塚のことを聞いた。

逆玉の輿《こし》、須藤あかねビューティクリニック。入会金が三百万。

「そうか……」

鮫島は呻《うめ》くようにいって目を閉じた。

須藤あかねは、しかし植物人間になったのではなかったのか。再生したというのだろうか。それとも別の人間が須藤あかねの名をつかっている。

偶然の一致とは思えない。

この罠には警察に詳しい人間がかんでいる。監察理事官あてに密告があったということが、それを示している。

やはり光塚だったのだ。だが光塚と「釜石クリニック」をつなげるものがなかった。

今、あった。須藤あかねと島岡ふみ枝だ。

須藤あかねの正体を知る必要があった。それを教えてくれる人間に、心あたりはひとりしかいない。

滝沢だった。

28

ふみ枝は通勤ラッシュでふくれあがったホームのいちばん端にいた。改札口をくぐりぬけ、階段をあがってくる乗客の顔が、そこにいればすべて見てとれるからだ。

おとといの晩からほとんど寝ていないので、頭がひどく痛かった。鋭い冬の朝陽が目の奥にさしこむと、頭痛はよけいひどくなる。が、鎮痛剤は飲んでいない。反射神経を鈍くするからだ。それに、綾香が最後は自分を頼りにしてくれたことが、気分を高揚させていた。

あのチンピラの仰天《ぎょうてん》した顔を見られなかったのは残念だった。光塚は、三森が死ぬとは思ってもいなかったにちがいない。

三森を殺してしまうことについて、綾香は光塚には何の相談もしなかった筈だ。

三森は確かに少し怯えていた。低温輸送用のケースが聞いていたよりも三缶多かったことに対しても、ひどく疑問をもったようだ。

だからふみ枝は、三森が「釜石クリニック」から輸送用の缶をもちだして運ぶのを手伝ったのだった。不審に思った三森が、途中で缶を開け、中身を確認しないようにさせるためだった。

怯えたのは釜石も同じだった。地下の保存室に隠しておいた、あの若者の死体を見せたとき、釜石は吐きそうになった。その釜石を叱咤《しった》して、死体を分解し、骨を粉砕し、輸送缶におさめた。開けてみれば、冷凍保存した胎児組織とは別のものだとはわかる筈だが、いっこの死体としてはもはや存在しないに等しい。

綾香は、香港の支社に連絡をとり、その三缶については不良品として現地で処分させる筈だった。

「釜石クリニック」は、きのうから二週間の休診に入っている。昨夜の飛行機で、釜石はルクセンブルクに渡った。

これが最後の輸出品だった。バックオーダーは、南米の組織を通じて、アメリカ本国からまだまだきている。だが当分は、品物は送れない。南米からはきっと、また人買いが東南アジアに渡るだろう。タイやフィリピンの貧しい農村にいき、望まれない妊娠で大きなお腹を抱えた娘たちから、そのお腹の中の子供を買いつけるため。

「釜石クリニック」が、彼らに重宝されたのは、保存や輸送技術もさることながら、そうした東南アジア地域で生まれた子供をわざわざ空輸しないですむ便利さがあったからだ。

生後まもなくの赤ん坊を解体し、必要な内臓を抜きとり、発送するには、経験のある技術者と衛生面の整った医療設備が必要になる。が、組織に協力するような、そうした人間も設備も、現地にはない。そこでやむなく組織は、赤ん坊を〝旅行者〟として飛行機に乗せ、自分たちの国へと運びこむ。

だが何人もの乳児を飛行機旅行させるのは、人目につくし、体力や抵抗力のない赤ん坊が、旅の途中で死んでしまうこともあった。

死んでしまった赤ん坊に対しても、金は払われているのだ。また、子供を売っておいて、あとから返してくれという母親もいる。

あまりにうるさいようだと、その母親の口を組織は塞《ふさ》がなくてはならなくなる。しかし、「妊娠中の子供が流産した」あるいは「死産だった」という届け出に対してはルーズな当局も、成人の女性が行方不明になったり事故死する事件が重なれば、監視の目を強化せざるをえない。

そういう点で、体数こそ少ないが、良質で保存がよく、なおかつ追跡調査の心配のない「釜石クリニック」の胎児を南米側は重宝していたのだ。もうひとつ、日本からのそうした品物は、悪性の性病などに胎児感染しているものがほとんどない、というメリットもある。

しかし、それもこれも、もう終わりだった。綾香は、今はお金儲けのためにこれをする必要がない。

綾香にとってみれば、それは復讐であると同時に罪滅ぼしだったのだ。須藤あかねに、二十二年前、ふみ枝がこの手で植物人間にした少女に、腎臓を移植してやることができる。綾香が、世界中のあかねに対して、復讐と罪滅ぼしをしているのだ。

あの子は、命が金で贖《あがな》えることを知っている。ふたつの命のあいだには、その価値において、値段において、ちがいがあることを知っている。

命を金で売り、その費用を受けとることが、十三歳のとき負った、あの子の心の傷をいやすのだ。

初めて会ったときの綾香の瞳を、ふみ枝は一生忘れない。

ホームにつづく階段を、あの男がのぼってきた。いちばん混む時間で、しかも皆が皆、早朝の寒気に耐えようと厚着をしている。その着ぶくれのラッシュの中で、ふみ枝は危うく見すごしてしまうところだった。病院で会ったときは尊大な表情を浮かべ、口調こそていねいであったものの、どこかに人を見下しているような雰囲気が感じられた。

だが今朝のこの男は、眠たげで不機嫌そうにしている、あたりのサラリーマンたちとどこもかわるところはない。濃いグレイのコートの下にスーツを着け、両腕をコートのポケットにさしこんでいる。

男が早足で行列のほうに向かうのを、ふみ枝は売店の陰からじっと見守った。「ディクト」を塗った編み棒は、左腕に吊《つ》るした手さげ袋の中にあった。ポケットに手を入れているようでは、襟もとしか狙える場所はない。

男はふみ枝より一〇センチは身長がありそうだった。

上りのホームに電車がすべりこんでくる。

どうしようか、ふみ枝は迷いながらも、男の立った行列の後方についた。行列はかなりの長さで、男もふみ枝も、むしろ下りのホームに近い場所に立っている。

電車が止まり、扉が開いた。列が崩れ、どっと押しかける。電車の中にはすでに満員近い乗客が乗りこんでいて、新たに乗りこもうとする者たちを敵意に近い表情を浮かべた目で見つめている。

人々は押しあい、へしあい、無言の憎しみをまきちらしながら、何とか自分の体だけを、列車の中によじりこませようとする。ホームにいる全員が乗りこむことはできない。

扉は何度か閉まりかけては開き、ようやく破裂せんばかりの数を呑《の》みこんで閉まる。

男の舌打ちがふみ枝の耳にも届いた。あぶれたのだった。その間にも、ふみ枝の背後に長い行列ができていた。

そう、じゃ、あの手でいきましょう。ふみ枝は思った。

男はいらいらしたように足を揺らし、売店のほうを見やって、腕時計に目を落とす。

男が何を考えているか、ふみ枝にはわかった。男がふりかえったので、今はすぐうしろに立っていたふみ枝は下を向いた。

乗るつもりだった列車に乗れず、売店で何かを買いたいのだ。新聞か、雑誌か、あるいは飲み物か。だが背後に行列ができているのを知り、行列の先頭を離れることをあきらめたにちがいない。

男は足をゆすっている。ふみ枝は首を巡らせ、線路の彼方を見やった。

この時間、上り電車は次々とやってくる。焦《あせ》ることはないのだ。

ほら。冬の朝陽を反射し、カーブに長い車体を反《そ》らせながら、赤く塗られた電車がやってくる。

男がほっと息を吐いた。次の電車がホームに近づきつつあるのを感じ、ふみ枝の背中に行列の圧力がかかる。

ホームのいちばん端に電車がすべりこんだ。ベルが鳴っている。またしても押される。

ふみ枝も男の背を押した。頭を下げ、肩で男の肩胛骨《けんこうこつ》の少し下を押す。列がくずれそうだ。われ先に前へでようとする。

押した。押されているその力よりも、もっと強く押した。前とすきまができれば、人々は自然に足を踏みだす。ふみ枝の背中にも圧力がかかりつづけている。

もっと強く。もっと強く押すのよ。

ふみ枝は行列の人間たちに念じた。男がよろけ、バランスをたて直そうと努力しながら、怒ったような目で肩ごしにふみ枝をふりかえった。

ふみ枝は大きく一歩踏みだした。一度ひいた肩を強く男の背にぶつける。

男が瞬《まばた》きした。その目に一瞬いぶかるような表情が浮かび、次の瞬間、驚きにとってかわった。

ふみ枝は全身の力で男をつきとばした。両腕はつかわず、肩だけだ。ふみ枝が急に前にでたので行列がくずれ、前倒しのように多くの人々がバランスを失った。

「わっ」

男が叫んだ。男のもつれた爪先は空《くう》を踏んでいた。

プラットホームから落下しながら、男は体をよじった。最初はふみ枝を見あげ、次に入ってくる、自分にのしかかってくる赤い車両を見つめた。

男の背が線路に落ち、一度弾む姿をふみ枝は認めた。

そしてすぐに視界のすべてを赤い車両がおおった。

ふみ枝が悲鳴をあげたとき、すでに回りにいた女子学生とOLが叫び声をたてていた。

29

電話が鳴ったとき、綾香はバスルームをでたところだった。夜景を見おろす窓辺には、とりよせたばかりのフローズンダイキリのグラスがおかれている。

電話をそのままに、綾香は濡れた髪にタオルを巻きつけた。誰がかけてきたのか、想像はついていた。

巻きつけたタオルごと、髪をバスローブの背に垂らし、綾香は受話器をとった。ナイトテーブルの時計が午前零時《れいじ》少し過ぎをさしている。

今日は長い一日だった。週に一度、綾香は、開店から閉店まで「須藤あかねビューティクリニック」にいつづける。この曜日をめざして、特に金回りのいい上客が、綾香の「個人治療」をうけたがり、予約が殺到する。最後の客がクリニックをでていったのは、十時過ぎだった。そのあと、いつものようにクリニックのスタッフを連れて食事にいった。

帰ってきたのは、ほんの二十分ほど前だ。

「俺だ。今すぐ会って話したいことがある。これからそっちにいく」

光塚の切迫した口調を、綾香はわざと耳から離した受話器で聞いた。予想どおりだった。

「今どこ？」

「四谷だ。知りあいと会ってきたところだ」

「じゃ、聞いたのね」

「とにかく今からいく。いいな？」

綾香は目をあげ、窓を見た。巨大な墓石のあちこちに赤い光を放つ虫がとまっているような都庁のビルと、バスローブを着けた自分の姿が重なっていた。

「――いいわ。でも急いでね。今日は疲れたから、早めに寝たいの」

「かっとんでいくさ」

怒りをこらえたような声でいって、光塚は電話を切った。

受話器をおろし、綾香は窓辺に立った。ダイキリのグラスを手にし、唇に運んだ。

一日のうちで、いちばん好きな時間だった。女王が、君臨する我が街を見おろし、優雅に飲み物をすする、そんな気分にひたることができる。砕かれた氷のすきまから流れこむ、ラムの甘い香りを味わった。

都会の夜景が好きだった。レストランやバーの窓からではなく、自分だけの都会の夜景をほしいと思っていた。

誰かとともにこの夜景を眺めたい、と思ったのではなかった。自分ひとりで、ひとりのくつろいだ姿で、心ゆくまで見つめたいと願っていたのだ。

ソファにかけ、脚を組んだ。毎日見ているというのに、瞬きすら忘れてしまいそうだ。自分の姿の向こうに、光の渦が広がっている。あの光のひとつひとつの中に、ひとりであるいはふたりで、それとも家族で暮らしている人々がいる。その数は、何万、何十万にもなるだろう。そして、そのひとりひとりが、この世界を、自分を中心にして考えている。ひとりひとりが、すべて自分のことを考えている。今日を思いだし、明日を想像して、今を過ごしている。

こんなにも光があるのに。すべてがバラバラで、思い思いで、自分中心なのだ。そう考えると、この街が滅んでしまわないことが不思議でしかたがない。人々の心には、希望よりも絶望のほうが多く詰まっているにちがいない。愛情よりも、憎しみや嫌悪のほうが勝っているにきまっているのに。

愛情を否定はしない。だが、憎しみや絶望に比べるなら、愛情や希望は、常に一過性の存在に過ぎない。

消えさる。忘れさられる。

消えない、忘れないのは、憎しみであり絶望なのだ。

裏切られ、ときには裏切る。愛する瞬間もあり、そしてその愛が終わる。そんなとき、冷えびえとした心の片隅に、囁《ささや》きかけるもうひとりの自分がいる。

〝お帰りなさい〟と。

そうなのだ。冷えびえとした心は、いつもの世界。愛や信頼は、一泊二日、せいぜいが二泊三日の、短い旅行のようなものだ。

帰ってくるのは、いつも同じ場所。

夜景を見つめ、グラスの酒を口に含む。

すばらしい、本当に素敵な瞬間。この瞬間を、自分は守りぬかねばならない。きっと守りつづけるだろう。

女王は城を捨てない。女王が城を捨てるのは死ぬときなのだ。

自分が決して死なないことを、綾香は知っていた。

わたしは一度死ぬ筈だったのだ。あのとき死ななかったことで、わたしは誰よりも強運を手にした。その強運は、わたしが必要ないと思うそのときまで、つづくにちがいない。

部屋のチャイムが鳴った。

綾香は立ちあがり、ドアスコープをのぞいた。

カシミヤのブレザーを着けた光塚が立っていた。胸にはエンブレムが貼られている。

センスの悪い男だ。カシミヤのブレザーはいい。だが、この歳《とし》で、制服でもないのにエンブレムのついたブレザーを着るなんて。

おまけにボタンダウンのシャツにレジメンタルタイをしめている。警官をやめた今でも、体育会のファッションセンスを捨てられずにいるのだ。

ドアを開いた。素早く微笑みを浮かべた。

「早かったのね」

「すっとんできたからな」

光塚はいって、大またで部屋に踏みこんできた。

ドアを背中で閉じ、

「すわれば」

綾香はいった。

そのひと言で、光塚は部屋の中を見回すのをやめ、窓辺のソファのひとつに腰をおろした。

「飲んでたのか」

目がグラスをとらえ、いった。

「ええ。寝るつもりだったから」

綾香は声に冷たさをこめ、いった。光塚が綾香を見た。とまどったような表情が浮かんでいた。

綾香は無表情に見かえした。光塚の顔には、今浮かんだとまどいの他に、いらだちとシヨック、そして後悔がまじっていた。

光塚は大きく息を吸いこんだ。ネクタイをゆるめ、ブレザーのポケットから煙草をとりだした。

火をつけると、決心したように言葉を口にした。

「あんたがやらせたのか」

「何を？」

訊きかえして、綾香は光塚の向かいに腰かけた。片方の脚を自分の体の下にしき、両手をうしろに回して、髪のタオルをとった。胸もとが広がり、光塚の目が瞬間、のぞいたふくらみに注がれた。

「とぼけるなよ。俺が今まで誰と会ってたと思う」

「誰？」

タオルで髪をぬぐいながら訊ねた。

「新宿署時代の友だちだ。警務課にいて、内情に詳しい奴さ。ステーキハウスで飯を奢《おご》って、話を訊きだした」

「それでおもしろかった？」

光塚は深々と煙を吸いこんだ。目に激しい怒りが宿っていた。

「例の鮫島が本庁にひっぱられた。だが収賄の容疑でじゃない。殺しの参考人だ。三森を止めるなんて、あんたはひと言もいわなかった」

「わたしも驚いたわ」

「やったのは、あの婆あだろう」

綾香は首をふった。

「わからないわ。まだおばちゃんとは話してないもの」

「いいかげんにしろよ！」

光塚は怒りを爆発させた。

「あの婆あはふつうじゃない。何かっていうと、すぐに殺しだ。三森を殺したのがどんだけ危ないことか、あんたにはわかっているのか。警察は、必ずマル害の周辺を洗う。あの件がでてきたらどうするんだ⁉」

「でてこないわ。ものは全部、運びだしたのよ、あの晩に」

「記録があるだろう」

「ないわ」

綾香がいいきったので、光塚は一瞬、次の言葉を失った。

「……なんで、そんな確信をもてるんだ」

「わたしのところにある、いえ、正確にはあったから」

「なんだと？」

光塚は理解できないように瞬きをした。

「あの晩、早い時間、三森とわたしは会っていたの」

「会った？　奴に会うのは、俺を通してじゃなかったのか」

「あの晩だけは特別よ。あなたのいったとおり、すごく不安がったから、なだめに、会いにいったの」

「あの婆あとか」

その質問が嫉妬《しっと》からでたものだと、綾香にはわかった。

「そうよ」

初めの一時間はふたりだけだった。三森は、前から綾香を抱きたかったといった。綾香の足の指をしゃぶりながら。

遊び慣れた三森とのセックスは、決して悪いものではなかった。が女を歓ばせることに全身全霊をつくす三森とのセックスより、単純な征服欲をむきだしにする光塚とのセックスのほうが綾香にはあっていた。光塚はいつも手錠をつかう。そしてうしろから押し入ってくる。

「そのときに、うちとの取引に関するすべての記録を預かったの。香港支社が送ってくる数字にあわないところがあるから、チェックしたいって」

「それで全部だと信じてるのか」

光塚の目に、嘲《あざけ》るような色が浮かんだ。

「もちろんちがうわ。だからすぐに手を打った」

「どんな？」

「彼のマンションにいって、危ないものを全部もちださせ、処分させた」

「誰に？　あの婆あにか」

「ええ」

「あんたは話してないといったじゃないか」

「そのことは話したの。殺したかどうかについては、電話じゃ訊けないでしょう」

「とぼけるなよ。かりに三森とこっちをつなぐネタが全部消えたとしてもだ、警察が、三森殺しの犯人を鮫島だと信じると思うか!?」

「そのための証拠をあなたが用意したのじゃないの？」

「それが使えなくなったっていうんだよ」

「なぜ？」

光塚は激しく首をふった。

「俺は、いっきにことを決めるつもりじゃなかった。鮫島を潰《つぶ》すにしても、じわじわとやる気だったんだ。いいか、本庁も馬鹿じゃない。まして鮫島はそこらの平《ヒラ》デカとはちがうんだ。キャリアだぞ。キャリアに汚職の疑いがかかれば、総監以下幹部全員がまっ青だ。

表沙汰になる前に、徹底的な調査がおこなわれるだろう。だからいかにも罠でございい、というように、密告電話のあと、現金なんかを隠しにいくわけにはいかないんだ」

「じゃ、おかなかったの？」

「俺が今日、なんで昔の仲間と会おうと思ったと思う？　奴のアパートの前まで昼間いったら、刑事が張りこんでいたからさ。もう奴のアパートには近づけない。考えてみりゃ、へたなトボケをかませなくて正解だ。警察はとことん出どこを洗っただろうからな」

綾香はわずかに動揺した。光塚が鮫島の住居に現金を隠しておかなかったことは計算外だったのだ。

「よく考えりゃ、俺も間抜けだよ。金なんかおいたって、奴の指紋がでなきゃ、関係は証明できないんだ」

「預金すればよかったじゃない。鮫島の口座を調べて、本人名義でふりこめば」

「もう遅い」

「じゃ、鮫島はもう止められないの？」

「いや」

「いや、とは？」

「奴は終わりだ。死体といっしょにいるところを、一一〇番通報でかけつけた巡査が見た。誰がどう見たって、第一容疑者は奴だ。この情報がマスコミに洩れればいちころだろう」

「それはいいわ。早速、手を打ちましょう」

「だとしてもな——」

「どうしたの？」

「確かに鮫島は終わりだ。だが、警察も鮫島を犯人にしたくなくて必死で捜査をするだろう。鮫島ひとりを潰しても、あの病院に関する疑いは完全に消えるわけじゃない」

「例のマル査？」

「それもある」

いってから、光塚は綾香の表情に気づいた。

「あんた、まさか——」

「おばちゃんがいってたでしょう。刑事とマル査は知りあいだったみたいだって」

光塚は目をみひらき、息を吐いた。

「マジかよ……」

つぶやくようにいった。

「そっちはおばちゃんに任せることで合意したじゃない」

「とんでもねえぜ。あの婆さん、いつかしくじるぞ……。そんときは——」

「彼女なら心配ないわ。わたしのことを喋《しゃべ》るくらいなら、自殺するでしょう」

「そんなに自信があるのか」

「ええ」

光塚は首をふった。

「いったいどういう神経してんだ。あんたたち。ひょっとしたら親子なのか」

綾香は微笑んだ。

「もしかすると、そうだったのかもしれない、前世《ぜんせ》では」

「前世だって、くそ。酒が飲みたくなってきた」

「ここをでたらいくらでも飲みにいけるわ」

光塚は上目づかいになった。

「ここじゃ飲ませてくれないってことか」

「それより、新聞にはどんなふうに洩らすの？」

「殺人があって、容疑者が現職の警官らしいのに、警察はそれを発表しない、といやあいい。それだけでお偉方はぶるう」

「で、どうなるわけ？」

「とにかく鮫島はクビだ。その上で捜査をするさ」

「そのとき他に危ないものは？」

「待てよ」

光塚は目を閉じた。考えていたがいった。

「死体も処分した。マル査も死んだか。くそ。医者はどうなんだ？」

「日本にいないわ。当分帰ってこない」

「そうなれば、三森の線さえでなけりゃ、あとは、あの婆あだけだ」

「いったでしょ、彼女は大丈夫だって」

「だがあの婆あに万一のことがあれば、あんたは心中だ」

「まだ疑ってるの？」

光塚は息を深々と吸いこんだ。何ごとかを決意するかのようだった。

「俺はあんたに惚れてる。だがあんたは俺に惚れちゃいない――」

「待ってよ」

「いや、そっちが待てよ。あんたは誰にも惚れない女だ。だから俺は惚れちまったのかもしれない。あんたが三森と寝ていたとしても、俺は驚かない。問題はだ、誰にも惚れないあんたが、あの婆あだけは無条件で信用している。俺はヤキモチを焼いていってるんじゃない。あんたが駄目になるときは、俺も駄目になるときだ。わかるか？　だからいってるのさ」

「じゃあ、わたしにどうしてほしいの？」

光塚の意外な冷静さに内心驚きながら、綾香はいった。

「あの婆あがしてきたことは、まちがいなく十三階段だ。医者と同じように、どこか遠くへやるんだ」

「できないわ」

綾香は首をふった。

「なぜだよ」

「彼女がしてきたことは、すべてわたしのため。そのわたしが裏切ったら、裏切ったと少しでも彼女が思ったら、どうなると思う？」

光塚はぞっとしたように口をつぐんだ。

「彼女は刃物のようなものよ。今はわたしに柄《つか》のところをもたせてくれている。でもわたしの態度に少しでも失望したら、刃のところをもたせるわ。指が落ちるのよ」

光塚の顔から表情が削《そ》げ落ちた。

「婆あを消すしかないってのか」

「もし本当にあなたがマズいと思うなら」

「恐い人だな、あんた」

「どうして？」

「あんたは結局、俺を拾った。拾ってくれて、今の羽振りを俺にくれた。そいつを、俺は今までの俺の仕事のためだと思ってた。だがちがった」

「あなたには感謝してる。それに、好きよ。大好きだわ」

光塚は目を閉じた。呻くようにいった。

「わかってる。だが、あんたは、俺を拾ったときに、最初からあの婆あへの防波堤にしようと思っていたんだ。あの婆あがどうしようもなくなったとき、俺があの婆あを黙らせると、そう知っていたんだろ」

「やめて。そんないい方」

「しかたないじゃないか。俺はそうするしかないし、きっとするだろうからな」

「なぜ？」

「なぜ？」

光塚は綾香の言葉をくりかえし、目を開いた。

「なぜだろうな。惚れてるから、いい思いをさせてもらったから、全部だろう」

「逃げればいいじゃない。あなたは元刑事なのだから、昔の仲間に会って全部話せば、見逃してもらえるかもしれないでしょう。そうしたらわたしは、おばちゃんといっしょに十三階段をのぼるわ」

「できるわけねえだろう。俺がそんなこと、できるわけ、ねえだろう」

光塚は絶望したようにつぶやいた。目が赤くなっていた。

綾香は光塚に向かって両腕をのばした。光塚は立ちあがり、子供のように綾香の胸にとびこんだ。

綾香のバスローブを開き、赤ん坊のようにむしゃぶりついた。綾香は体をのけぞらせ、喘《あえ》いだ。タオルが床に落ちた。

天井を見あげ、窓に目を移した。

忠誠を誓った兵士に微笑みかける、女王の顔を見た。

30

「そろそろ起きたら。目が溶けるわよ」

声に、鮫島は目を開いた。見覚えのない部屋の天井があった。胸の上に毛布がかけられている。

頭の芯《しん》に頭痛と酔いが残っていた。一度目を閉じ、呻いた。左腕をもちあげ、顔の上まで運ぶと目を開いた。

午前十時を数分、過ぎていた。

「参ったな」

横たわっていたのは、本革の大きな長椅子の上だった。両腕をおろし、板張りの床につけた。

ドライフラワーがあちこちに活けられた、洒落《しゃれ》た居間だった。白木でできたテーブルに入江藍がもたれかかり、鮫島のほうを見つめていた。

「どうなったんだ？」

「いきなり、カクンといっちゃったの。ずっと寝ていなかったのじゃない」

「――そうか」

鮫島は息を吐いた。「インディゴ」のカウンターでブランデーを飲んでいるうちに、突然酔いが回ったようだ。

「ここは、あなたの部屋？」

「そうよ。お店の奥がうちだもの。かついでって寝かせたの。大丈夫、あの子のことがあるから、ズボンは脱がさなかったわ」

藍は微笑んだ。

「コーヒー、飲む？」

「いただきます。それは本当に、申し訳ありませんでした」

藍は吹きだした。

「よしなさいよ。酔ってあたしを襲ったっていうのならとにかく」

「でも迷惑をかけた――」

「ちっとも。刑事が寝てると思ったら、安心して酔っぱらえたわ」

藍は、白い陶磁器のモーニングカップにコーヒーメーカーからコーヒーを注いだ。

「ほら」

「いただきます」

鮫島はテーブルに、手をつくようにして、椅子をひいた。洋服を着て寝たせいで、体にべたついた感触がある。

「目が覚めたら、はい」

鮫島がコーヒーをすするのを見て、藍はタオルと新品の歯ブラシの箱をさしだした。

「顔洗ってくれれば？　使い捨てのカミソリが鏡の裏に入ってる」

鮫島は首をふった。

「あなたは何時に寝たんですか」

「五時過ぎくらいかしら。ちょっと前に起きて洗濯物を片づけたのよ」

鮫島は息を吐いた。

「そろそろ朝ご飯、作ろうと思って。ご飯がいい？　パンがいい？」

「そんな、そこまで迷惑は――」

「手間は同じよ。どっち？」

有無《うむ》をいわさぬ口調で藍はいった。

「じゃ、ご飯を。炊けているんですか」

「もちろん、だからそのほうがありがたいわ。さ、顔洗ってきたら？　バスルームは向こうよ」

「お借りします」

鮫島は、小さなタペストリーが飾られた洗面所に入った。清潔で、きちんと整頓されていた。主《あるじ》があれだけの長時間を店で過ごしながら、無雑作《むぞうさ》に放置されていたり、よごれているものは、どこにもない。

歯をみがき、顔を洗って、鮫島はヒゲをそった。

首から上はさっぱりとして洗面所をでてくると、カツオ節でだしをとる香りが居間にたちこめていた。

「そこでテレビでも見て待ってて。朝刊はテーブルの上よ。嫌いなもの、何かある？」

キッチンとの仕切りから藍が顔をのぞかせていった。

「いや、何も」

「納豆も平気？」

「好物です」

「やめてよ、そんなていねいな口のきき方するの」

「――わかった。電話をお借りしたいんだが……」

「どうぞ、そこにあるわ」

寝ていた長椅子のわきに、小さな丸テーブルにのったコードレスホンがあった。

鮫島は毛布をきちんとたたみ、長椅子にかたわらに腰をおろした。

ばならない。

「そこ、寝心地がよかったでしょう」

藍がいった。

「どうやらそうみたいだ」

「浜倉も泊まりにくると、よくそこで寝てたわ」

鮫島は首をふり、手帳を開いた。滝沢に連絡をとり、昼には会う約束をとりつけなけれ
ばならない。

滝沢から教わっていた直通番号を押した。

が、受話器をとったのは滝沢ではなかった。

「はい、査察第五です」

「鮫島と申します。滝沢さん、おいででしょうか」

「えっと……少しお待ち下さい」

かすかに狼狽《ろうばい》したような声で、出た人物はいい、受話器からオルゴールの音が流れた。

やがてそれが止《や》み、別の人物の声がいった。

「お電話代わりました。私、滝沢の上司で統括の伊藤《いとう》と申します。どういったご用件でし
ょうか。滝沢は本日、ちょっとこちらに参っておりませんので、よろしければ、私がうか
がいます」

「ごていねいに。私、滝沢さんとは大学時代の友人で、新宿署におります鮫島と申します」

いきがかり上、鮫島は所属を明らかにせざるをえなくなり、いった。

「鮫島さん……。警察官でいらっしゃいますか？」

「はい、ただ、現在はちょっと事情がありまして、出署していませんが」

「すると、このお電話はご自宅からですか」

「いえ、知人のところからです」

「そうですか……」

迷っている気配があった。鮫島は訊ねた。

「あの、何か？」

「いえ――実は、今朝《けさ》がた滝沢くんが事故にあったという知らせがありまして」

「事故？」

「ええ。通勤の途中だと思うのですが、電車のホームから転落して、運悪くそこに――」

伊藤はいいよどんだ。鮫島は背すじがすっと冷えていくのを感じた。

「――亡くなったのですか」

「ええ」

伊藤は、かすかに聞きとれるほどの低い声でいった。

「事故の捜査はどこが？」

「確か、神奈川県警の鶴見《つるみ》署だと思いますが」

「どういう状況であったかご存じですか」

「さあ、詳しくは。とにかく、ホームのいちばん前にいて、落ちたというだけで――」

「わかりました」

「あの、新宿署のどちらにおられるのでしょうか、鮫島さんは」

「防犯課です」

失礼します、といって鮫島は電話を切った。

「どうしたの？」

テーブルに皿を並べていた藍が訊ねた。鮫島は深呼吸し、藍を見た。頭痛はかすかに残っていたが、酔いは消えていた。

「食べられるわよ、もう」

「ありがとう。ごちそうになります」

鮫島はいって、テーブルについた。納豆、塩鮭、炒《い》り玉子《たまご》などが並んでいる。味噌汁の具は大根と油揚げだった。固めに炊かれた米は、鮫島の好みで、食べはじめると、あっというまに一膳めをたいらげた。考えてみるときのうの警視庁では、差しいれられた食事にはほとんど手をつけていない。

「よく食べるじゃない」

それを見て、藍は嬉しそうに笑った。

「おいしい。和食も店でやればいい」

「何いってるの。こんな定番のようなご飯をだしたって、誰も食べにこないわ」

「そういうものかな」

「安くすれば別よ。定食屋さんみたいに。でもそのあと、ご飯と同じくらいの値段を払ってコーヒーを飲むのが、みんな馬鹿馬鹿しくなるわ」

「なるほど」

二膳めもたいらげると、さすがに満腹した。

「浜倉もよく食べたわ。特にこういう朝ご飯が好きだった。あいつが病気だったなんて、ありえないわよ」

藍は食器をさげながら、きっぱりといった。コーヒーのおかわりをいれてくれる。

「もう一本、電話を借りていいかな」

「好きにしなさいよ」

鮫島は新宿署にかけた。桃井につながると告げた。

「滝沢が死にました」

「いつだ」

桃井の声は落ちついていた。まるで昨夜別れていらい、ずっと防犯課の自分のデスクにすわりつづけていたかのようだ。

「今朝です。ホームから転落して電車にひかれたようです。鶴見署が捜査にあたったとのことです」

「わかった。問いあわせる」

「それから、光塚と『釜石クリニック』の関係がわかりました」

「どういうことだ？」

「光塚は今、高級美容サロンの女社長の秘書のような仕事をしています――」

桃井が息を吸いこむ気配があった。

「うかつだった。須藤あかねビューティクリニックか」

「そうです」

「島岡企画は、そこから金が出ているということだな」

「たぶん」

「だが、いったい何があるんだ。『釜石クリニック』に」

「わかりません。動いてみようと思います」

「今朝づけで、君に関する通達がきた。君は停職中ということになっている」

「はい。ですから今のことは聞かなかったと――」

「いかん。何をするにせよ、必ず、私には知らせろ」

「しかし課長にご迷惑がかかります」

「年金がほしくてこの椅子にすわってるわけじゃないぞ」

「ではこうして下さい。本庁は今、私の行方を知らずにいます」

「昨夜は帰らなかったのか」

「ええ。沈没しました。しばらくは野方には帰らないつもりです。課長には定期的に連絡を入れます。課長は私から連絡があったことを、二課の白坂警部補に伝えて下さい。そうすれば万一、逮捕状が請求された場合、おかけする迷惑を最小限ですませることができます」

「そうなると思うのかね」

「おそらくは。私をどうしても潰したいのなら、マスコミに訴える手もあるでしょうから」

「危険だな」

「覚悟はしています」

「ひとつだけ忠告をしておこう。これから君がどんな行動をとるにせよ、警察の肩書は使用するな。さもないと、きみの首を狙っている連中が、このあと君がうまく復職できてもそのことで足をすくおうとするかもしれん」

今、防犯課の部屋には、電話の内容に聞き耳をたてる人間がいないのだろう。桃井は際《きわ》どいことをいった。

「わかりました」

「それから白坂警部補を頼りすぎないことだ。彼がいかに君を信じても、私と同じで兵隊は兵隊だ。君の運命を兵隊に預けるようなことを、上は絶対にしない」

「はい。ご忠告、感謝します」

「鶴見には問いあわせておく。うまく関連づけられれば、君には有利に働くだろう。ただし、君がアリバイを証明できれば、だ」

そうか、と鮫島は思った。最悪の場合、三森の死だけでなく、滝沢の死にまで、鮫島は責任を追及されかねない。そうなれば、入江藍の証言が必要になる。が、一対一の証明である以上、効力は弱い。そのことを考えるなら昨夜、ここで潰れてしまったのは不覚というべきだった。自分のアパートに帰っていれば、張り込みの刑事たちが証明をしてくれただろう。

追いつめられている、と鮫島は思った。もはや、頭を低くしていられる状況ではない。井口が指揮をとる二課の特命刑事は、今日にも滝沢の死を知るだろう。そのことは、鮫島を今以上の苦境に追いこむ。

井口が慎重派なら、ただちに鮫島の身柄を拘束しようと動くかもしれなかった。

鮫島に与えられた時間は限られていた。

31

貼り紙を見た瞬間、鮫島は息を吐き、目を閉じた。

「都合により、休診いたします」

記された診療再開の日付は、十日以上先だった。

飛ばれてしまった。こうして医師も看護婦もいなくなったということは、何にせよ、この病院でおこなわれていた犯罪の証拠がすべて処分されてしまった事実を意味している。

洗いざらいきれいにしたからこそ、「釜石クリニック」は休業したのだ。かりに捜索に入ったとしても、何もでないだろう。

三森を処分した時点で、すべてきれいにされていたにちがいないのだ。

医師も島岡ふみ枝も、自宅にいる筈《はず》がなかった。犯罪をおかした証拠がない以上、どこにどれだけのあいだ旅にでていようと、本人の勝手である。

鮫島はガラス扉に手をかけた。無駄だとわかっていたが揺すった。錠がおりていて、びくともしなかった。

敗《ま》けたのだ。相手は常にこちらの一歩先をいき、何をしていたのかすら、鮫島にはつかませなかった。

しかも、光塚なのか、別の人間なのかはわからないが、危険になった人物を矢つぎ早に消している。

浜倉、三森、滝沢。

光塚であるとは思えなかった。かつて優秀な刑事であった男が、次々と殺人をおかしているとは思いたくない。殺人がいかに重い罪に問われるものなのか、元警官ならば知らぬ筈がないのだ。

鮫島はのろのろと扉の前を離れた。新宿駅の方向をめざし、歩きだした。

野方に戻れば、屋代らが待ちかまえているだろう。自分にはもう、どこにもいくところがないのだろうか。

いや、あった。

目の前に広がる高層ビル群を見つめ、気づいた。

須藤あかねだ。須藤あかねに会いにいく道が残されていた。

32

「こちらへどうぞ」

医師の指示をうけた看護婦が、鮫島の道案内に立った。

白一色で統一された無機質な印象を与える病院だった。新宿駅から電車で、およそ二時間かかる距離にある。

幅のある廊下の片側はすべて窓で、鮫島が待たせたタクシーの見える病院の正面玄関と前庭を向いていた。

外見は保養所のような造りで、財閥系の不動産会社が管理する、広大な別荘地帯の外れに建っているのだった。別荘地帯そのものに入るのに、ゲートのある管理事務所の前を通過しなければならなかった。

夏の行楽シーズンには、別荘地帯のふもとにある街は、多くの避暑客でにぎわう。軽井沢よりも若者向きで、しかも距離の近い避暑地として、人気があるのだ。

桃井を通じて、須藤あかねの転院先を知った鮫島は、JRの駅前で花束を買っていた。ゲートで、管理事務所のインターホンに、病院名を告げると、

「どなたのお見舞いですか」

質問がかえってきて、鮫島は驚いた。

「須藤あかねさんです」

「お待ち下さい」

一瞬後、無言のままゲートの遮断機《しやだんき》が上がった。

病院の正面玄関につくと、受付の女性に見舞いであることを告げた。

須藤あかねは、人工透析《じんこうとうせき》中だった。待合室で一時間弱を、鮫島はすごした。

やがて看護婦が案内に現われたのだった。

建物の内部は、無機質であることを別にすれば、驚くほど贅沢《ぜいたく》に作られていた。待合室には、本皮ばりの大型の応接セットがおかれ、大スクリーンのテレビが数台備えられている。

待合室の窓からは冠雪した南アルプスの峰々を見てとることができた。

院内は静かだった。病院であるとはいえ、あまりにも静かすぎることに、かえって鮫島はとまどいを覚えたほどだ。

「こちらには何人くらいの患者さんが入院していらっしゃるんですか」

「部屋数は三十です」

看護婦が歩きながら答えた。

「三十？　そのうち個室は――」

「すべてが個室ですわ。さあ、どうぞ」

廊下のつきあたりにある病室の前までくると、看護婦は扉をノックし、開いた。

「須藤さん、お見舞いの方がいらっしゃいましたよ。今日は男性の方《かた》よ」

先に病室をのぞきこみ、看護婦がいった。鮫島は驚き、その背を見つめた。

須藤あかねは植物人間になっているのではなかったのか。

返事はなかった。

「どうぞ」

看護婦が道をゆずり、鮫島は病室に入った。瞬間、息を呑《の》んだ。

まるで、温室だった。十二畳はある病室の、ベッドをのぞくほぼすべてを、蘭《らん》の花が埋めつくしていた。

赤、白、紫、ありとあらゆる色の蘭の花があった。そのほとんどが鉢植えで、びっしりと病室をおおいつくしている。

部屋の入口からは、まるで蘭の花畑のあぜ道のように、ストレッチャーの幅だけの通路が、窓よりにおかれたベッドにのびていた。ベッドには、さまざまな医療機器が付属している。

「驚いたな――」

鮫島はつぶやいた。

「妹さんが毎回、もってらっしゃるんです。病室の中は温度が安定していますから、蘭でもけっこう保《も》つんですね。お水をあげるのが大変」

看護婦は鮫島を見やり、笑った。

「なんでも須藤さんは、蘭のお花が大好きなんですって……。すごいでしょう」

これほどの数の蘭を、鮫島は花屋の店先ですら見たことがなかった。

そして蘭の吐く息のせいか、患者のためにそうしてあるのか、病室の中は、明らかに廊下よりも温度が高かった。

「よっぽど、お姉さんのことを思ってらっしゃるんでしょうね」

鮫島は無言でベッドに歩みよった。

信じられないほど肌の白い女性がよこたわっていた。まるでガラスの棒のように、すきとおっていて、細かった。すべてが華奢《きやしや》で、少しでもどこかに力を加えれば、バラバラに折れてしまいそうだ。

きれいに整った鼻すじに貴族的な雰囲気があり、もし目を開いていれば、近よりがたい印象を与えるかもしれない、と思った。

「こちらに、六年、でしたね」

「ええ。ここができてすぐお入りになりましたから」

この病院は、須藤あかねが島岡ふみ枝とともに事故にあった千葉の病院から数えて、三つめだった。ふたつめの病院は八王子《はちおうじ》にあり、そこに十六年いたのだ。

二十二年間、須藤あかねは眠りつづけている。二十二年前に何が起こったか、もはや彼女の口からは聞くことはできない。

だがかりに、こうして彼女が眠りつづける身となった事情に、何者かの意志が働いていたとしても、刑法はもうその責任を問うことはない。時効の期限がとうに切れている。

鮫島は深呼吸した。須藤あかねの顔を見ていると、知らぬまに息を止めてしまうのだった。

かたわらの看護婦をふりかえった。病院側は、突然の見舞客をいぶかったかもしれないが、こうして看護婦をつけることを条件に、鮫島を拒絶しなかった。

「島岡ふみ枝という人は、お見舞いにきていますか？　五十くらいの中年の女性です」

「島岡さん――、さあ……わたしの知っている限りでは、いらしたことはないと思います」

色白の小柄な看護婦は首をふった。そして鮫島とともに須藤あかねを見おろした。

「きれいな方ですよね。先生の中には、クレオパトラって呼んでらっしゃる人もいます」

「妹さんも美人でしょう」

さりげなく鮫島はいった。

「ええ、とっても素敵な方です。洗練されていて、お洒落《しゃれ》で」

「お洒落？」

「月に一度は必ず見えるのですけど、もう、もってらっしゃるお花に負けないくらい華やかな方です。ドクターたちも、妹さんがみえる日はなんだかそわそわして……」

「あの、妙な質問ですが、こちらの病院にはあかねさんのような患者さんは――」

看護婦は少し驚いたように鮫島を見た。

「ご存じなかったんですか？　当病院の患者さんは、皆さん、須藤さんと同じ症状の方ばかりです」

「すると、ずっと昏睡《こんすい》している……」

「ええ、ですからご家族がいっしょに寝泊まりできるような病室もあります。ナースが協力して、ご家族の方が患者さんをお風呂にいれてあげたり、髪や爪を切ってあげたりとか……」

鮫島は息を吐いた。

「多いのですか、そういう病院は」

「いいえ。たぶん全国でも、ここともうひとつくらいしかないと思います」

「でもずっと個室に寝かせておくわけですから、すごい費用がかかるのでしょうね」

「ええ、それはもう。よほど裕福な方でなくては無理ですよ」

「ホテルのようなものですもんね」

「そうですね」

鮫島はもう一度、須藤あかねを見おろした。だから待合室が豪華に作られていたのだ。この病院のそうした設備は、患者のためのものではなかったのだ。定期的に見舞いに訪れる、患者の身よりのためだったのだ。

ここに入院している患者たちが廊下を歩きまわったり、窓から外を眺め、退院する日を指折り待つことはないだろう。奇跡的な何かが起こらぬ限り、機械的に保たれた環境の中で、ものいわず、動かず、眠りつづけるのみなのだ。

その意味では、目の前によこたわっているこの女性は、鉢植えの蘭とよく似ていた。水を与えられるあいだは生きつづけ、そしてある日、寿命の訪れとともに息絶える。

ちがうのは、蘭は花を咲かせ、彼女にはその機会がない、ということだ。

そのとき、鮫島は、ここに蘭の花をもちこみつづける人間の、底知れない悪意を感じた。須藤あかねの妹が、姉想いの筈はなかった。蘭の花は、須藤あかねに対する憎しみの象徴だった。

それは復讐なのか。

もしそうなら、莫大な費用を使ってここにおき、しかも花で埋めつくす、奇怪としかいいようのない復讐へ、いったい何が駆りたてているのか。

藤崎綾香。

鮫島の背を、正体のわからない戦慄《せんりつ》が走った。美しく、華やかですらあるという、その女実業家の、決して人には見せないであろう底なし沼のような心の奥をかいま見たような気がしたのだった。

33

鮫島が新宿に戻ったのは、午後七時過ぎだった。すべてのネオンに灯《ひ》が入り、新宿がもっとも新宿らしい姿へと、息を吹きかえした時刻だ。

その姿はまさに、街が眠りから目を覚ましたというにふさわしいものだった。

鮫島の心には、須藤あかねの姿を見たことで生まれた、重い衝撃が加わっていた。

警察官という職業柄、傷つけられたり、ときには死にいたらしめられた人間の姿を、これまでいくども見てきた。

それはすなわち、結果だった。結果にも衝撃はある、しかし、失われた生命に対して、悲しみや怒りが生まれると、それは間《ま》をおかず悼《いた》みにかわる。死は死として、残酷なできごとではあるが、死は死として、そこで完結する。

だが須藤あかねの姿には、そういう意味での完結はない。

須藤あかねの状態が、果たして死であるのかそうでないのか、医学的なことは鮫島にはわからない。ただ、もしそれが、ある種の死であるなら、その死は完結することなく、維持されている、ということができた。

死が死として、持続しているのだ。

あの病院に身よりを入院させている人々は、自分たちの子や、親や、兄弟が、蘇生する万にひとつの可能性を願っているにちがいなかった。彼らにとり、その姿は死ではなく、眠りなのだ。

須藤あかねはちがう。

須藤あかねの入院費用を払う、藤崎綾香が蘇生を願っているとは、鮫島にはとても思えなかった。

藤崎綾香は、須藤あかねがそこでその状態のまま、とめおかれていることに喜びを感じているのだ。ハンターが撃ち倒した獲物の剝製《はくせい》を愛《いと》おしんでは快感を覚えるように、目覚めのない眠りにある須藤あかねの姿を見て、幸福にひたっているのだ。

それは、むごくいびつな執念の証しだった。須藤あかねは、藤崎綾香の心の中で死亡している。なのに、藤崎綾香は、その死を自分の喜びのために、完結させていないのだ。いつも手にとり、味わい、かみしめるために。

鮫島の足は、浜倉と会い、光塚を見かけた高層ホテルに向かっていた。

次は、もうひとりの須藤あかね——藤崎綾香に会うべきだった。

警視庁警察官の肩書をもたず、ひとりの個人としての鮫島に、成功した女実業家が時間を割《さ》いて会う、という確証はなかった。

しかし、事件に関係している人間で、居どころをつかめそうな人物は、藤崎綾香と光塚しかいない。

浜倉の言葉を信じるなら、今の綾香には光塚がぴったりとよりそっている筈だった。そして、このふたりが鮫島に罠をかけた張本人ならば、鮫島の存在に対し、恐れと不安を抱いているにちがいない。

それは賭けだった。今の鮫島には、彼らの不安を具体化させるだけの職務権限もじゅうぶんな時間も与えられてはいない。が、罠をかけた側にしてみれば、罠をかけたにもかかわらず、その獲物が動きまわっていることを知れば、より強硬な手段をとる決意をうながされるはずだ。

より強硬な手段――それは、浜倉を、三森を、滝沢を、死においやった人物を、鮫島の目の前に出現させることをおいて、他になかった。

高層ホテルのロビーから、鮫島は桃井に電話をいれた。かけてきたのが鮫島と知ると、桃井はいった。

「今、どこにいる」

鮫島はホテルの名を告げた。

「ロビーです。ついさっき、山梨から帰ってきました」

「山梨？　例の病院か」

「そうです」

「三十分ほど待ってくれないか。そちらに向かう」

「危険ではないですか」

「それを考慮する余裕はなくなった」

桃井はいって、電話を切った。

ロビーのソファにすわり、煙草をくわえた鮫島は、桃井の言葉の意味を考えた。

たぶん、マスコミが動いたのだろう。警視庁の記者クラブあたりに密告があったのだ。

自分に残された時間があとどれだけなのか、鮫島は冷静に考えた。

四十八時間はないかもしれない。広報担当が記者の質問を一笑にふし、かわしたとしても、勘のいい記者ならば、三森の死の一件について、戸塚署に照会をするだろう。そこで、戸塚署長の奇妙な呼びだしや、捜査二課の特殊な動きをかぎつける可能性はあった。

それらに関する資料をそろえ、今度は広報担当ではなく、人事一課、あるいは直接、警務部長である副総監につきつけるのではないか。

そうなれば、シラを切ることはできない。「協力を要請する」という形で、限られた時間の報道管制をしくのが関の山だ。そして管制をしいた以上は、期限が切れれば、記者たちに対して、何らかの獲物《えもの》を与えなくてはならなくなる。

その獲物が、鮫島しかいないということになれば、万事休すだった。

桃井は、三十分と待たないうちに現われた。案《あん》の定《じょう》、記者クラブに密告の電話があった、と告げた。

「次は戸塚署ですね」

鮫島は静かに頷《うなず》き、いった。

「そうなるな。緘口令《かんこうれい》がしかれるだろうが、緘口令そのものが、記者たちの好奇心をあおるようなものだ」

「白坂警部補に連絡は？」

「とっている。君から電話があったことをいうと、何としても居どころを知りたいといった。このままでは、君は最悪の状況になる、ともいっていた」

鮫島は苦笑した。

「鶴見はどうでした」

「事故か他殺か、確証がだせずにいる。朝のラッシュアワーで、ホームはひどく混んでいたようだ。目撃者の話を総合すると、押されたようにも見えたが、誰が押したかについては、はっきりとはしていない。事件当時、ホームにいたのは通勤を急ぐ人ばかりだ。大半は、訊き込みが始まる前に、バスやタクシーなどに乗りかえて通勤しようと、駅を離れている。中にマル被がいたとしても、つかむのは難しい。ただし、こちらからマル被をだして、面割りでそこにいたということになれば、有力にはなる」

「特にその人間が、その時間、現場にいる必然性がない、ということになれば、ですね」

「そうだ、誰だ？」

「考えられるのは二名です。光塚正か、島岡ふみ枝。『釜石クリニック』は休業に入っています」

鮫島がいうと、桃井の顔は厳しくなった。

「ガサをかけても無駄ということか」

「医者の釜石か、島岡ふみ枝をおさえなければ無理ですね」

「いつから休業だ」

「おとといです」

桃井は天井を見上げた。

「飛んだか」

「釜石はそうでしょう。島岡ふみ枝がもし、滝沢のほしなら、まだここにいる可能性はあります」

桃井は頷いた。

「須藤あかねはどうだった」

「植物人間のままでした。個室いっぱいに蘭の花がありました」

「蘭だと？」

「ええ。まるで温室です。異様でした」

桃井の顔が何かを探るような表情になった。

「どうしました？」

「二十二年前の千葉の病院の件だが、当時のことを話してくれた看護婦が、須藤あかねの病室には、いつも蘭の花が活けてあったといったのを思いだしたんだ。あかねの母親が蘭を好きだったらしい」

「蘭は、たぶんあかねへの復讐です」

「復讐？　しかし、あかねはずっと植物人間なのだろう」

「ええ。でも復讐なのです。おそらく須藤家にひきとられた藤崎綾香は、かなりの精神的苦痛を、ひとつ上のあかねに味わわされたのではないでしょうか。あげくに、そのあかねのために、ドナーになることを同意させられそうになった。それを救ったのが、島岡ふみ枝です」

「なぜだ？」

「それはわかりません。たぶん同情だったのでしょう。しかしただの同情ではなく、ふみ枝は藤崎綾香のために、あかねを殺すことを決意したんです。結果、あかねはその場では死にませんでしたが、眠りつづけています」

桃井は小さく首をふった。

「ほしはふみ枝だな。二十二年前ですら、藤崎綾香のためにそれだけのことをしたのだとしたら、現在、三森や浜倉を殺すことなど、何でもない」

「しかしまだこれでは令状がとれません」

「何が必要だ。ふみ枝をおさえれば何とかなるだろう。少なくとも、殺しは認めるぞ」

「おさえられれば。しかし藤崎綾香との関係がでません。きっと完黙ですよ」

「やってみなければわからんさ」

「それなら白坂警部補にこれまでの経過を話していただけますか。島岡ふみ枝を任意でひっぱって、洗ってもらいたいんです」

「だがそれは一課の仕事だ」

「ならば、井口警部か藤丸警視監に話して下さい」

「一課を動かすには、君が完全に無実だという証拠が必要だろうな」

「わかっています」

「くそ」

桃井は小さくつぶやいた。

「ひとつだけ手があります」

「何だ？」

「島岡ふみ枝に私を狙わせることです」

「どうやってそれをする」

「藤崎綾香にプレッシャーをかけます。私がまだ自由で、彼女を追いつめていると思わせるのです。もしふみ枝がそれを知れば、必ず動きます。隠れていたとしても」

「どこでだ？　君はアパートには帰れないぞ」

「考えがあります」

鮫島はいった。

34

その夜、綾香は上機嫌でホテルの部屋に戻った。「須藤あかねビューティクリニック」は、順調だった。景気が後退し、若い女性を対象にした多くの同業者の経営が悪化してい た。上機嫌になっている理由はそこにあった。新宿に基盤をおき、「須藤あかねビューテ ィクリニック」より歴史があり客層にも重なるものがあった老舗《しにせ》の同業者が不渡りをだし たという知らせが、夕刻綾香のもとに入ったのだ。

これで完全に新宿は綾香のものだった。「須藤あかねビューティクリニック」を開業し て間もなく、綾香は同業者の集まるある会で、そこの経営者と会ったことがあった。

六十を過ぎたけばけばしい女だった。手にいくつもの指輪をはめ、まるで塗り壁のよう に厚化粧をしていた。

紹介されたとき、ていねいに挨拶《あいさつ》をした綾香に、その婆さんはいかにも見下した笑みを 浮かべたのだった。

——何ですか最近は、この業界もいろいろな方がおやりになるようになって。あなたはどちらのお店にお勤めだったの？

質問の意を、綾香は、エステサロンに勤めた経験を問われているのかと思った。が、ちがっていた。醜い女王様がお訊ねになったのは、綾香が水商売あがりか、ということだったのだ。

——そちらのご出身の方は、ご自分のお化粧は本当にお上手なのよねえ。でもたいへんよ、この仕事は。

怒りと屈辱に身を固くしていた。

——お客様への責任を本気でお考えになっているのかしら。もしお店をやるのなら、慣れてらっしゃるお仕事のほうがよろしいのじゃなくて。

不渡りの情報をもたらしたのは、出入りの脱毛器販売業者だった。それによると、女王様は、田園調布《でんえんちょうふ》に建てた御殿のような家を、抵当にしていたという。

もしその家が競売にかけられるようなことでもあれば、買いに入ってもいい——綾香は思った。

女王様のことだから、きっと内部はごてごてとした悪趣味の飾りつけで埋めつくされているにちがいない。それをすべてぶち壊し、気にいった調度を施したら、どれほど気分がいいだろう。ホテルの部屋はこのままに、もうひとつ、家と呼べるものを手に入れるのも悪くはなかった。

業者の情報が、実は店の買いとりを打診する女王様の作戦であることも、綾香は見抜いていた。エステサロンの備品を残して居ぬきで売りつけることができれば、単なる中古ビルとして処分するよりは高くなる、と女王様は踏んだにちがいない。だから同業で景気のいい、綾香のところに業者を使ってさりげなく吹きこんだのだ。次の不渡りまでは、まだ時間が稼げると考えているのかもしれない。

だが、歌舞伎町の入口にあるあのオンボロビルを買うつもりは、綾香には毛頭なかった。同じ新宿でも、あのあたりとかかわりをもちたいとは思わない。

「須藤あかねビューティクリニック」は、子供は相手にしないのだ。エリート社員の気を惹《ひ》きたがるOLやヤンキーあがりのホステスなどを客にしても、いくらにもならない。そこが駄目になったのも、手を広げ若い女性客を吸収しようと、痩身《そうしん》サロンなどと無理な競合をおこなった結果だった。

自分はそんな間抜けはしない。強引な店舗展開をしてまで、醜い女王様になろうとは思わない。裕福で暇をもて余した、上流の夫人だけを相手にしていればよいのだ。それこそが本当の女王にふさわしい姿だ。

いつもより少し早く戻り、シャワーを浴びて、フローズンダイキリを手にしていた。

国税局の男は始末され、新聞社への密告もすませた。ふみ枝は最初、住み慣れたアパートを離れるのを嫌がった。が、鮫島という刑事が完全に犯人ということになるまでは身を隠しておいたほうがいいと説得したのだ。

――あんたに迷惑をかけてしまうよ
急きょ手配したウィークリーマンションから電話をかけてきたふみ枝はいった。

――いいのよ、おばちゃん。気にしないで。それより、二、三日で片づくからそうしたら、ゆっくりふたりで温泉にでも行きましょうよ。のんびりお湯につかって、おいしいお魚がいっぱい食べられるようなところに
綾香はいった。

光塚の抱《いだ》いた懸念《けねん》は、決して的外れではなかった。ふみ枝が、この環境の突然の変化にとまどい、不安になっていることを、綾香は感じとった。

ふみ枝は心の中にふたつの世界をもっている。ベテランの看護婦で、地道に暮らす中年の独身女としての自分と、必要と思えば誰でもいつでも、人の命に手をかけられる冷静な殺人者としての自分の、ふたつを心の中で共存させているのだ。きっと、おばちゃんにとってみれば、浜倉や三森、国税局の査察官を殺したのは、台所にいるゴキブリを叩き潰したのとかわらないのだろう。そんなことで自分が犯罪者の咎《とが》をうけるなど、信じられないにちがいない。

おばちゃんは良心にしたがって生きている。それはおばちゃんの良心であって、他人の

良心とはちがう。人間は皆、そうなのだ。捨てられている子猫をふびんに思って拾い、家に連れ帰ってミルクをやる男が、事業のために零細企業の一家を平気で心中においこんだりする。子猫には心をいためるが、首を吊る年よりには同情を感じない。なぜなら、自分がやるべきだと思ったことをまっとうした結果だからだ。

だからこそ、身を隠さねばならない、といわれたとき、頭ではその理由がわかっていても、おばちゃんは混乱し、不安になったのだ。

きっと今ごろおばちゃんは、「なぜ、どうしてあたしがこんなところにいなきゃならないの」と、ひとりぼっちで思っているだろう。それを考えると、綾香は少し胸が苦しくなった。

ごめんね、おばちゃん。ごめんね、おばちゃん。

突然電話が鳴り、綾香はびくっとした。

時計を見た。十一時まで、あと十分という時刻だった。窓の前から立ちあがり、受話器をとった。

「須藤さま、フロントでございます。こちらに今、鮫島さまとおっしゃる方がおみえになっております」

一瞬、胸が痛くなるような恐怖が綾香につき刺さった。

鮫島。なぜ。なぜ、今、ここに。

「お代わりいたします」

フロントの人間は礼儀正しくいった。

やめなさい。わたしは話したくない。話すことなど何もない。

だが受話器はすでに手渡されていた。

「もしもし、夜分遅く、たいへんおそれいります。私、鮫島と申します」

光塚、光塚と話さなくては。

「はい」

綾香の声はだが、落ちついていた。見知らぬ人間から突然電話をもらったことによるとまどいと不審がいくらか混じってはいるものの、落ちついている。よし、これなら大丈夫。

「じつは、須藤さんのご友人でいらっしゃる島岡ふみ枝さんと、新宿の『釜石クリニック』のことで少しだけでけっこうですから、お話をさせていただきたいと思いまして」

鮫島の声は、低く落ちついていた。口調こそていねいだが、その向こうには自信めいたものがある。何を、何をこの男は握っているのだ。

「島岡さん……。わたしは存じあげないと思いますが。それからもうひとつの病院のほうのお名前も」

「そうですか。島岡さんにお会いしたいと考えていまして、山梨のほうにも参ったのですが」

山梨。山梨とは何のことだ。

「山梨、とおっしゃいますと？」

「お姉さんが——本当は従姉《いとこ》にあたられる方が、入院されている病院です」

瞬間、綾香は足もとが崩れるような驚きを味わった。あかねに会った、とこの男はいっている。すると、何もかも知っているのだ。

綾香は深く息を吸いこんだ。落ちつくのだ。この男はわたしに何もできない。もしすべてを知っているとしても、証拠などどこにもないのだ。せいぜい嫌みをいうくらいだ。

「姉に……お会いになったのですか」

「ええ。すばらしい蘭の花がいっぱい飾られていました」

〝何の権利があって〟〝何の権利があって〟、その言葉が綾香の頭の中を渦巻いていた。が、それを口にすれば、この男に動揺を読みとられる。

「鮫島さまは、今ロビーにいらっしゃるのですか」

「ええ」

この男が今、どんな立場にあるのか、どれほど追いつめられているか、知るチャンスではある。もちろんふたりきりになるのは危険だ。部屋には呼べない。もし鮫島が、自分を罠にかけた張本人が綾香だと知っていれば、何をされるかわからない。

「わかりました。何か誤解があるような気がいたします。今日は疲れておりますので、あまりお話しできないと思いますが……」

「十五分でけっこうです」

きっぱりと鮫島はいった。その口調があまりにきっぱりとしていたので、綾香は思わず安堵《あんど》した。

「ではそちらにあるカフェテラスでお待ち下さい。用意をして、降りて参ります」

「たいへん恐縮です」

いって鮫島は電話を切った。

受話器を一度おき、綾香は窓べに戻った。煙草に火をつける。

光塚だ。まず光塚に連絡をとるのだ。

光塚にもたせている携帯電話の番号を押した。光塚と別れたのは、この一時間ほど前だ。自宅にはまだ戻っていないだろう。

「はい」

光塚が答えた。カラオケか有線か、若い女の歌声が向こうから聞こえた。

「わたしよ。今、下に鮫島がきてるわ。会いたいって」

「何だと！　絶対に会っちゃいかん！」

「でも、山梨にいったといってたわ」

「山梨に。病院のことか」

「そう」

「今からいく。待ってろ」

「今どこなの？」

「四谷だ。二十分もあれば着く」

「そんなには待たせられないわ」

光塚の動揺に、綾香はかえって自分の心が落ちつき始めるのを感じた。

「会うといったのか」

「ええ。十五分だけ」

「馬鹿な！　甘く見ちゃ駄目だ、刑事を」

「ひとりだと思う。それに自分が刑事だとは、ひとこともいわなかった」

「とにかくいく。待ってろ」

光塚は一方的にいって、電話を切った。

大丈夫よ。わたしは負けない。

綾香は受話器をおろした。

鮫島に会う。最大の敵に会う。

きっと無骨《ぶこつ》で田舎者の男だろう。そんな奴に私が負けるはずはない。金もなく、この社会では、別の階級に所属している、さえない中年男なのだ。しかもその階級からすら、すべり落ちかけている。

考えてみれば、自分とはまるですむ世界がちがう人間だ。そのことをさりげなく、そしてうんと見せつけてやれば、敗北に気づくにちがいない。

それがいい。そうすればいい。

綾香は思った。もうすっかり落ちつきをとり戻していた。

きれいになりましょう。目に力をもって。わたしはきれいなのだから。

綾香はバスルームに入った。

35

一度落としたメイクを、薄く施《ほどこ》しなおして、綾香は階下に降りていった。洋服には迷った。スーツはわざとらしい。かといって、スカートをはいていくほうが、男とビジネス上の話をする場合は有利にことを進める材料になることを、経験上綾香は知っていた。もちろんあまり短すぎては駄目だ。露骨な色じかけととられれば、相手によっては、逆効果になる。濃いめの色のストッキングで、すわるとさりげなく膝がでるくらいの長さがいい。

足の美しさには、特に自信がある。

綾香はざっくりしたVネックのセーターに、グレイのタイトスカートを選んだ。バッグのかわりにポーチをもった。財布と煙草が入っている。煙草も、相手のタイプを判断して、吸うか吸わないかを決める。

ロビーにあるカフェテラスは、三分の一ほどが埋まっていた。

ほとんどがスーツを着た、大人の男女ばかりだ。綾香がカフェテラスの入口に立つと、近くにすわっていた男たちほぼすべてが綾香に目を向けた。

「いらっしゃいませ、須藤さま」

馴染《なじ》みのウェイターがいんぎんな笑みを浮かべて迎えた。

「お待ちあわせでいらっしゃいますか」

「そう」

綾香は微笑《ほほえ》んでみせた。

「男性の方《かた》よ。おひとりだと思うわ」

「はい」

承知いたしております、というようにウェイターは頷き、五歩ほど歩くと観葉植物の鉢植えの裏側にあたる席を示した。

「あちらのお客さまでいらっしゃいますか」

そこにすわっていた男が立ちあがった。

ネクタイをしめておらず、チェックのシャツに濃い緑のチノパンツをはいている。背は高く、どちらかというと華奢《きゃしゃ》な体つきをしている。髪は長い。

くっきりとした顔だちをした男だった。鋭いが、くもりのない目をしている。

「須藤さんですか」

男が低い声でいった。落ちついた口調だった。かたわらに革のブルゾンがおかれていた。

綾香は小さく頷いた。予想とはまるでちがっていた。男は、綾香が考えていたよりもはるかに若かった。三十そこそこ、ことによると綾香よりも年下に見える。が、浮わつきはない。若くみえるのは、服装と髪型のせいだった。着ているものはそれほど高価ではなかったが、色づかいや組みあわせにセンスを感じさせた。髪は、額《ひたい》に比べて襟あしにかかる後ろの部分が長く、独特の印象を与える。

警察官というよりは、デザイナーやカメラマン、といった雰囲気だった。とてもこわもての刑事には見えない。

「鮫島さまですか」

「はい」

鮫島は頷いた。

「ご迷惑をおかけします。どうぞおすわり下さい」

自分がすわっていた椅子の向かいをさした。鮫島の動作には、無駄のない優雅さがあった。とってつけたようなキザな身ぶりではなく、といってぶっきらぼうな無骨さともちがう。この男が高い教育を受け、物質的に不自由のない境遇で育ったことはまちがいない。女たらしには見えないが、相手にする女に苦労はしていないだろう。

綾香はそっと深呼吸した。ひと言でいえば、鮫島に男としての魅力を感じとった。光塚など比べものにならない存在感をこの男は放っている。

「何をお飲みになりますか」

向かいあって腰かけた綾香の目をまっすぐに見つめ、鮫島はいった。

「フレッシュオレンジジュースを」

鮫島は頷き、かたわらに立っていたウェイターを見上げた。ウェイターはたちどころに歩き去った。

綾香の心に、とまどいと、そしていらだちが生まれた。ここはわたしの城だ。わたしのホテルなのだ。なのに、この男は、まるで自分のもとにわたしが訪ねてきたかのような落ちつきぶりを示している。

もう一度、鮫島の目を見た。そして今度は冷たい痛みを感じた。鮫島の目は、まっすぐ綾香の目の奥を見通していた。不安もゆらぎもそこにはなかった。自分のしていること、これからすることに、確信をもつ者の目だった。曖昧《あいまい》さや見せかけの同情はない。

鮫島の目の奥には、見かけの繊細さとはちがう本物のこの男がいた。失敗や敗北を知らぬ人間の目ではなかった。苦痛や悲しみをひと通り経験した大人の目だった。にもかかわらず、妥協や安易さを嫌う、確たる信念をももちあわせていた。

綾香は、胸の奥で、後悔と恐怖を味わった。この男を敵にしてはならなかった、と悟った。

「手短かにおうかがいします。ご本名は、藤崎綾香さんですね」

「そうです」

自分の声が硬くなり始めているのを綾香は感じた。威圧されているのではない。こちらが圧倒されたのだ。

「十三歳のときに、須藤あかねさんの入院されていた病院に藤崎さんも入院されましたね」

「はい」

「理由は、腎臓移植のドナーになられるためだった」

「お調べになったのでしょ」

綾香は目を閉じたくなるのをこらえ、いった。鮫島は手帳やメモの類《たぐ》いを見ていなかった。すべてが頭に入っているのだ。

「しかし移植手術はおこなわれませんでした。どうしてでしょうか」

「ご自分でご覧になったのでしょう、姉を」

「ええ。いったい何が起きたか、うかがわせて下さい」

ごまかしやつくろいは無駄だった。綾香はけんめいに頭を動かし、しゃべった。

「事故でした。看護婦さんに連れられて外出した姉をトラックがはねたんです」

「正確にははねられたのは、お姉さんではなく、お姉さんの乗った車椅子を押していた看護婦さんだった」

「そう……かもしれません。だいぶ前のことですし、どちらかというとつらい思い出なので」

「わかります」

鮫島の言葉に綾香は鋭い驚きを感じた。わかります!? 何がわかっているの。

「そのときの看護婦さんが島岡ふみ枝さんです。覚えていらっしゃいましたか」

「いえ」

「そうですか。島岡さんは現在、このすぐ近くにある『釜石クリニック』という婦人科病院に勤めておられます。ご存じでしたか」

「いいえ」

「ずっとお会いになってないのですね」

「はい。どうしてそんなことをおっしゃるのですか」

「『釜石クリニック』の経営母体は、『島岡企画』という会社です。しかし一介の看護婦さんである島岡さんが、なぜ個人病院のオーナーになられたのか、私はたいへん関心があります」

「それはわたくしにお訊ねになっても……」

「では光塚さんはご存じですね。光塚正さんを」

「はい。わたくしのアシスタントです」

「光塚さんのお知りあいで、三森さんという方のお名前は聞かれたことがありますか」

「三森さん……。さあ」

「そうですか。山梨の病院にはよくお見舞いにいかれるのですか」

「あの」

綾香は語気を強めた。反撃しなければならない。

「鮫島さまは、いったいどのような理由で、わたくしやわたくしの姉のことをお調べになっていらっしゃるのでしょうか。何かわたくしがご迷惑をおかけしたことがあったのでしょうか」

「いいえ」

鮫島はさらりといった。

「まったくそのようなことはありません」

「では、どうして――」

「私の知人で浜倉という男がいました。今から二週間ほど前、私たちが今すわっている、ここで彼と会い、立ち話をしました。その男は『釜石クリニック』と、あるトラブルを抱えていました。浜倉は翌日、死体で発見されました。『血管内凝固《ぎょうこ》症候群』という特殊な死因でした。さらに数日後、その『釜石クリニック』とのトラブルの原因になった患者さんの内縁の夫が、深夜『釜石クリニック』を訪ねていくといってでかけたきり、行方不明になりました。私は新宿署の警察官をしており、興味をもちました。そしてこの『釜石クリニック』を訪ね、島岡さんとお会いしました。そのとき、たまたま偶然に、大学時代の友人である国税局の査察官が『釜石クリニック』からでてくるのと会ったのです。もちろん彼は患者としてではなく、査察官としての職務で『釜石クリニック』を訪れたのです。その彼は、先ほどお話しした三森という男を追っていました。三森の仕事は故買屋《こばいや》、つまり盗品の売買です。私は、三森と『釜石クリニック』のあいだには何らかのつながりがあると考えました。つまり、『釜石クリニック』では、ある犯罪行為がおこなわれていて、三森もそれに加担していた。ところが、今度はその三森が、ビルの工事現場から転落して死に、『釜石クリニック』の背後関係を調べていた査察官もまた、通勤途中、電車のプラットホームから線路に落ちて死にました」

「何がおっしゃりたいのですか」

「人が死にすぎています。事故か他殺か。たとえば、三森や査察官の死因は、明らかに他殺である可能性が高く、警視庁が動いています。『釜石クリニック』に触れる者が次々に死んでいるのです。警察としては放っておくわけにはいきません。そして、もし今までの人の死が、すべてひとりの人間の手に起因するものであるなら、はっきりいってその人間はやりすぎた、ということです。『血管内凝固症候群』で死んだ浜倉に関しては、それが病気なのか殺人なのか、専門家もなかなか結論をだせずにいる。しかし、人で溢《あふ》れたプラットホームから線路に落ちた査察官の場合、必ず何らかの証拠があらわれます。誰かが押したのだ、誰が押したのだ、写真は？　この人物ですか？——そうやって、捜査の輪は狭められていきます。その上で、これが大切なことなのですが、『釜石クリニック』をめぐる多くの人の死があって、そのうちのひとつだけでもが、殺人と断定されれば、それ以外の死についてもすべて、警察は徹底的に捜査をし直す、ということです。やがて、事実はどうであったのか、必ず、明るみにでます。それだけでなく、なぜそのような殺人が起きたのか、誰が何のために、いいかえれば、何を守ろうとして、人の命を手にかけたのか、必ず、明るみにでます」

「わたくしには関係ありません」

綾香はきっぱりといった。反撃がこうも虚しいとは思わなかった。

だが驚いたことに、鮫島は頷いたのだった。

「私も、今日こうしてお会いして、そうであるといい、と心から思いました。多くの人の死とかかわるには、藤崎さんは、社会的地位も名誉もおもちでいらっしゃいます。それに何より、ひとりの女性としてたいへん魅力的な方です。そのような人が、殺人や故買といった犯罪とかかわられているとは、私も考えたくありません」

「納得して下さいました？」

一瞬、涙声となりそうな自分に、綾香は狼狽《ろうばい》した。

「したいと思っています」

鮫島は静かにいった。

「ただ残念なことがひとつだけ、あるのです。今お話しした犯罪のすべてに、まちがいなくかかわっているひとりの人間がいて、その人間のことを、藤崎さんはあくまでもご存じではない、とおっしゃられています。私はそれを信じることができないのです」

綾香はきっと鮫島を見た。鮫島は静かに見かえしてきた。再び恐怖が湧いた。この男は、おばちゃんを、ふみ枝を狙っている。

「それはわたくしの名誉をはなはだしく傷つける言葉です」

鮫島は答えなかった。ただじっと綾香を見つめているだけだった。

「そのようなことを、お立場を利用してあちこちでおっしゃられるようならば、法的な手段も場合によってはとらせていただきます」

「けっこうです」

鮫島はいった。

強情な男だった。

今自分がどれほどの窮地に立たされているか、ひと言も語ろうとしない。虚勢なのか、自信なのか。どうしても綾香には判断できなかった。虚勢なのだ。そうに決まっている。

「たぶん、もう二度とお会いすることはないと思います。どうか、わたくしやわたくしの姉のことを、そっとしておいて下さい」

綾香はいい、立ちあがった。鮫島も立った。

「本当にお会いして下さり、ありがとうございました」

鮫島はいった。その目をまっすぐに見つめ、綾香はいった。

「後悔しております」

初めて真実の言葉が口をついた。

36

鮫島は綾香がエレベーターに乗りこむのをじっと見送った。

強い自分をもっている。最後まで自制心を失わなかった。放った矢が、果たしてどこまで深手を与えられたか、正直なところ自信がない。

カフェテラスのキャッシャーで料金を精算しながら、鮫島はあたりを見回した。

案に相違して、藤崎綾香はひとりで現われた。ならば、このすぐ近くにいる筈なのだった。

見あたらなかった。

一万円札でコーヒーとオレンジジュースの代金を払い、釣りをうけとって鮫島は歩きだした。

数歩歩いたところで足が止まった。

エレベーターホールの柱のわきに、光塚が立っていた。強い光を放つ目で、まっすぐに鮫島を見すえていた。

鮫島は無言で見かえした。光塚は、明るい茶のソフトスーツを着け、セカンドバッグをわきにはさみ、厳しい表情を浮かべていた。

その厳しさは、現役の刑事の顔の厳しさと何ひとつかわらなかった。勘で捜査をする刑事が〝クロ〟と断定した被疑者に、必ず証拠をつかみ挙げてやる、と決意したときの表情だった。

たぶん、自分も今、同じ表情を浮かべている筈だ、と鮫島は思った。

ふたりの距離は、一五メートルは離れていた。

光塚の背後でエレベーターがチン、と音をたて、扉を開いた。互いに腕を支えあった、白人の老夫婦が中から現われた。

不意に光塚が踵《きびす》をかえした。くるりと背中を向け、開いているエレベーターに乗りこんだ。ボタンを操作する。

扉が閉まるまで、再び、鮫島と光塚はにらみあった。

静かに扉が閉まった。鮫島は小さく息を吐き、歩きだした。

回転扉をくぐり、ロビーをでた。ホテルの玄関前ロータリーには、タクシーの空車が数台と黒塗りの乗用車が止まっていた。

その乗用車の扉が内側から開かれた。四つの扉のすべてが開いた。

運転席から降りたったのは、屋代巡査部長だった。助手席からは白坂警部補が、後部席からは井口警部ともうひとり、鮫島の知らない私服刑事が降りた。

四人は静かに歩みより、鮫島を囲んだ。

「本庁までご同行願います」

井口が告げた。


鮫島は、白坂と見知らぬ男のふたりにはさまれ、後部席にすわった。井口は助手席に移った。

覆面パトカーが走りだすと、鮫島は訊ねた。

「逮捕状は請求されたのか」

白坂がちらりと鮫島を見やった。答えなかった。しばらくして、井口がふりかえった。

「まだです。しかし、鮫島さんにとって、状況は非常によくありません」

「そうなったのは滝沢の件だな」

「それだけではありません。鮫島さんは停職中でありながら、会うべきでない人と会った」

「誰のことだ」

「今、お会いになっていた人物です」

「では訊《き》くが、彼女に関して、警察は何らかの捜査活動をおこなっているのか」

「容疑事実がありません」

「ある。殺人教唆《さつじんきようさ》だ」

屋代が驚いたように鮫島を見た。

「私の行動がこの先、制限をされるならば、ウラをとってほしいことがある」

「私たちにその権限はありません」

井口がいった。鮫島は怒りをこめた口調でいった。

「そう。君たちにはないかもしれない。しかし君たちは、私の権利を侵害している」

井口の端整な顔に怒りが浮かんだ。

「いったい我々がどんな権利を侵害したとおっしゃるんです。申しあげさせていただければ、鮫島さんこそご自分の立場をお忘れになっています」

「忘れてはいない。私の権利とは、すなわち、自分が犯してもいない犯罪の被疑者にされるのを防ぐ行動の自由だ」

「どうやって防ぐというのです。関係者に対する脅迫ですか。鮫島さんのとられている行動はひどく危険だ。一歩まちがえば、警視庁の警察官全体の信用が失墜します」

「無実の警官を被疑者にしたてるほうが、よほど失墜する」

「ナンセンスです。鮫島さんは、ご自分の立場を少しでも有利にしようとしておっしゃっていると、解釈せざるをえません」

「問題は君の解釈ではない。一連の殺人の本ぼしがどこにいるか、ということだ。私はそれをつきとめる手がかりを、君らに与えられる」

「もしそうならば、裁判で提出されたほうが有効です」

井口は冷ややかにいった。

「それではまにあわない」

鮫島は厳しい口調でやりかえした。

「私の行動に対する責めは、いつでもおこなうことができる。しかし、本ぼしを挙げる手がかりを得るチャンスは、逃せばもう巡ってはこないかもしれないんだ！」

井口は答えなかった。

鮫島の居どころをつきとめたのは、桃井に対する監視活動からにちがいなかった。

「私をなぜすぐに拘束しなかった？」

鮫島は白坂に訊ねた。

「おっしゃる意味がわかりませんが」

白坂は固い表情でいった。

「私があのホテルにいたということは、かなり前からわかっていた。そうだろう」

白坂は無言だった。

「私が何をするつもりなのか監視していた。容疑事実を裏づける、何らかの言動がないか、監視していた。私がすわっていたテーブルの近くに、ここにはいない、別の捜査員が張りこんでいた筈だ」

誰も何もいわなかった。逮捕状の請求のために、二課がいよいよ証拠がために入ってきているのを鮫島は感じた。

たぶんこのあと井口は、担当検事と、鮫島を起訴にもちこめるかどうかの打ちあわせに動くだろう。

重苦しい沈黙を乗せたまま、覆面パトカーは警視庁の通用門をくぐった。

鮫島は再び、使用されていない小会議室に連れこまれた。

白坂と、鮫島の知らない刑事が見張りに残った。

三十分ほどが過ぎた。

鮫島は怒りといらだち、そして不安を、胸の奥で押し潰すようにこらえていた。叫びをあげ、廊下にとびだして、この警視庁の庁舎にいるすべての人間の肩をつかみ、揺さぶって、彼らのあやまち、愚かさ、そして何よりも頭の固さを責めてやりたかった。

こうなるであろうことはわかっていた。だからこそ、警察官という職業に固執していた。固執することもまた、鮫島にとっては戦いのひとつの形だったからだ。

しかし今、やりきれなさも芽生えていた。わかっていながらも、やはりこうなってしまうのかという、絶望に似たやりきれなさだった。

警察は今、奇跡が必要なのだ。その奇跡という一点においてのみ、警視庁と鮫島の利害は一致していた。

奇跡とはつまり、警視庁警察官ではない、一連の不審死の原因被疑者を割りだすことだった。それが奇跡だというのは、警視庁にとっても鮫島にとっても、許されている時間がひどくわずかであるからだった。

報道機関に対する規制は、時間的な限界に近づいている筈だ。二十四時間以内の、生《い》け贄《にえ》となる人間の名前の公開は不可避だった。

三十分後、会議室の扉が開いた。鮫島らは立ちあがった。藤丸刑事部長と人事一課長の宗形《むなかた》警視正だった。

「きみらは退室したまえ」

宗形はいった。白坂ともう一名は、会議室をでていった。

鮫島は立ったまま、藤丸と宗形を見つめた。ふたりとも険しい表情を浮かべていた。

「記者クラブの鼻のきくのが、動き始めている」

藤丸がぽつりといった。そしてふっと息を吸い、

「退職願を書いてもらいたい」

と告げた。人事一課長は黙って鮫島を見つめていた。このふたりは、同じ国立大学の柔

道部の、先輩と後輩だった。

「——それは、ただちに受理されるのでしょうか」

鮫島がしばらくして訊ねた。宗形がちらりと藤丸を見やり、いった。

「原則として、二十四時間、私が預かる」

「わかりました」

鮫島はいった。藤丸がじっと鮫島の顔を見すえていた。

「井口警部の話では、何か調査をしてほしいことがある、といったそうだが」

ラストチャンスだ、と鮫島は思った。

「今朝《けさ》早く、鶴見の私鉄駅で転落死した、国税庁の査察官の死因に関することです」

「何かね」

「事件は、早朝の出勤ラッシュ時に起こっています。明日の該当時間帯に写真をもたせた捜査員を派遣していただきたいのです」

「それはできない。神奈川県警の管轄だ」

早口で宗形がいった。鮫島は藤丸を見ていた。藤丸は厳しい表情で見かえした。

「誰の写真だ——」

「部長」

宗形が止めた。

「誰の写真だ？」

藤丸は言葉をつづけた。

「島岡ふみ枝という看護婦です。写真の所在に関しては、新宿署の桃井警部が情報をもっておられる筈です」

「桃井警部も停職処分にする方向で検討中だ」

宗形が鋭くいった。

「お願いします」

鮫島は藤丸から目をそらさず、いった。

「早朝一度の訊きこみになる。以降は、きみが退職したあと、裁判での調査だ。そのときのほうが、万全の調査になると思うが」

藤丸は答えた。

「お願いします。私は警察官を辞めたくありません」

宗形がはっとしたように息を呑んだ。藤丸は表情を動かさずに、

「わかった」

と答えた。そして宗形を見ると、

「その件については、一課を動かす」

と命じた。宗形の顔色がかわった。

「捜査一課ですか⁉　今いっても動く筈がありません。無理です」

「ならば機捜を動かしたまえ。殺しに慣れている人間を使うんだ。鮫島くんが退職すれば、いずれにせよ一課が動くことになる」

宗形は瞬間、目を閉じた。

「承知しました」

「神奈川には連絡をする必要はない。一度だけの訊きこみだ。とぼけておけ」

警視庁と神奈川県警との関係は、必ずしもうまくいっているとはいえなかった。前もっての連絡を入れれば、書類等の請求など、煩雑な横槍を入れてくることは目に見えていた。立場が逆になれば、やはり警視庁も同じことをするにちがいなかった。

宗形は一瞬、不快の色を浮かべた。しかしことが表沙汰になったとき、まっ先に咎《とが》をおうのが藤丸であることを思いかえしたようだ。

「わかりました。すぐに一課長を呼びます」

藤丸は頷いた。そして鮫島に告げた。

「今夜はここに泊まってもらう。そして記者との接触は禁止だ。その命令を破れば、きみの要求した調査もない」

「了解しました」

鮫島はいった。藤丸は再び頷き、目で宗形をうながした。

宗形が先に会議室をでた。厚い木の扉に手をかけ、藤丸はふりかえった。

「君は、いってみれば問題児だった。だが、いい警官でもあった。私はそう思っている。たぶん、どんな結果になっても、その考えはかわらんと思う」

鮫島の胸は熱くなった。

「感謝します」

藤丸の表情はかわらなかった。扉を開くと、会議室をでていった。

37

ドアがノックされたとき、綾香はぼんやりと窓べのソファに腰かけていた。目の前には、でていく前に飲んでいたフローズンダイキリの氷がほとんど溶けてしまったグラスがある。

綾香はもっていた煙草を灰皿におき、扉に歩みよった。のぞき穴から廊下を見た。

光塚が暗い表情を浮かべて立っていた。綾香が扉を開くと、無言で入ってきた。

綾香はすぐにソファには戻らず、光塚と向かいあった。

「会ったんだな」

光塚は短くいった。綾香は頷《うなず》いた。

「あなたのいったとおりだった。恐かった」

そして光塚の肩に額をおしあてるようにしてもたれかかった。

光塚はとまどい、綾香を抱いた。

「あの男は自信たっぷりだった」

綾香は低い声でいった。

「いつでもわたしたちを追いつめられる、そんな顔をしてたわ。見かけはやわそうなんだけど、ちがってた。ぜんぜん……ちがってた」

「俺も見た」

光塚はかすれた声でいった。ふたりとも囁《ささや》きあうように話していた。

「確かにあいつはできる。目を見ればわかる。だけど、もう何もできない。できっこない」

「おばちゃんを狙っているのよ。犯人は全部おばちゃんだと知ってた。あかねを……あかねがああなったのも、おばちゃんのせいだと――」

「大丈夫だ。奴はひとりぼっちだ。誰も奴のいうことなんか聞きはしない」

「わからないわ。恐い。あの男、あの刑事、わたしが想像したのとぜんぜんちがってた」

鮫島の恐怖から解放された今、綾香は光塚に対して、自分が素直になっていることに気づいた。

「いったろう、奴はキャリアなんだ」

「キャリアって何？」

「公務員の上級試験に通った奴だ。東大とかでてて、頭がすごくいい。ばりばりのエリートだ」

「でもそんなふうには見えなかったわ」

「奴はその中のはぐれ者なんだ。頭がいいくせにひねくれてる。何もしなくても、すぐに署長クラスにまで出世できるくせに、さからって平刑事《ヒラ》をやってるのさ」

「そうね、確か前にもあなた、そういったわね。わたし、あなたのいったことをちゃんと聞いていなかった」

「奴は他に何をいった？」

「ほとんどひとりで喋《しゃべ》っていたわ。『釜石』とわたしの関係がわかってるって。三森も、それから例の浜倉っていうボン引きのことも知っていたといった。浜倉とは友だちだったって。だから動いたんだって。ここで会ったっていったわ。浜倉が死ぬ前の日に」

「あの日……。そうか、奴もここにいたのか」

「あなた知ってるの？」

綾香は顔を上げた。

「知っている。俺も会ったんだ。この部屋にあがってくる前、浜倉とばったりでくわした。そうか、くそっ」

不意に光塚は呻《うめ》いた。

「どうしたの？」

「あのとき俺は、下のラウンジで三森と会ってた。例の件でな。奴が少しびびりかけていたんで安心させようと思って。鮫島はそれを見てたんだ。奴は三森を張っていたのかもしれん」

「そうよ、死んだマル査が三森をマークしてたといったわ」

「しかし妙だな」

「どうして？」

「マル査は警察と組まない。奴らは俺たちを――いや、警官を信用しない」

「あのマル査は、鮫島の大学の友だちだったっていってたわ」

「だからか」

光塚はつぶやいた。そして間をおき、

「ヤバいな」

といった。

「やっぱり？」

「上がどっちを重視するかだ。鮫島か、それとも表にでている警察にとってマズい話か」

「どっちだと思う？」

「どちらにしてもこのままじゃすまないだろう。奴がクビになっても、殺人容疑で起訴されれば今度は裁判でいろいろ調べることになる。そのとき奴は自分の知ってることのウラをとり、有利な証拠に使おうとするぞ」

「どうすればいいの?」

綾香は恐怖にかられ、光塚を見つめた。両手で光塚の頰をはさみ、目をのぞきこんだ。

「どうすればいいの、わたし」

光塚はためらっていた。

「このままじゃやっぱり負けるの? 警察につかまってしまうの?」

光塚は何かをけんめいに探っている表情でいった。

「『釜石クリニック』に関しちゃ、もう証拠は何もない。カルテも全部処分したのだろう」

「ええ」

「だったらそっちは大丈夫だ。三森の資料もない。あのヤブ医者には当分日本に帰ってくるなといえばいい。あとひと月やそこらなら奴は喜んでいるだろうさ。だから問題になるとすりゃ、殺しだけだ」

「——やっぱり、おばちゃんなのね」

「そうだ、あんたと『釜石クリニック』をつないでいるのは、あの婆あだけだ。ヤバいことは全部、あの女が握っている」

「もし、おばちゃんがつかまったらどうなるの?」

「どこまで喋るかによる。もちろん全部喋ったら、俺たちは終わりだ」

「喋らなかったら」

「婆あについて警察がどこまで調べるかによる」

「鮫島は『島岡企画』のことを知ってたわ」

「それなら無関係では通らないだろう。ただ、あの女が殺したのは『釜石クリニック』にとって危険だった人間だけだ。うちとの関係は何もない。だからあの女が喋りさえしなければあんたは――」

光塚の言葉が途切れた。綾香の表情の変化に気づいたのだ。

「あったのか？　うちとの関係がある殺しも⁉」

「成城の喜多川《きたがわ》って覚えてない？　喜多川油脂《ゆし》の女会長」

「喜多川？　ああ、男狂いしてた婆あだな。俺にも色目をつかった……」

「うちのクリニックの効果がないって、いいふらしてたの。金持ち仲間で。実際、金を返せ、ともいってきてて、返したわ。それでも飽きたらなくて、うちの悪口を喋りまくってた。本当の理由は、うちの店に狙ってる男の子がいて、いうことを聞かせられなかった腹いせだったのよ」

「それで……」

「しかたがなかった。あの女のまわりには、うちの客が何人もいたし、そのあとも紹介者の輪が広がりかけてたの。だからおばちゃんに頼んだ……」

「例の薬を使ったのか」

「そう」

光塚は一瞬、放心したような表情を見せた。

「あんたは、困ったことがあると何でもあの婆あに頼んでいたんだな。俺の知らないところで、あの女に次から次に人殺しをさせてた。とんでもねえよ。とんでもねえ……」

首をふった。途方に暮れたような姿だった。

「おばちゃんを——」

綾香はいいかけ、黙った。光塚は無言だった。じっと綾香を見つめている。

「おばちゃんを、どこか遠くにやりましょう」

「どこもいきゃしないよ、あの婆あは。あんたもいったじゃないか、親子みたいなものだって。どんなことがあっても、あの婆あは、あんたとは離れない」

そしてぞっとしたようにいった。

「まさかあの婆あ、例の薬、アパートにおいてきてないだろうな」

「それは大丈夫だと思うけど……。何か他のものはあるかもしれない。何でもしまいこんじゃう人だから」

「何てこった。婆あのアパートにガサ入れが入ったらえらいことになるぞ。婆あはちゃんと、例のマンションにいるのか」

「ええ、昼間、電話で話したわ。それは大丈夫。だけど、少しナーバスになってる」

「婆あを東京の外にだそう」

「どうするの？」

光塚はやりきれなさそうな目をした。

「あんたの考えてることをやるしかない。婆あにどこか遠くにいくようにいって、それが駄目なら……」

「そうするしかないのね」

光塚は目をそらした。窓からの夜景を眺めた。

「刑務所に入りたくなけりゃな」

「死刑になる？　わたしたち」

「全部が表沙汰になったら、婆あはまずまちがいない。あんたは――。わからん。なるかもしれないし、だがならなくても無期はくらうだろうな」

「無期って？」

「無期懲役だ。俺だって十年は固いよ」

綾香は静かに頷いた。

「そうね。きっとそうなるわね」

「婆あはどっちにしても助からない。いくも地獄、戻るも地獄、だ」

そして決心したように綾香を見つめた。

「俺がやる。あんたにはできないだろうから」

「でもそんなことをしたら、あなたも死刑になってってしまうわ」

光塚は首をふった。

「いいか、婆あが死ねば、少なくとも一連の殺しの実行犯はいなくなる、あの婆あの証言がなければ、あんたや俺と殺しとの関係は、とりあえず闇の中だ。そうなればまさか鮫島ひとりに全部の殺しをおっつけるわけにはいかないから、警察や検察はうやむやにするだろう。鮫島がもし無罪になっても、警察には戻れない。汚点となった事件だから、あらためてほじくりかえす奴もでてこないだろう」

「つまり助かるってこと？」

「確率は高い。だがぼやぼやはできない。警察より先に婆あを始末する。俺が今からいく」

「待って。今のおばちゃんは、あなたがいっても警戒するわ。それに東京で殺したら、死体はどうするの。ほっておくの」

「そうか。いちばんいいのは、自殺か、行方不明だな」

「そうよ、どこか遠くまでおばちゃんを連れだしたほうがいいわ」

「だが迎えにいくのはマズい。張られていたらアウトだ」

「電話でわたしが、おばちゃんひとりを動かすわ。それで東京を離れさせておいて、安全なところで合流するの」

「あんたもくるってのか」

「いくわ」

綾香は目を閉じていった。わたしがいけば、わたしがいれば、おばちゃんはひょっとしたら、死んでくれるかもしれない。

——いいのよ、あんたのしたいようにして
そんな言葉が聞こえるような気がする。

「どこへやるんだ？」

覚悟を決めたのか、光塚は乾いた声でいった。

「土地カンのある場所がいい。それに俺たちが姿を見られても、目立たないところだ」

「おばちゃんにいってと頼んでも不思議がられないところね」

ふたりは見つめあった。

「あそこか……」

光塚はいった。

38

これまでの人生でもっとも長い夜が明けた。この警視庁の小会議室で、前回はわずかだったが仮眠することができた。が、今回は一睡もすることなく、鮫島は夜を明かした。考えつづけていた。

警察官としての今までの暮らしを。ひとりの個人としての人生を。そして市民として警察のあり方を。

警察をやめれば、自分に遺書を託して死んだ宮本の遺志を、どこにも誰にも告げる機会は失われてしまう。

発表することそのものならば、警察官でなくなったとしても、週刊誌や新聞などに可能だろう。だが殺人と収賄の容疑で警察を逐《お》われた身となれば、その意見にいったいどれほどの人々が耳を傾けてくれるだろうか。

宮本のあの手紙を、誰にも見せずしまいつづけてきたことは、まちがっていたのだろうか？

鮫島が、脅迫や懇願、ある種の買収などにも応じずに、手紙を秘匿《ひとく》しつづけたのは、誰かを傷つけないためではなかった。警察そのものを傷つけたくなかったからだ。

確かに多くの矛盾と欠陥を、この国の警察は抱えている。しかし、公平でもなく満たされているともいえない職場の状況下で、歯をくいしばり、身を挺《てい》して、厳しい仕事に打ちこんでいる人々が何万人といる。彼らは、階級があがることや讃美されることを願ってそうしているのではない。彼らを、肉体的にも精神的にも過酷な職場につなぎとめているのは、何よりも使命感なのだ。

いきすぎた使命感は、確かにある種の横柄《おうへい》さを感じさせるし、権力誇示もつきまとう。だが雨の降りつづける冬の晩、白い息を吐き、こごえる爪先で足踏みしながら濡れた体で戸外に立ちつづけていられるのは、権力に対する憧れからではない。

誰しもが目をそむけたくなるような流血の事故や暴力の現場で、悪臭に耐え、吐きけと戦いながら、短い睡眠時間と疲れきった体に鞭を打って証拠を捜しつづけるのは、犯人を逮捕したあかつきに、誰かから尊敬と信頼を得られると約束されているからではない。

彼らを動かしているのはすべて、この仕事をやるものが社会には必要なのだ、そして自分はそれをすべきである、という使命感に他《ほか》ならない。

彼らは、警察官の仕事に、たとえ警察官以外の誰ひとりが認めないとしても、誇りをもっている。その誇りは、自らへの誇りであり、それを失えば、警察官はただの権力者になり下がる。

警察官は武装し、ときに法でその暴力を擁護《ようご》される立場にある。したがって、自らを権力者だと誤信したとき、とめどない腐敗が生じ始める。

誤信している警察官がいないわけではない。樽《たる》の中の腐ったリンゴの喩《たと》えのように、どんな組織であっても、尊厳を失っている、あるいはあやまった考え方のもち主はいる。

腐敗した警察官は、多くの場合、警察官という職業に対してよりも、警察組織そのものに絶望し、そのことへの不満が腐敗の原因を作っている。

手紙の公開は、警察組織へのそうした絶望を呼びおこすかもしれなかった。

現場で勤務する、命令系統の最終点に所属するような多くの地味な警察官がいて、その彼らこそが組織としての警察を支え、機能させている。だが、手紙の内容は、彼らが従う命令系統の根幹への不信をつのらせるものに他ならなかった。

手紙の公開によって、根幹から、去るべき人物が去ったとする。確かにそのことによって、組織の中枢がいくぶんか浄化され、悪《あ》しき習慣は改められるかもしれなかった。だが、それ以上に不信と絶望が、大多数を占める現場警察官に及ぶおそれがあった。

それは、例えてみれば、今の鮫島の立場とよく似ていた。鮫島が、汚職と殺人に手をよごした警察官であるという風評は、結局のところ、事実であるかどうか以前に、世間の警察官に対する信頼を低下させるのだ。

万一これが公《おおやけ》になるなら、そして鮫島への疑いがわずかでも残っていたなら、警察は厳然たる意志をもって処分にのぞまなければならないだろう。

そのことに思いを向ければ、果たして自分があの手紙を公開しないでおいたのが正しい行為であったのかどうか、信念がゆらぐのを、鮫島は感じていた。

警察がもし、警官被疑者の存在を秘匿《ひとく》し、証拠をもみ消したという事実が発覚すれば、瞬時に、警察への信頼は失われる。

鮫島が無実であるかどうかにかかわりなく、それは起きる。

宮本の手紙においても、自分は同じことをしていたのではないか。現場警察官の士気の低下を恐れるあまり、いつか、あったことをなかったことにする気持ちが、自分の内部で働いていたのではないか。

簡単に答えをだせる問題ではなく、しかしいつか必ず、答えをださねばならない問題でもあった。

そして答えはひとつしかないのだ。手紙を公開し、負うべき責任を負うべき人間に負わせるのだ。同時にそれを生みだした環境を変化させなければならない。

しかし果たして自分ひとりでおこなえるのだろうか。

いや、今はそのこと以前に、困難であろうとなかろうと、自分にそれをする機会が残される可能性はあるのだろうか。

誰かに問うて、返事を得られる問題ではなかった。アドバイスすら、求めることができない。

夜が明け、滝沢の死んだ通勤時間帯が訪れた。

やがてその時刻が過ぎ、九時になり、十時を回った。

鮫島に何かを知らせる人間は現われなかった。交代で鮫島を監視しつづけた二課の刑事たちも何も告げず、おそらくは彼ら自身、何も知らないのだった。

十一時を過ぎた。薄いカーテンのひかれた窓に鮫島は歩みよった。鉄格子のすきまから、弱い陽《ひ》がさしかける合同庁舎の建物が見えた。整然と建ちならび、威厳を漂わせたそれらの中で、人々が働いている。仕事の内容こそちがっても、その小さなひとつひとつの作業の集大成がこの国を動かしている。

公務員。税金によって養われる者。しかし仕事に誇りをもてる者。国を支えること。国民を支えること。国は見えない。国民は見える。ひとりひとりが、すべてが、国民である。ひとりひとりのために、ひとりひとりが働いている。どれほど味けない、どれほど乾いた作業であっても、それがひとりひとりを支えている。

だが結局のところ、人は自分のための人生を歩む。自分と自分をとり巻く、家族や友人の小さな輪の幸福を願う。幸福はしかし、収入や地位、権力のみではない。自分に問うこと、自分の存在が、歩いてきた道が、誰が決めたのでもない自分自身のルールを逸脱してはいないかどうか。ルールに外れていないと確信することもまた、幸福感をもたらす。

鮫島は、自分のために警察官となった。生き方のルールを外さなかったことは、誇りであり幸福である、と信じていた。だから今、警察官をやめたくない。自分の信じる警察官としての姿にこだわることで、誇りと幸福を得た。それを捨てたくはない。奪われるのは、なおさら納得できない。

戦いたかった。なんとしても、己れの誇りと幸福のために戦いたかった。

十一時四十八分、小会議室の扉が開かれた。

宗形と桃井が立っていた。鮫島は無言でふたりを見つめた。桃井はうしろ手でゆっくり扉を閉めた。

固い表情で宗形はいった。

「待たせて申しわけなかった。結論からいう。君の職務権限停止は解かれた。詳しくは、桃井警部から聞きたまえ。十二時から昼食会議をおこなうので、私は失礼する」

宗形は、鮫島から監視役の二名の刑事に向き直った。

「ご苦労だった。部署に戻りたまえ」

刑事と宗形は、会議室をでていった。

鮫島は立ったまま、桃井と見つめあった。桃井は息を吐いた。

「すわったらどうかね」

鮫島は腰をおろした。桃井もパイプ式の椅子をひきよせた。

「動いたのは、一課の村内《むらうち》班だ。知っているかね」

「はい」

村内はかつて新宿署刑事課にいて、そこから機捜にひっぱられ、捜一に移った。新宿に強いことから、機捜時代にいくどか会ったことがある。寡黙《かもく》でひたすら骨身を惜しまない捜査をする。

「島岡ふみ枝の面が割れた。村内班で今朝、いっせい訊きこみをおこなってね。きのう事件現場のすぐそばで並んでいたという二名の乗客がふみ枝の写真に反応した。滝沢のすぐうしろに立っているのを見たそうだ。ふみ枝の住所は、板橋のアパートで、島岡企画の代表者宅として、法務局に登録されていた。すぐにガサ入れをかけた。本人は飛んでいたが、遺留《りゅう》品があった」

「何です？」

「セカンドバッグだ。三森のものだよ、小滝橋からもち帰って、処分せずにおいていたんだろう。押入れの奥につっこんであった」

鮫島は息を吐いた。やはり島岡ふみ枝が実行犯だった。

「ふみ枝には逮捕状がでた。とりあえずは、滝沢への殺しの容疑だ」

「村内さんと話をしなくては」

桃井は頷いた。

「上はまだ、ことを大きくせずに扱いたがっている。ふみ枝をかむまでは、事件の全容が解明できないからな。動いているのは村内班だけで、君に協力を仰ぎたいといっていた」

鮫島は目を閉じた。

「村内さんで、運がよかった」

「そうだな。村内くんでなければ、君は外されていただろうし、それ以前に面が割れたからといってガサ入れまではかけなかったろう。いきなりふられた仕事だからな」

鮫島は頷いた。桃井はいった。

「表向き君は、島岡ふみ枝の三森殺しの証拠固めの協力だ。三森は君の管轄だったからな」

「わかりました。とりあえずは何を？」

「ふみ枝の足どりだ。地取りでは、おとといからアパートに帰ってない。どこかに潜《もぐ》っているのだろうが、ふみ枝ひとりの知恵じゃないだろう。立ち回りそうな先を、村内くんは知りたがっている。心あたりは？」

「『釜石クリニック』は？」

「そこはもう押えた。三森のほうの容疑が固まれば、ガサ入れもおこなうだろう」

鮫島は息を吸い、考えた。

「『釜石クリニック』の院長はどうしました？」

「海外旅行中だそうだ。ガサ入れで何かがでれば、成田《なりた》でひっかける」

「あとは藤崎綾香です」

「だが直接の関連を裏づけるものが何もない。村内くんはそのへんのことは、まだ何も知らない」

「村内さんと会います」

鮫島は腰を浮かした。

「藤崎綾香がふみ枝を遠くにやっていたら、公開捜査に入らない限り、発見は難しくなります」

「公開捜査は無理だ。上が絶対に踏みきらない。ふみ枝をかむまでは」

「ではもし、綾香がふみ枝を切ったら……」

鮫島の言葉に桃井は厳しい表情で頷いた。

「真相は闇の中だ」

39

ふみ枝にとって、病院に潜りこむのはたやすい作業だった。綾香からきのうの夜遅く連絡をうけ、ふみ枝は一睡もせずに計画を練《ね》ったのだ。そのせいか、ひどく頭が痛い。

午前八時半、ふみ枝はＪＲ新宿駅がもっとも混みあう時間帯を狙って、下り線の普通列車に乗りこんだ。普通列車を一度乗りかえ、さらに急行に乗り継いで山梨に向かう。

急行から地元の電車に乗りかえ、山梨の高原駅に到着したのは、午後三時近くだった。

病院が夜間も見舞客をうけいれるところであることを、ふみ枝は綾香から聞いていた。

あかねに会うのは、何年ぶりだろう。

綾香は、なぜ今ごろ決心したのかを、電話ではふみ枝に告げなかった。

――すんだら、このあいだ話した通り、温泉いきましょう。わたしもそっちにいくから待ちあわせて、鈍行電車に乗るの。山梨から長野を抜けて群馬にでるのよ、草津《くさつ》温泉もあるし、もし何だったらもうちょっと足のばして湯沢《ゆざわ》までいってもいいわ。なんかわくわく

しちゃう、おばちゃん。ふたりでいこ、ね、いこう
子供のように綾香ははしゃいでいた。そのはしゃぎぶりに、ふみ枝はかすかな不安を感じた。
あの子に何かがあったのだ。それをあたしに気づかせまいとしている。その何かはきっと、よくないことであるにちがいなかった。
だが、ウィークリーマンションをでてもよいといわれたのは、ふみ枝をほっとさせた。そこは人の住む場所ではなかった。ふみ枝のアパートも決して広くはないが、それとはまるでちがう。何もかもがぴっちりと小さなサイズでおしこまれ、わずかの無駄もあそびもない。ホテルの部屋のようで、それほど管理されておらず、なまなましい生活と非現実が奇妙にいりまじっている。同じ階の住人のほとんどは外国人で、日本人にそっくりの顔や格好《かっこう》をしていながら、言葉がまるで通じない。連中はマンションのあちこちにいて、それが夜になると、ふみ枝の部屋に近い一室に集合し、ドアを開け放ったまま、がやがやと話しこんでいる。不安で、ふみ枝はドアに鍵をおろし、編み棒をいれた袋を片ときも手から離さずすごした。
そこをでていけるというのは、ふみ枝にとり朗報だった。
——もう二度と帰ってこなくていいんだね
——いいのよ、もちろん。ごめんね、嫌な思いさせて

――あかねちゃんのところにいく件だけど、いく前にうちに寄っていいかしら。着がえとかもっていきたいのよ、温泉にいくなら

ふみ枝がいうと、電話の向こうの綾香は沈黙した。ふみ枝が、いいのよ、といおうと思った瞬間、低い声で綾香がいった。

――ごめん、おばちゃん。それはやめて。いろいろあって……

その声が泣いているようにも聞こえ、ふみ枝は不安があたっていることを確信した。電話でそれを問いただしたいのを、ふみ枝はこらえた。会えばわかることなのだ。あの子に今、何が必要なのか、あたしは会えばすぐにわかる。

高原駅の周辺は、ごちゃごちゃとした原色の、安っぽい土産物屋《みやげもの》が並んでいた。ほとんどが中学生や高校生を喜ばすような、愚にもつかないヌイグルミやクッション、キィホルダーといったオモチャばかりだ。ふみ枝は駅で配っていた観光地図を手に、喫茶店に入った。喫茶店も、十代の若い子たちで占領されている。どう見ても高校生や中学生くらいなのに、学校はどうしたのだろう。今日は平日なのだ。

頭痛薬とコーヒーをいっしょに飲んだ。しばらくじっとしていると、少し頭の痛みが薄らいだような気がした。薬を飲んだのは、病院を訪れるにはまだ時間があったからだ。

観光地図によれば、駅から歩いて十五分ほどの場所に美術館がある。そこで夕方まで時

間を潰《つぶ》そう。綾香は、ふみ枝のために、使えそうな名前を教えてくれていた。が、ゲートさえくぐることができれば、ふみ枝にはそれで充分だった。

病院が病院である限り、どんな構造をしているのか、ふみ枝にはわかっている。大病院で何十年と働いた経験が、ふみ枝にはあるのだ。一歩中に入ってしまえば、道に迷う心配などあるわけがない。


午後六時、ふみ枝は駅前で拾ったタクシーに乗り、別荘地のゲートをくぐりぬけた。五時少し前から雨が降りだし、ひどく冷えこみはじめていた。タクシーの運転手は、今年は雨が多いと愚痴《ぐち》り、この雨は夜半から雪になるかもしれない、と予想した。ふみ枝は毛糸の帽子をすっぽりとかぶり、マスクをかけていた。

ゲートのところで止まった運転手は、

「どなたのお見舞いですか」

とふみ枝をふりかえり、

「下村浩一郎《しもむらこういちろう》」

告げたふみ枝の言葉を、そのままインターホンに送りこんだ。ゲートが開く。下村浩一郎は、あかねの隣りの病室に入院している患者の名だった。二十三歳の若者で、排ガス自殺をはかったあげく、ここの病院に入院する身となった。父親は有名な建築家で、ふみ枝ですらその名を知る人物だった。有名人の身内というのは、病院で噂になりやすい。看護婦から綾香が聞いた話では、母親が月に一度見舞いにくるくらいで、父親はほとんど姿を見せないらしい。

二十三歳で自殺をはかるなんて。いったいどんなことがあったのだろう。見舞いにこない父親とのあいだに何かがあったのか。そんなあたりだろう。有名人でお金持ち、そういう人間は、何かしら必ず身内にしか話せないような悩みをかかえているものなのだ。そういう点では、神さまは公平だ。何ひとつ悩みのない、苦しみのない人間など、この世にいるわけがない。

タクシーが別荘地をぬけていくうちに、ふみ枝は、当初考えていた自分の計画をかえねばならないことに気づいた。病院は、別荘地の最奥部《さいおうぶ》に建っていた。初めふみ枝は、タクシーを病院の手前で降り、病院には自分の来訪を告げることなく忍びこむつもりだった。だがその場合、帰りは歩いてでてこなければならなくなる。

日が落ちた冬の別荘地には、濃い闇が広がっていた。強くしたヘッドライトに照らしだされるのは、すっかり葉を落とした樹木と、雨戸を閉ざした建物、そして銀色の矢のような雨だけだ。

ふみ枝は強い寒けを感じた。今から訪ねる病院は、病気や怪我の治療を目的とした場所でないことを思いだしたからだった。昼間や夏ならいざ知らず、冷気が支配する夜の別荘地の奥深くに建つ病院は、人々からその存在を忘れさられるためにあるのだ。

決して目覚めることのない身内をそこにおき、莫大な入院費用を負担することで、罪の意識を和《やわ》らげている。心の隅に追いやる、あるいはいっそ忘れてしまう、罪の意識を。

だが、患者の家族たちのそういう気持ちを、ふみ枝は理解できた。身内に重い病人を抱えるというのは、長く果てしないトンネルを歩きつづけることに似ている。同情といらだち、そして奇妙ではあるがときには健康である我が身への怒りすら、家族たちはもつ。病気との戦いには、とほうもない勇気を必要として、ふだんの暮らしでは決してもちえない粘りが要求される。

入院生活が長びけば長びくほど、患者とその家族は、医師や看護婦が味方ではあるかもしれないが、根本的には自分たちとはちがう立場の人間であることを理解するようになる。戦いの前線に、患者や家族とともに立ってくれる医師や看護婦は決して多くない。結局のところ、患者の体を治すのは、患者自身なのだ。そのことを医師や看護婦は、入院してすぐには告げない。つき放されている、と患者が感じてしまうからだ。

重病の身内から解放されたいと願う家族の気持ちは、非難するのもたやすいし、理解するのもたやすい。つまりは、当事者のみの気持ちであって、当事者のみに、その態度への決定権がある。

ここの病院に身内を入院させていることを、片ときも忘れない家族もいれば、安全な金庫にしまいこんだようにさっぱり頭から追いだしてしまう家族もいるだろう。どちらにせよ、他人はそれについていっさい口をはさむ権利はないのだ。

あかねについてのことは、ふみ枝にとって別の問題だった。今のふみ枝の中には、あのときのあかねに対する気持ちしかない。二十二年前のあかねだ。美しく、おごりたかぶっていて、怒りっぽい王女のようなあかね。

綾香があかねに対し、どんな気持ちでいたのか、ふみ枝は知らなかった。綾香は定期的にあかねに会っているが、それについては何もいわない。ふみ枝は、二十二年間、会っていないのだ。今のあかねに会うまでは、綾香の気持ちはおろか、自分の気持ちすら、どんなものであるか、想像もつかない。

そしてこれからすることが、綾香のために、その願いを聞いてする、最後の殺人であると、ふみ枝にはわかっていた。

あの子はもう二度と、自分のために誰かを殺してくれとは頼まないだろう。あの子には、もうそれは必要ないのだ。ビルからつき落とした男だって、あの子に頼まれてやったわけではない。ふみ枝自身の判断だ。男は、綾香の体が目的だった。目的を手に入れたあと、綾香を自分の思いどおりにできると信じこんでいた。あの子が決して、抱かれた男のいいなりになるような女でないことを、わかっていなかった。

もちろん、そんなことに腹をたてて殺したのではない。男が、鮫島というあの刑事と会う約束を交わしたので、放ってはおけないと思ったのだ。鮫島が危険であることは、光塚もさんざんくりかえしていた。

本当はあの光塚も生きていてほしくない人間だ。光塚もあの子を利用しようといずれ考えるかもしれない。光塚には気を許さないよう、それとなくいく度も、綾香にはいってきたつもりだ。だが、光塚はあの子が自分で捜しだし、片腕にした男だ。新宿という街で、実業家として大きくなるためには、光塚のような男があの子には必要だった。あの子はいつだったかいっていた。

——光塚がいるとね、いろいろと便利なの。会わなくてもいい、もっといえば会いたくない連中と光塚は話をつけてくれる。いろいろと嫌がらせをしたり、へんな噂を流す人が多いのよ、これだけ人がいっぱいいると……

やがてあの子は、あたしより光塚を選ぶかもしれない。最近の、あの子のあたしへの気のつかいかたは、何となくそれを感じさせる。

綾香が気をつかっていることは、ふみ枝を寂しくさせた。綾香にはいつまでも、甘えん坊でいてほしかった。あの子のためなら、どんな苦しみも、どんな我慢も、耐えられる。

タクシーが病院の正面玄関に着いた。料金を払うとき、運転手が訊《たず》ねた。

「待っていましょうか。電話でもすぐ呼べますが——」

ふみ枝は一瞬考え、

「そうして下さい。三十分か、一時間。いいですか?」

訊《き》きかえした。

「いいですよ」

運転手は頷いた。

タクシーを降りたったふみ枝は、病院の入口を見つめた。ステンドグラスのはまったガラス窓が、内部の明かりで、赤や青、黄色に輝いている。それは教会の建物のようで、ふみ枝が今まで見てきたどんな病院ともちがっていた。

この病院が建ったとき、設計者はその目的を知っていたにちがいない。だから、ここは、病院というより、保養所のような雰囲気がある。それも宗教団体が運営するような。

ふみ枝はガラスの大きな扉を押した。鍵はかかっておらず、がらんとした大きな空間が目の前に広がっていた。いちばん奥に、ホテルのフロントのようなカウンターがあり、白衣を着た男がぽつんとすわっている。カウンターの手前に皮の応接セットがおかれ、かたわらには暖炉があって本物の火が燃えていた。

ふみ枝はまっすぐにそのカウンターに歩みよっていった。手前に白い大きならせん階段があり、向かいの壁には大きな宗教画が飾られている。

建物の中は暖かく、そして静かだった。カウンターの前に立つと、炎の温もりが伝わってきた。

「お見舞いですか」

白衣の男が顔をあげた。

「はい、そうです」

ふみ枝は頷いた。

「患者さんのお名前は？」

「下村浩一郎」

「お身内の方ですか」

「叔母です」

「こちらにお名前を」

男は、大きな革表紙のノートを押しやった。金色のペンが開かれたページの上におかれている。

ふみ枝は毛糸の手袋をした手でペンをとった。

「下村文子《ふみこ》」と書きこむ。

「お泊まりはなさいますか」

「いえ。三十分くらいで帰ります」

「わかりました」

男は頷き、カウンターの下にあるボタンに触れた。背後の扉が開き、白衣にカーディガンを羽織った若い看護婦が姿を現わした。

「下村浩一郎さんのお見舞いです」

「はい」

言葉少なに看護婦は頷いた。静かにカウンターをぐってくると、

「こちらへ」

とふみ枝を案内した。ゴム底のサンダルがらせん階段をのぼっていく。ふみ枝は無言でそのあとに従った。

二階は、一階とうってかわり、何もないまっ白な廊下がのびていた。階段のあがりはなに大きな待合室があり、大型テレビと豪華な応接セットがおかれている。

看護婦は無人の待合室には目もくれずに、まっすぐ廊下を進んでいった。ふみ枝はナースステーションが目につく場所にないことにとまどいを覚えた。本来なら廊下の中央、どの病室にもすぐさま駆けつけられる場所になくてはならない。

廊下の奥に向かって進む看護婦に、ふみ枝は声をかけた。

「あの」

看護婦は無言でふりかえった。

「看護婦さんはどこにいらっしゃるんですか」

「ナースステーションのことですか」

「はい」

「今通りすぎたドアです」

「あっ、はい」

そういわれて気づいた。廊下の両側には、ホテルのようにずっと扉が並んでいる。扉にはさしこみ式のプレートがあり、入院患者の名が一枚一枚に記されていた。そしてひとつの扉だけにそれがなく、ガラス窓がはまっている。ふみ枝は遠ざかりながらその窓の奥を見やった。心電図のモニターがぎっしりと壁ぎわに並んでいた。その画面に表われるのは、奇跡か、さもなければ静かな死だ。

看護婦は廊下の左手、いちばん奥からひとつ手前の扉の前で立ち止まった。

ふみ枝は感じていた違和感の正体のひとつに気づいた。この時刻、本来なら入院病棟には、冷えた食べ物のさまざまな匂いが漂っていなければならない。患者に提供する給食の回収時間だからだ。が、ここの廊下には食べ物の匂いがまったくなかった。

看護婦は扉をノックし、開いた。

「下村さん、お見舞いの方ですよ」

内部に向かって告げる。看護婦は、たとえそれが決して答えのない存在とわかっていても、こうして患者に呼びかける。それを自らに課すのだ。患者が物体ではなく人であることを忘れないようにするためだ。

もちろん中からかえる言葉はない。

「どうぞ」

看護婦は扉を支え、ふみ枝を中に通した。ふみ枝がかたわらをすりぬけると、自分は廊下にとどまった。

窓に厚いカーテンが閉ざされた病室は明るかった。温度は廊下よりわずかに高い。

窓ぎわに近いベッドにこの部屋の主である若者がよこたわっていた。ふみ枝の位置からは、黒い髪しか見えない。

ふみ枝は部屋の中央に立ち、内部をじっくりと観察した。隣りのあかねの病室も同じつくりであるにちがいなかった。

ベッドに歩みよった。ひどく痩せた若者が静かに眠っていた。目の下に隈《くま》があり、目を閉じていてもひどく神経質そうに見えた。

ふみ枝はテレビカメラを捜した。こうした病院では、患者のベッドを見おろす位置にテレビカメラがすえられていて不思議はない。容態の急変がそうおきるわけではないが、医師や看護婦の数が限られているのだから。

なかった。綾香の言葉を思いだした。

――患者と家族の交流をいちばん考えるところなの。見舞いにきた家族は、もしそうしたければ、いく晩でも患者と同じ部屋に寝泊まりできるカメラは、見舞客のプライバシー保護のためにおかれていないのだった。

ふみ枝はしばらくそこにたたずみ、若者を見つめていた。枕もとに、文庫本と度の強い眼鏡がおかれている。眼鏡のレンズはホコリをかぶり、白く曇っていた。

やがて若者に背を向け、病室の扉に歩みよった。細めに開く。案内をしてきた看護婦の姿はなかった。

足音をたてぬように廊下を歩く経験はたっぷりと積んでいた。素早く廊下へでると、奥の部屋へと近づいた。

「須藤あかね」

プレートを見た。ノブを握り、扉を開いた。すべるように部屋に入る。

強い花の匂いにめまいがした。扉を音をたてずに閉め、ふりかえったふみ枝は立ちすくんだ。

病室をぎっしりと蘭の花が埋めていた。花畑の中にぽつんとベッドがおかれている。ふみ枝はしばらく身じろぎもできずに、それらを見つめていた。

綾香の、あかねへの思いを知った。かすかに膝が震えだした。ベッドに近づくのを拒む何かが、胸の中に湧きあがるのを感じた。

あかねに会うのが恐ろしかった。あかねの顔を見るのが嫌だった。

しっかりしなくては。ふみ枝は自分を叱咤《しった》した。が、足が思うように動かない。

ふみ枝はバッグとともにさげた布袋に右手をさしこんだ。編み棒を強く握りしめる。ぎくしゃくとした足どりでベッドに近づいた。

あかねがいた。ふみ枝は息を止めた。

まるで変わっていない、あかねがそこにいた。

初めて会ったときの綾香の瞳を、ふみ枝は忘れていない。ふみ枝は、これまで何人もの、重い病気に苦しむ子供たちに会ってきた。そしてまた、そのうちの何人もの子供たちが息をひきとる姿を見つめてきた。子供は大人よりも素早く、そしてはっきりと、自らの現実をうけいれる。病いがその身をおかし、やがては奪いさっていく事実を、どんな大人よりも潔《いさぎよ》くうけいれることができる。そうした子供たちは、例外なく、澄んだ美しい瞳をしている。その瞳の美しさは、何にも比較することができない。世界中のどこを捜しても、誰であっても、死を受けいれる覚悟をした幼い子供たちのような瞳はもっていない。その瞳は、世界の何もかもを見たいと願い、閉じられる最後の瞬間まで、入ってくるすべての映像を焼きつけようとしている。与えられた時間はあまりに短く、見たいと願うものがあまりに多い。だから一点の曇りも、その瞳にはないのだ。少しでも、ひとつでも、より多くのこの世の中を見つめ、心にとどめなければならない。

十三歳の綾香の、同じ瞳を見たとき、ふみ枝は、この少女もまた重い病いにおかされているにちがいないと思った。が、澄んだ瞳の中にあったのは、それだけではなかった。死に至る子供たちの瞳を美しくしているものとはまったく別の何かが、綾香にはあった。それは絶望だった。それは孤独だった。綾香は誰かを呪っているわけではなかった。世界に怒りを感じているわけではなかった。

綾香の絶望と孤独の正体を知るきっかけは、目の前にいる、あかねだった。

綾香の入院の目的が治療ではなく、ドナーとなるための臓器摘出である、と知ったとき、ふみ枝はまず驚きを感じた。綾香は病いにおかされているわけではない。なのに、なぜこれほど美しい瞳をもっているのか。

綾香と話すのは難しかった。綾香は、ふみ枝のつとめる病院にやってきたとき、とうに心を閉ざした人間になっていた。胸の中に巨大な氷のかたまりがあり、その中心部で、少しでもその冷たい表面には触れまいと、身をちぢめて生きていたのだ。

それに比べ、あかねは手術を待ち望み、王女のようにふるまっていた。あかねをひと目見たときにも、ふみ枝は驚きを感じた。病弱な子供をもった両親は、ときに我が子を思いやるあまり、てひどいわがままに育ててしまうことがある。あかねはその典型だった。そしてこれほど性根の曲がった娘を、ふみ枝は見たことがなかった。

心を閉ざした少女と、心のねじくれた少女。このふたりはだが、驚くほど外見が似かよっていた。明らかにちがっていたのは、その瞳だけだ。

絶望と孤独に閉ざされた綾香の瞳は澄み、少しでも気にいらない人間には悪意の狙い撃ちをするあかねの瞳は冷たい怒りを放っていた。その怒りはあらゆる方向に放たれ、この世界のすべてに向かっている。

ふたりとも美しさにはたっぷりと恵まれていた。

あれは同情だったのだろうか。

初めふみ枝は、綾香がドナーとなる手術への恐怖で心を閉ざしているのだと思った。もしそうなら、その恐怖を和らげるのは看護婦のふみ枝の領域でもあったからだ。だが閉ざされていた綾香の心が開かれるにつれ、ふみ枝は自分が職業としての範囲をはるかにこえて、綾香の心を癒《い》やさねばならない立場にいることに気づいた。

両親にむごい仕打ちをうけ、さらにひきとられた伯母の家で、決定的な絶望と恐怖を経験して、綾香は完全な孤独に身をおいていた。ふみ枝は、綾香が決して孤独ではない、と諭《さと》そうとした。が、諭すには、ふみ枝が綾香の本当の味方であることを証明しなければならなかった。

ふみ枝は、綾香の心の、あと戻りのできない部分にまで入りこんでしまっていた。何もしないことは、見捨てることと同じであり、それは一度は絶望から立ちあがろうとした綾香をより深い絶望へと落としこむ行為につながった。ふみ枝が手をひけば、綾香は裏切られたと感じるにちがいなかった。心を開きかけたことを後悔するにちがいなかった。

言葉ではもはや何も証明できない――ふみ枝はそれを知ったとき、だが何の抵抗もなく、綾香の味方になる道を選んだ。罪の意識も、恐怖も、ためらいも、そこには存在しなかった。なぜならそれは、ことここに及んでは、綾香のためではなく、人間としての自分の証しであったからだ。

医療技術の限界で、患者が死を迎えいれることへのあきらめを、ふみ枝は身につけていた。ふみ枝はそれを仕事にしていたからだ。くやしさやつらさ、悲しみがあっても、それを消化していくすべもまたあった。

しかし、綾香の心が死を迎えいれるのを、ふみ枝は容認できなかった。綾香の心の死は、医療技術の限界とはまるで関係なく、ふみ枝の手でくい止めることが可能だったからだ。くい止めなければ、ふみ枝は、自分の心もまた、どこかが死ぬであろうことを予感していた。

ふみ枝は、綾香に対し、予告も約束もしなかった。ただおこなっただけだ。

ふみ枝の手を放たれたあかねの車椅子が、猛スピードで坂道を下り、止まっていた緑色のトラックの横腹にぶつかるのを、ふみ枝は坂の頂上からじっと見つめていた。

大きな音がした。それは車椅子が壊れる音でもあり、その瞬間から、ふみ枝と綾香の人生の歯車ががっしりと嚙《か》みあったことを知らせる音でもあった。

ふみ枝はあかねを見おろしていた。もともと肌の白い子だったが、今は表皮の下を走る血管がすべて見てとれるほど、透明な肌をしていた。

ふみ枝の口の中はからからに干あがっていた。何かを語る必要もないのに、何かを語らねばならないと、舌が感じ、もつれた。

ふみ枝の右手は編み棒の柄《え》を痛くなるほど握りしめていた。目はどうしても、あかねから、その白く美しい、十四歳のままの王女の顔からひきはがせずにいた。

鋭い痛みが胸を走った。あかねはここにこうしている。こうしている。こうしている。こうしている。こうしている……。

もはや、死は何の価値もない。この子の白い細い腕に、「ディクト」を塗った編み棒をつきたてることは、何の意味もない。

でもあの子の望み。あの子の願い。あたしは味方だ。どんなことがあっても、何があっても、あの子を裏切らないと心に決めた。

ふみ枝は深く息を吸いこんだ。まるで溺れかけた人間がようやく水の上に頭をだしたときのように、喉が鳴った。

カチリ、と背後で何かが音をたてた。ふみ枝の全身がこわばった。さっとふりかえった。

あの男がいた。ひとりで、病室の扉を背に立っていた。

40

島岡ふみ枝は目を大きくみひらき、強くきつい表情で鮫島を見つめていた。驚きと動揺で、肩を上下させている。

「なんでここにいるの」

厳しい声だった。あやまちをおかした人間をとがめる口調に似ていた。

「なんでここにいるのよ！」

ふみ枝は鋭い声でいった。

「ここにいれば、あなたか藤崎綾香が現われると思っていたからです」

鮫島はいった。

「なんで、なんでなの⁉」

鮫島はふみ枝の顔を見つめ、一歩足を踏みだした。須藤あかねの病室は、鮫島らがいたナースステーションのわきの使われていない病室に比べると、ひどく暖かかった。

テレビカメラは、患者や見舞いの家族の目には決して触れない位置、エアコンディショナーの通風口の内部にセットされているのだった。それは〝配慮である〟と、この病院の院長は説明した。患者の容態を監視するのにテレビカメラは不可欠だが、目につくところにセットしておくと、見舞客に不快感を与えるのだ、と。病院に対し強い発言力をもつのは、ここでは、患者ではなくその家族たちなのだった。

「あなたに対する逮捕状がだされています。大蔵省国税局の査察官・滝沢賢一氏への殺害容疑です」

「知らないわ」

ふみ枝は首をふった。

「お話は、警視庁のほうでうかがいます。ご同行下さい」

「何いってるの、あなた。ごめんですよ。あたしはどこへもいきたくないわ。何いっているんですか」

鮫島は静かにふみ枝を見すえた。

「島岡さん。我々には、今そこで眠っておられる、須藤あかねさんとあなた、そして藤崎綾香さんの関係もわかっています」

「何がわかるっていうの――近づかないで！」

ふみ枝は金切り声をあげた。鮫島がさらに一歩近づいたからだった。

鮫島の背後の扉が開かれた。捜査一課の村内と二人の部下が、鮫島のかたわらに立った。

「何なの、あなたたち。男ばかりでよってたかって。何しようっていうの」

「島岡さん」

鮫島はいって、ふみ枝が右手をさしこんでいる手さげ袋を見つめた。

「どうか抵抗をなさらんように。もう、あなたはどこへもいけません」

「あたしがどこへいこうと関係ないわ。あなたたちなんかに邪魔はさせない」

二人の刑事がつかつかと歩みよった。ふみ枝が手さげ袋から右手をひき抜いた。

「気をつけろ！」

鮫島は叫んだ。ふみ枝は竹でできた、毛糸用の編み棒を握りしめていた。先端部が黒っぽく変色している。

「その棒の先にはたぶん猛毒が塗ってある。ちょっとでも刺されたら命が危ない」

刑事たちが凍りついた。

「くそ」

村内が舌打ちして、上着の前をはねた。拳銃を使用しようか迷っているのだった。

「さがんなさい。さがんなさい！」

ふみ枝がかん高い声をあげた。刑事たちは、編み棒の届かぬ位置まで後退した。

「あたしはでてくわよ。あんたたちの馬鹿な話につきあっている暇はないのだから」

「待ちあわせたのですか」

鮫島はいった。

「なに？　なにいってるの」

「藤崎綾香と待ちあわせたのですか。彼女も行方《ゆくえ》をくらませている。あなたといっしょにどこかに逃げるつもりで」

「なんであの子が逃げなけりゃいけないのよ。あの子は立派な実業家よ！」

「だがあなたの殺人の共犯だ――」

「何もしていない！　何もしていないわ、あの子は」

ふみ枝は激しくかぶりをふった。勢いでかぶっていた毛糸の帽子が脱げ、よこたわっている須藤あかねの胸の上に落ちた。

「冗談じゃないわよ。あんたたち、あの子に何をする気なの。あの子を何にしたてようっていうの。あたしは許しませんよ、絶対に許しませんよ」

「なら、それを警視庁でお話しになってはどうです」

「そんな手にのるものですか」

ふみ枝は薄笑いをうかべ、編み棒をふり回した。よけようとした刑事のひとりが足をすべらせ、あかねのベッドに固定された機械に体をうちあてた。大きな音がした。ふみ枝がそちらを見やった瞬間、もうひとりの刑事がふみ枝に襲いかかった。

右腕に組みついた刑事を、ふみ枝はとても中年の女性とは思えない力ではねとばした。

「はなせ！　はなせえっ」

鮫島は特殊警棒をひきぬいた。

「叩《たた》き落とすんだ！」

村内がいった。そして開けはなった扉をふりかえり、

「応援！」

とどなった。たちまち、五、六名の、協力を要請した山梨県警の警察官が病室になだれこんだ。

蘭の鉢植えが倒れ、花弁が床に散った。

「気をつけろ、その棒は猛毒だ」

村内が制服警官に注意した。警官たちは鮫島にならって警棒をぬいた。

ふみ枝は警察官に包囲され、じりじりと後退した。中心にいる鮫島の顔と、よこたわっているあかねの顔を交互に見やった。

「あなたがこうした。あなたが彼女をこうさせたんだ」

鮫島はいった。みひらいたふみ枝の目の中で何かが動いた。

「そうよ！　あたしがやったのよ。でもあんたたちにはわからない。絶対にわかりっこない」

ふみ枝の顔は紅潮していた。目をぎらつかせ、喋るたびに唾がとんだ。

「なぜそれほど彼女をかばうんだ⁉　彼女があんたにいったい、何をしてくれたんだ」

「何をしてくれた？　わかってないのよね」

ふみ枝は笑った。

「あの子があたしに何をしてくれたかじゃないのよ。あたしがあの子のために、どれだけしてあげられるかなのよ」

「馬鹿な。あなたはいったいあの女の何だ？　母親か」

「わからないでしょう。それでいいのよ。誰にも、特にあんたたちなんかにはわからないわ」

いい終えた瞬間、制服警官のひとりが警棒で打ってかかった。ふみ枝はとっさに左腕をあげ、それをうけとめた。骨の折れる音がした。ふみ枝は顔をくしゃくしゃにして、激痛に息を喘《あえ》がせた。

別の警棒がふみ枝の膝を払った。ふみ枝はどしんとベッドに倒れこんだ。奥のキャビネットに並べられた花甕《かびん》が落下し、砕け散った。さらに別の警官が、ふみ枝の肩と腰を警棒で殴りつけた。ふみ枝は右腕を下にし、折れた左腕で弱々しく防いだ。鮫島は警官を押しのけ、ふみ枝に組みついた。ふたりの下敷きになった須藤あかねの体が揺れた。鮫島は両手でふみ枝の右腕をつかみひきぬいた。

ふみ枝の体からは力がぬけていた。鮫島がふみ枝の右手首の内側を強く押すと、拳《こぶし》がゆるみ、編み棒が落ちた。

「ようし！」

「手錠だ、手錠」

ふみ枝の右手首に手錠がかけられた。鮫島はふみ枝をひっぱりおこした。

「ああ……」

ふみ枝がしわがれた声で呻いた。閉じた目から苦痛の涙がこぼれた。

ふみ枝はゆっくりと目を開いた。赤くなった目がぼんやりと鮫島を見た。

ふみ枝の口もとにあいまいな笑みが浮かんだ。鮫島ははっとした。

ふみ枝のコートの前がはだけていた。毛糸のカーディガンの下に白いブラウスを着こんでいる。鮫島はカーディガンをめくりあげた。ふみ枝はなされるままになっていた。

ブラウスの右胸の少し下に、ぽつんと赤い血の染みがあった。

「いかん、医者を呼んでくれ！」

鮫島は怒鳴った。

「自分の体を刺してるぞ」

ふみ枝は唇に笑みをはりつけたまま、ぐにゃりと鮫島にもたれかかった。鮫島はふみ枝の体を支え、その顔をのぞきこんだ。

「しっかりしろ！　何やったんだ、あんた！」

ふみ枝はその声をまるで聞いていないかのように、瞬きひとつしなかった。

警官に伴われ、医師が走りこんできた。

「どうしました？」

「自分で自分に毒を射ったんです」

「毒？　何です」

「それはわからない。ただ体中の血管に血栓が発生するんだ」

「そんなの聞いたことがありませんよ」

いいながら医師はふみ枝の脈をとった。看護婦がストレッチャーを病室に運びこんだ。

鮫島は医師と、他の警官と協力し、ふみ枝の体をストレッチャーの上にのせた。見る見る、ふみ枝の顔色が青黒くかわっていった。

「まずいな」

医師がいって、ふみ枝の前をはだけ、聴診器を胸にあてた。

「もっとその毒について教えて下さい」

「わからないんです。彼女が知っている筈なんだ。『血管内凝固症候群』という病気をひきおこす毒で」

「『血管内凝固症候群』？」

信じられないというように、医師は唸《うな》り声をあげた。ふみ枝の体のあちこちに聴診器をあてていたが、看護婦を見やり、薬の名と覚《おぼ》しい言葉を矢つぎ早に指示した。

「この人の名前は何ていうんです」

「島岡ふみ枝。看護婦です」

「看護婦——!? 島岡さん、島岡さん！ 聞こえますか？」

医師はふみ枝に呼びかけた。半ば閉じかけていたふみ枝の瞼《まぶた》が痙攣《けいれん》した。

「今、ヘパリンを射ちます。島岡さん、聞こえていますね！」

「……駄……目……。ああ……きもちが悪い……」

ふみ枝は呻くようにいった。

「あなた、この毒、中和する方法、知ってるの？ え、島岡さん！」

「……知らない……ああ……」

医師はいらだちの混じった表情で鮫島を見た。看護婦が走って運んできた注射を、たてつづけに数本、ふみ枝の腕につきたてた。

「どうなります？」

村内が訊ねた。

「どうもこうもありませんよ。そんな毒のことはまるで聞いたことがない。治療しようたって、どうにもならない」

吐きだすように医師はいった。

誰の目から見ても、ふみ枝の容態が悪化していることは明らかだった。鮫島はふみ枝の耳もとにかがんだ。

「島岡さん、島岡さん！」

ふみ枝の目がわずかに動いた。鮫島は、果たして自分が見えているのか、自信がなかった。

「鮫島です。いいですか、よく聞いて下さい。藤崎綾香はどこにいますか？」

「はあ……」

「藤崎綾香は、どこに、いますか⁉」

一語一語を、はっきりと区切っていった。

「あやか？　あやかなの？」

「意識が混濁している」

医師がつぶやいた。

「そう、綾香さんは、どこにいますか？」

「ここ……ここ……」

ふみ枝は右手を動かした。その手首には、手錠がはめられたままだった。

「ここ……」

息苦しそうにふみ枝は胸を大きく上下させた。右手の指が、胸とも腹ともつかぬあたりをさした。

「ここ……」

そして、ふうっと大きな息を吸い、長く尾をひく唸り声をあげた。医師が舌打ちしてふみ枝の体にとりついた。ふみ枝は体を弓なりに反《そ》らせた。

医師は聴診器をいく度も動かし、ふみ枝の瞼を指でひっぱりあげた。唇を強く噛んでいる。

やがて吐きだした。

「臨終です」

鮫島はふみ枝を見おろした。半ば目を閉じた状態で、ふみ枝は身動きをしなかった。手錠がむきだしにされた白い腹の肉の上で光っている。鮫島は鍵をとりだし、その手錠を外した。

ふみ枝の、生命のない指先が体の上で揺れた。手錠をとりさると、指は、ふたつの乳房のあいだで止まった。その乳房は、年齢を考えれば、驚くほど色が白く、豊かだった。

41

「ここでいいです」

鮫島はいって、山梨県警のパトカーを止めさせた。車を降りたつと、道がうっすらと白い雪におおわれているのがわかった。あたり一面が白いぼんやりとした光を放っていた。雪は、一時間半ほど前から、雨にかわって降りはじめたのだった。

ふりかえると、自分が乗ってきたパトカーのうしろに、警視庁捜査一課の覆面パトカーが二台、停止するところだった。ヘッドライトが消え、きらきらと輝いていた目の前の針葉樹の枝につもった雪が、ほの白い闇に沈んだ。

背の高い、ログハウス風の建物が目の前にあった。雨戸がたてられているが、そのすきまからかすかに光が洩《も》れている。建物の裏手にとめられた車を、四十分ほど前に、検索のための巡回をしていた県警のパトカーが発見した。ナンバーを照会した結果、四谷にあるスナックの店長のものと判明した。つい五分前、そのスナックにでむいた桃井から連絡が入った。店長は店にでていて、車を常連の客に貸した、といった。

別荘の敷地は、およそ三百坪ほどあり、管理事務所の話ではオーナーは、東京の薬局チェーン会社の社長ということだった。確認のための電話がかけられ、電話にでた社長夫人は、合鍵を、ときたま使う知人に渡している、と答えた。知人とは、彼女が通うビューティクリニックの支店長だった。その支店長は、ときどき自分の店のエステティシャンを連れて、オーナーの使っていない日にこの別荘に遊びにいくことを認めた。そして、今朝早く、自分の勤めるビューティクリニックの専務取締役から呼びだされ鍵を貸すように頼まれた、と告げた。

社長夫人と支店長には口止めがされた。

鮫島はログハウスの前庭に降りつもった、足跡のないきれいな雪を見ながら、島岡ふみ枝はここのことを知っていたのだろうか、と思った。

たぶん知らなかったろう。ふみ枝は病院の玄関にタクシーを待たせていた。病院とログハウスのあいだは、わずか五〇〇メートルだった。

今日の朝から、藤崎綾香と光塚がオフィスにでていないことを知らされたとき、鮫島は二人がふみ枝を〝処分〟するつもりであると確信した。綾香はふみ枝に、須藤あかね殺しを依頼することで東京からひき離し、このあたりの人目につかないどこかでおち会って、今度はふみ枝を殺すつもりだったのだ。

ふみ枝のハンドバッグから電話番号らしき数字が書かれた紙が発見されていた。番号は、管理事務所に登録された、ログハウスのものと一致した。

ふみ枝は仕事を終えたら、どこか安全な場所からここに電話をするよう指示されていたのだろう。

鮫島は息を吐いた。息は、濃い白にかわった。まっさらの雪を踏み、ログハウスに近づいた。任意同行を求めるためには、綾香の美しい仮面を打ち砕く必要があった。ふみ枝のときの失敗から、鮫島はひとりで綾香と光塚に会いにいくことを主張し、村内はそれを呑んでくれたのだった。

厚い樫《かし》の板でできた扉には、青銅のノッカーがついていた。鮫島はそれを叩いた。ふりかえると、大きな樅《もみ》の木にさえぎられ、三台のパトカーは、ログハウスから見えなかった。

ノッカーの固い音が響き渡った。返事はなかった。管理事務所には、ログハウスの合鍵があり、鮫島はそれをもっていた。村内は、鮫島に何かがあれば自分の責任になるからと、むりやり拳銃をおしつけた。拳銃はスラックスのベルトにはさんであった。

鮫島が再びノッカーに手をのばすと、低い声が扉の向こうでした。

「誰だ」

「新宿署、鮫島」

鮫島はいった。扉の向こうは沈黙した。

「合鍵をもっている。だから開けることだ」

「何の用だ」

「島岡ふみ枝」

「それがどうした」

「いいから開けろ。ずっとこのまま話させるつもりか」

「合鍵をもっていたって、勝手に開けて入ってくる権利はないぞ」

「なぜここのことがわかったと思うんだ。あんたも元刑事なら、自分が今どんなことになっているかわかるだろう」

ガシャリ、と音がして錠が開かれた。鮫島は扉を開いた。タートルネックのセーターに濃いグレイのスラックスをはいた光塚が立っていた。

光塚は無表情に鮫島を見つめた。一瞬、その目が動き、鮫島の背後を見やった。

「藤崎綾香もいっしょだな」

「だから何だ？」

「彼女と話したい」

「話すことなんかない」

鮫島は無視し、ログハウスの中に一歩踏みこんだ。光塚が立ちふさがり、鮫島の腰に掌《てのひら》をあてた。鮫島は光塚の目を見た。光塚の手が熱いものに触れたように、さっとひっこんだ。ブルゾンごしに、腰にさした拳銃のグリップに触ったのだった。

「どういうことだ。何だよ、それは」

「心配するな。押しつけられただけで、使うつもりがあってのものじゃない」

光塚は疑うように鮫島をにらんでいた。が、ついに一歩退いた。

木目を美しく配した、天井の高い居間だった。中央よりに、太い二本の柱が立ち、天井の梁《はり》を支えている。奥の壁には、フライフィッシングに使う竿《さお》が何本もかけられ、そのかたわらに大型の石油温風ヒーターがあった。

ヒーターのわきに、両手を胸の前で組んだ藤崎綾香が立っていた。ロングスカートに丈の長いカーディガンを羽織っている。

綾香はかすかに不安を浮かべた目で鮫島を見つめた。

鮫島はそのまま進み、ふたりの中間に立った。光塚は扉を閉め、迷っているようにそこにとどまった。

ログハウスの中は、外からきた鮫島が汗ばむほど暖かだった。

「二時間半ほど前、『釜石クリニック』の書類上のオーナーで、看護婦だった、島岡ふみ枝がこの先の病院に現われた。あなたのお姉さんが入院されているところだ」

鮫島は綾香の目を見つめながら喋った。綾香は無言だった。

「島岡ふみ枝には、国税局査察官を殺害した容疑で逮捕令状が発行されていた。また、彼女の住居を捜索した結果、小滝橋の建築現場から転落死した、三森修の持ち物と思われるセカンドバッグが発見された。中にあった手帳から、光塚、あんたの自宅の電話番号や、『釜石クリニック』の番号、さらに藤崎さん、あなたの使っている携帯電話の番号も見つかった」

綾香の顔色が白くなった。唇をまっすぐにひき結んでいる。光塚が動いた。鮫島のかたわらを歩き、綾香のそばに立った。綾香の右手があがり、光塚の左の肘をつかんだ。

「――だから何だ」

光塚が低い声でいった。燃えるような目で鮫島を見ている。

「明日『釜石クリニック』への家宅捜索が実施される。また、場合によっては、I・C・P・Oを通じて、ヨーロッパにいる釜石医師の身柄もおさえる予定だ」

「うちとは関係ねえよ」

鮫島は息を吸いこんだ。

「島岡ふみ枝は――」

綾香がさっと目をあげた。ふみ枝の運命を知りたがっているのだ。

「別の患者の見舞客になりすまして、病院に入った。須藤あかねの隣りの病室にいる患者の名前を使ったんだ。さらにふみ枝は、須藤あかねの病室に侵入した。あの病院のすべての病室には、わからないようにテレビカメラがセットされていて、ふみ枝の動きは張りこんでいた警察官によってすべて見られていた」

綾香が口を開いた。ゆっくりといった。

「姉の身に、何かあったのですか」

鮫島は首をふった。

「島岡ふみ枝は、猛毒を塗った竹の棒を所持していた。それをあなたの姉さんに対し、使う意志があったかもしれない。しかし彼女は実際、十分近くのあいだ、お姉さんの病室にふたりきりでいながら、何ひとつ、しようとしなかった。指一本、動かさなかった」

綾香がほっと息を吐き、光塚の横顔を見やった。光塚は固い表情で鮫島の次の言葉を待っている。

「彼女の身柄を確保するために、私と警視庁捜査一課の刑事、さらに山梨県警の警察官が病室に入ったのはそれからだ。彼女は激しく抵抗した――」

綾香の唇が震えはじめた。

「――彼女は、島岡ふみ枝は、藤崎さん、あなたを〝あの子〟を呼びつづけた。そして、私があなたを傷つけるのを絶対に許さない、といった――」

「やめろ！」

光塚が叫んだ。

「てめえ、きたねえぞ」

「何がきたないんだ⁉　私はあったことを話しているだけだ。それが藤崎さん、あなたを苦しめているというのなら、あなたと島岡ふみ枝のあいだには、あなたが私に否定した、密接な関係があったことになる」

綾香は大きく目をみひらき、鮫島を見つめた。かすれた声でいった。

「つづけて」

鮫島は深呼吸し、口を開いた。

「彼女は、あなたのお姉さんが現在のような状態になったのは、自分のせいだといった。そしてなぜ自分がそうしたのかは、私たちには決してわからない、ともいった。私は訊ねた。なぜそこまで、あなたをかばうのか、と。いったいあなたが彼女に何をしてあげたのか、と」

綾香は深く息を吸い、吐かずに止めた。

「彼女はこういった。微笑みを浮かべてね。あなたが彼女に何をしてくれたかじゃない。『あたしがあの子のために、どれだけしてあげられるか』だ、と」

藤崎綾香の目に涙が浮かびあがっていた。

こんな状況でありながら、涙を浮かべたその顔を、美しいと鮫島は思った。

「私は彼女に訊ねた。彼女はあなたの何なのだ、とね。彼女は答えなかった。直後に激しいもみあいになり、彼女は警察官に腕の骨を折られた」

綾香は目を閉じた。涙がこぼれ落ちた。

「そして、彼女は猛毒を塗った竹の棒を自分の胸に刺した――」

綾香がはっと目をみひらいた。

「――故意なのか事故なのか、判断しづらい状況だった。だが私は、故意に彼女は、自分の身に猛毒をうったのだと思う。医者が呼ばれ、そのあいだにも彼女の意識は失われそうになった。私は彼女に訊いた。あなたは、藤崎綾香はどこにいるか、とね。耳もとで叫んだ。彼女は、綾香、綾香、とくりかえした。そして最期《さいご》に、ここ、といった。ここ、ここ、と、何度もね。自分の胸をさして」

綾香の体が激しく震えはじめた。その震えを止めようと、綾香はきつく光塚の腕をつかんだ。光塚が鮫島をにらんだまま、その綾香の手をさぐった。ふたりの手の指が、しっかりと組みあわされるのを、鮫島は見た。

「……おばちゃん……おばちゃん……」

綾香はつぶやいた。

「光塚、あんたはここで、島岡ふみ枝を処分するつもりだった。この藤崎綾香と共謀して、ふみ枝の口を塞ぐつもりだったろう」

「何いってんだ、お前！」

「とぼけるなよ。そうでなければなぜ今ごろ、姿をくらませていた島岡ふみ枝が、この山梨にまで現われるんだ。ふみふみ枝は、藤崎さん、あんたに頼まれたからこそ、このことでてきたんだ。だが枝自身も迷っていた。なぜ、今、となぜ今、須藤あかねを殺す必要があるのか、と。須藤あかねに、ふみ枝はすでに一度手を下し、もはやあらためて殺す理由などないからだ。そのことが、ふみ枝が十分間、あの病室で何もせずにいた理由なんだよ」

綾香の顔から表情がぬけ落ちていた。鮫島はその視線をとらえ、いった。

「なぜそれほどショックなんだ。あなたは彼女をさんざん利用した。私が知っているだけでも彼女は、あなたのために、三人の人間を殺している。たぶんその数はもっと多いだろう。そして最後、自分たちの身が危なくなると、あなたはその島岡ふみ枝まで殺すことを考えた。そのあなたが、なぜ、それほどショックなんだ？　島岡ふみ枝が死んだことを知るのが。あなたはここにいる、といって胸をさして、島岡ふみ枝が死んだことが！」

「てめえっ」

光塚が綾香の手をふりほどき、鮫島にとびかかった。鮫島はつきとばされ、柱に嫌というほど背中を打ちつけた。息が詰まり、一瞬鮫島は身動きができなくなった。光塚の右手が鮫島のブルゾンの内側にさしこまれ、拳銃をひきぬこうとした。鮫島は光塚の腹を膝で蹴りあげた。光塚が呻いて離れた。その顎に拳を浴びせた。

光塚は床に倒れた。鮫島はいった。

「俺に罠をしかけて、『釜石クリニック』から遠ざけようとした。あんたの知恵か、この女の知恵か。きたねえ手ばっかり、使いやがって」

「野郎っ」

光塚が鮫島の懐《ふとこ》ろにとびこんだ。ふたりはもつれて床に倒れた。光塚は鮫島の両耳をつかみ、顔面に頭突きを浴びせた。鮫島は衝撃に目がくらみながらも、光塚の腕を払いのけ、肘打ちを叩きこんだ。血がとび散った。鮫島の鼻血と光塚の切れた唇から流れた血だった。鮫島は光塚の襟をつかんでひきずりおこすと、手錠をベルトからひきぬいた。

光塚の目が広がった。

「これが何だかわかるか」

鮫島は喘ぎながら、光塚の血まみれの顔につきつけた。

「これはな、島岡ふみ枝の右手に一度はかけたわっぱだよ。だがな、藤崎綾香、あんたがここにいるといって胸をさしたまま死んだんで、外したんだ。あんたにかける、必ずかけてやるってな」

光塚の唇がひき結ばれた。鮫島の手をふりほどこうとした。鮫島はうむをいわさず、その額に手錠を叩きこんだ。怒りをこめた一撃だった。光塚はばったりと倒れ、動かなくなった。

42

光塚正は傷害と公務執行妨害の現行犯で逮捕され、藤崎綾香は任意同行に応じ、ふたりは別々のパトカーで東京の警視庁に移送された。

その翌日の取調べで、藤崎綾香は、須藤あかねに対する殺人未遂の教唆を認めた。光塚正は黙秘をつづけた。

「釜石クリニック」の院長、釜石義朗《よしろう》は医師法違反で手配をうけ、ブリュッセル空港で身柄を確保された。その供述から、島岡ふみ枝による、ポプリンこと久保広紀の殺害が判明した。さらに、釜石とふみ枝が共謀して、異常でもない患者の胎児をむりやり流産させ、それを凍結保存した上で、三森を通じて〝輸出〟していたことが明らかになった。釜石は、それらの作業が、すべて須藤あかねビューティクリニックの社長、藤崎綾香の指示であったことを認めた。釜石の医師免許は十八年も前に取り消されていた。

「釜石クリニック」を舞台にした胎児売買に関しては、釜石の供述であらかたが知られることになったが、島岡ふみ枝の手によると思われる何件かの殺人に関しての藤崎綾香の教唆事実については、光塚が黙秘をつづけていて、綾香もまた認めようとしないため、全容が判明するまでは、さらに時間がかかる見通しだった。

滝沢賢一並びに浜倉洋介《ようすけ》殺害実行犯について検察は、「被疑者死亡」の判断を下した。

鮫島は晶を連れ、「インディゴ」を訪ねた。ミカヨはスキーから戻ってきて、再び「インディゴ」にいた。

入江藍とミカヨに、鮫島はこれまで明らかになった事実を話した。ミカヨが泣き、晶が肩を抱きしめた。

藍がいった。

「じゃあ、あんた刑事をクビになりそうだったんだね」

「ええ。特にここに泊めてもらった晩が危なかった」

晶がミカヨを抱きながら、鮫島を鋭い目でにらんだ。藍が気づき、いった。

「いいムードだったんだ。ところが酔い潰れちまいやがってさ」

晶は無言で中指を立て、鮫島につきつけた。鮫島は首をふり、藍に訊ねた。

「浜倉の墓、どこです？」

藍が肩をすくめた。

「まだ決まんない。骨はうちにあるんだ。どっかいいとこある？　街のまん中がいいか、それとも田舎がいいか……」

「インディゴ」はしばらく静かになった。コウジがいった。

「田舎がいいよ。浜倉さん、都会には飽きてる」

「そうね」

藍が笑った。

「あいつのことだから、街なかにおいとくと、あの世でも女から手が切れない」

「山梨はどうかな」

鮫島はいった。須藤あかねの病室から見た、冠雪の南アルプスを覚えていた。

「山梨か。いいんじゃないですか。場所によるけど、高速つかえば早いし」

コウジがいった。

「そうだね」

藍は頷いた。

鮫島は須藤あかねのことを考えた。須藤あかねの存在が、ある意味では、今回の事件のすべての始まりでもあった。そして、須藤あかね自身は、それを知らずに二十二年間眠りつづけている。

今も、眠りつづけているのだ、蘭の花に囲まれて。

だが、あの病室の蘭が、この先増えることはない。やがて、一本、一本と枯れていき、いつかはすべての蘭が病室から姿を消すときがくるだろう。そのことを思うと、鮫島は、奇妙なようだが、心がふと安らぐような気がした。

謝辞

以下の本を参考にさせていただいた。
『死体は語る』
　上野正彦・著　時事通信社
『死体は生きている』
　同　角川書店
『カブトガニの不思議』
　関口晃一・著　岩波新書
『窃盗犯捜査の実際』
　窃盗犯捜査研究会・編　立花書房

また、今回も多くの方の知識や資料に助けられた。例によってお名前をここに記すことのできない方もいる。

当然のことながら、登場人物のいっさい、作品中の「ディクト」という薬物など、すべては、私の想像の産物である。したがって、医学上その他の記述で事実にもとる部分があったとしても、すべて著者である私の責任に帰することであり、これら助言をいただいた方がたとは何の関係もない点をお断わりしておく。

医学博士の岩田美智恵氏、読売新聞社の伏見勝氏、そして私にとっては従兄にあたる清水節判事には、特に貴重なお話をうかがった。さらに、光文社、「月刊　宝石」編集部、カッパ・ノベルス編集部の、佐藤隆三、渡辺克郎両氏にも多大なお世話になった。お礼を申しあげる。

ありがとうございました。

大沢在昌

解説

千街晶之《せんがいあきゆき》
（ミステリ評論家）

現代日本を代表するスーパー・エンタテインメント作家、大沢在昌の、名実ともに代表作にして、今後もライフワークとして書き継がれるであろう「新宿鮫」シリーズの第三弾『屍蘭《しかばねらん》』（原本は光文社カッパ・ノベルスより一九九三年三月に刊行）が、いよいよ文庫にお化粧直しして登場することになった。

各作品が軒並みベストセラーとなり、しかも第一作『新宿鮫』（一九九〇、光文社文庫）で吉川英治《よしかわえいじ》文学新人賞と日本推理作家協会賞をダブル受賞、第四作『無間人形《むげんにんぎょう》』（一九九四、光文社カッパ・ノベルス）では直木賞を獲得するなど、幅広い支持を集めつつ驀進《ばくしん》を続けているこのシリーズは、私見《しけん》では警察小説という器《うつわ》を借りつつ時にはアクションやサイコの要素も貪欲《どんよく》に盛り込み、ジャンルの枠にこだわらない純粋エンタテインメントの頂点を極めるべく繰り返される実験なのであり、これだけ多くの読者を獲得し得た要因もそこにあると思われる。従って、これからのエンタテインメントのありようを占《うらな》おうとする時にも不可欠の作品群なのである。

本書とほぼ同時期に刊行されるだろう『北の狩人』（幻冬舎文庫）の解説でも書いたことだが、「新宿鮫」シリーズの主人公である鮫島《さめじま》は、著者の視点にかなり近い人物として創造された佐久間公《さくまこう》とは異なって、相当に理想化された、極度の「恰好良さ《かっこよ》」を演出すべく著者によって計算され尽くしたキャラクターである。貴種流離譚《きしゅりゅうりたん》の現代版、とでも言うべきか。

だからといって、それをシリーズのウィーク・ポイントと見なすことは出来ない。むしろ注目すべきなのは、鮫島のような理想化されたキャラクターを創造しつつ、そこに不自然さを感じさせないだけの巧《たく》みな補強作業が行なわれているところだろう。そして、その補強作業の最たるものこそが「新宿」という舞台設定であるということには注目しておきたい。

前作『毒猿《どくざる》』（一九九一、光文社文庫）には鮫島と恋人の晶《しょう》の関係について、「刑事とロックシンガーという組みあわせは、それ自体が奇跡のようなものだった。その奇跡を生んだのは、この新宿という街なのだ。」と述べた一節がある。これは、この街を舞台にしたからには作中でどのようなことでも起こり得るのだ、という「シリーズの約束事」の、読者に対する著者の宣言とも解釈出来るのではないか。実際、「新宿鮫」シリーズの特徴は、大沢の派手好《はでごの》み、外連好《けれんごの》みの一面が明瞭《めいりょう》に押し出されていることにあるが、それを可能にしたのは「新宿」という場の選択にあったのだ。

佐久間公が著者自身をある程度投影したキャラクターであったように、「佐久間公」シリーズをはじめ多くの作品の舞台として選ばれてきた六本木《ろっぽんぎ》という街もまた、大沢の青春の街であり、今なおホームグラウンドであり続けている。

較《くら》べて、新宿は六本木ほどには、大沢にとって愛着を抱《いだ》き得《う》る場所ではないし、具体的に知悉《ちしつ》している街でもない。むしろ彼にとって新宿とは、世間一般のイメージとさして変わることのない、抽象としての「日本一の歓楽街」であろう。だからこそ、奔放《ほんぽう》な空想の翼《つばさ》をはためかせる舞台としては新宿の方を選んだのではないか。それに、六本木も新宿も全国に名高い歓楽街であることに違いはないものの、東京に住んでいない人間にとってイメージを想《おも》い浮《う》かべやすいのは、どちらかと言えば新宿の方だろう。殊《こと》に八〇年代に入っての性風俗産業や犯罪組織の急増、更《さら》に近年の外国系組織による犯罪の連続といったトピックは、何が起きても不思議ではない危険な街としての新宿のイメージを全国に轟《とどろ》かせた。

そのイメージの力を借りて大沢が描く新宿は、混沌《こんとん》に混沌を重ね塗りした、一種「何でもあり」の様相を呈《てい》している。この日本のみならず、周囲の国々の暗黒すらも引き寄せ、水泡《みなわ》のようにとめどもなく犯罪を発生させ続ける最凶最悪の負《ふ》の磁場《じば》。なまなかなヒーローでは、この混沌を前にしては容易に呑《の》み込《こ》まれ、堕天使《だてんし》の如《ごと》く悪に染まってしまうだろう（本書の敵役《かたきやく》のひとり、元は新宿署の敏腕刑事でありながら悪に魂を売った光塚《みつづか》がそうであるように）。

　だから、鮫島の理想化された清廉《せいれん》さ、強靭《きょうじん》さは、新宿という舞台の底なしの混沌と、ちょうど拮抗《きっこう》し得るのである（魔界都市としての新宿を描き続けている菊地秀行《きくちひでゆき》が、妖魔《ようま》たちの力すら凌駕《りょうが》する秋《あき》せつらやドクター・メフィストといった超人的キャラクターを創造したのに似ている）。もし理想化を避けつつ、それでも新宿の磁場に屈伏《くっぷく》しないだけのキャラクターを創造するためには、例《たと》えば馳星周《はせせいしゅう》『不夜城』（角川文庫）の劉健一《リウジエンイー》がそうである如く、全く正反対に負の極致の存在として造型するしかなかったであろう。

　ところで、同一の主人公を連続して登場させるシリーズものの場合、作家はシリーズの人気を長保《ながも》ちさせるために、ふたつの道のいずれかを選択することを迫られる。ひとつは、レヴェルを一定に保つため、シリーズの約束事を破るような冒険を敢《あ》えて避ける道。マンネリズムに陥《おちい》る危険性はあるが、水準作の量産が可能である。もうひとつは、新作を発表する度《たび》に前作との差別化を図り、いい意味で読者の期待を裏切ることに腐心《ふしん》する道。こちらの方が難易度が高いことは言うまでもない。

　無論「新宿鮫」シリーズは後者であり、新作が出る度に斬新《ざんしん》な趣向で読者を唸《うな》らせていることはシリーズを通読している読者には説明の要もないが、殊に本書の場合、前作『毒猿』がシリーズ中屈指《くっし》の迫力あるアクション・シーンで好評を博しただけに、前作との対照性が際立つ仕掛けになっている（**これより先、本書の事件の真相に触れているので、本**

文を未読の方はご注意下さい）。

京極夏彦《きようごくなつひこ》の一連の妖怪ミステリのうち『鉄鼠《てつそ》の檻』と『絡新婦《じよろうぐも》の理《ことわり》』（いずれも講談社ノベルス）が、それぞれ男性原理と女性原理を、テーマ、構成、文体に至るまで体現することで対《つい》を成《な》した作品であると喝破《かつぱ》したのは評論家の野崎六助《のざきろくすけ》だが（情報センター出版局から刊行された『京極夏彦読本　超絶ミステリの世界』を参照）、「新宿鮫」シリーズ中での『毒猿』と『屍蘭』の対照性というのは、ジャンルこそ異なれども、京極作品における『鉄鼠の檻』と『絡新婦の理』の対照性に似ているように私には思える。『毒猿』では超人的な殺戮技《さつりくわざ》を身につけた台湾人の殺し屋「毒猿《ドウユアン》」が、自分を敵に売り渡そうとしたかつてのボスを追って日本に潜入、ボスを匿《かくま》った日本の暴力団を向こうに廻《まわ》し、深夜の新宿御苑《しんじゆくぎよえん》に酸鼻《さんび》極まる屍山血河《しざんけつが》を築くが、続く『屍蘭』では全く対照的に、アクション・シーンは最小限に抑えられている。それも道理で、本書で鮫島と対決する犯罪者たちは女性なのである。

　ひとりはエステティックサロンの経営者で、裏では元刑事を共犯者に従えて犯罪に手を染める美貌《びぼう》の藤崎綾香《ふじさきあやか》。いまひとりはヴェテラン看護婦の仮面の下に、綾香のためならば幾人殺《あや》めることも厭《いと》わない異常な信念を秘めた島岡《しまおか》ふみ枝《え》である。そしてもうひとり、綾香の従姉《いとこ》で、十四歳の時から二十二年間も昏睡《こんすい》を続けている須藤《すどう》あかねの存在が、彼女たちの人生に大きな翳《かげ》を落としている。事件の真相が判明するにつれ、ふみ枝、綾香、あかねという三人の女の過去の因縁《いんねん》も明らかにされていくスリルが本書の大きな読みどころだが、綾香に対するふみ枝の過剰な献身、少女時代から現在に至るまで尾を引く綾香とあかねの確執の描写は、通常のハードボイルドや警察小説よりも、ルース・レンデルやパトリシア・ハイスミスあたりのニューロティック・サスペンスの、デリケートな恐怖の感触を彷彿《ほうふつ》とさせる。

同じ女性のシリアル・キラーといっても、小池真理子《こいけまりこ》の『ナルキッソスの鏡』（集英社文庫）や倉阪鬼一郎《くらさかきいちろう》の『死の影』（廣済堂文庫）に登場する一騎当千《いっきとうせん》の猛女たちに較《くら》べれば、ふみ枝は体力の点では男勝《おとこまさ》りとは言えないし、他者への過剰な献身という動機はむしろ横溝正史《よこみぞせいし》の小説にしばしば登場する鬼子母神《きしもじん》的な女性犯人を連想させるだけに読者の理解は得られやすそうだが、どこにでもいそうな平凡な外見、そして激情を排したそつのない殺しの手口がかえって静かな不気味さを醸《かも》してもいる。一方、見舞いの度にあかねの病室を、愛憎相半《あいなかば》する感情に衝《つ》き動《うご》かされるままに蘭で埋めていく綾香の内面にも、鮫島ならずとも慄然《りつぜん》とさせられるものがある。

元敏腕刑事の光塚が綾香の共犯者として暗躍し、鮫島をピンチに陥《おとしい》れるものの、ふみ枝と綾香の絆《きずな》からは疎外されており、また彼女たちの存在感に較べればいかにも小物《こもの》じみた印象は否《いな》めない（ふみ枝側の男性共犯者、釜石《かまいし》に至っては、「悪」としてのスケールは更に小さい）。綾香と光塚が単なる相互の利害関係で結びついているのに対し、綾香とふみ枝はあかねを巡るある秘密によって歪《いびつ》な精神的繋《つな》がりを形成しているため、光塚如きには割り込めないのである。ハードボイルドは伝統的に男の絆の讃歌《さんか》としての側面を持つけれども、本書では鮫島、桃井《ももい》、それに国税局査察官の滝沢《たきざわ》……といった捜査側の男の絆に、あかねを挟んだふみ枝と綾香の女の絆という「異物」を対置し、しのぎを削らせているのであり、その大胆な構想には舌を巻かざるを得ない。前作ではやや影が薄かった鮫島に、再びヒーローとしてスポットライトを当てたのもその効果を上げるためだろう。更に言い添えておけば、『毒猿』のタイトルロールの殺し屋がネリョチャギ（脳天踵落《のうてんかかとお》とし）で頭を割るという超人的な技を武器とするのに対し、ふみ枝が使うのは体力を全く必要としない毒（しかも女性ならではの凶器にそれを塗布《とふ》して用いる）――というあたりにも、前作との鮮烈なコントラストを演出しようとした著者の意図の徹底性が感じられる。

しかし、これだけ前作との対照性を演出しつつも、この小説はシリーズ全体との整合性を失わないのだ。ここに「新宿鮫」の、シリーズとしての恐るべき強度を実感しなくてはならない。それは、現在までに六作を数えるこのシリーズが、今後更に新境地を開拓するであろうことを予感させるものでもある。折りしも連載が始まった第七作「風化水脈」が、どのように読者の意表を（いい意味で）衝いてくれるのか、期待しつつ見守りたい。

（光文社文庫初刊本から再録）

一九九三年三月　カッパ・ノベルス（光文社）刊
一九九九年八月　光文社文庫

光文社文庫

長編刑事小説
屍《しかばね》　蘭《らん》　新宿鮫《しんじゅくざめ》3　新装版
著者　大《おお》沢《さわ》在《あり》昌《まさ》

2014年4月20日　初版1刷発行
2023年12月5日　6刷発行

発行者　三宅貴久
印刷　萩原印刷
製本　ナショナル製本

発行所　株式会社 光文社
〒112-8011　東京都文京区音羽1-16-6
電話 (03)5395-8149　編集部
8116　書籍販売部
8125　業務部

ISBN978-4-334-76734-1　Printed in Japan

組版　萩原印刷